LE PRINCE IMMORAL

ROIS DE LA RUE
TOME 2

SIENNA SNOW

LE PRINCE IMMORAL

SIENNA SNOW

Droits d'auteur

Copyright © 2021 par Sienna Snow

Publié par Sienna Snow

Traduction française : Sophie Salaün

Tous droits réservés.

La numérisation, le téléchargement et la distribution de ce livre sans autorisation constituent un vol de la propriété intellectuelle de l'auteure. Si vous souhaitez partager ce livre avec une autre personne, veuillez acheter un exemplaire supplémentaire pour chaque personne avec laquelle vous le partagez. Si vous lisez ce livre et que vous ne l'avez pas acheté, ou qu'il n'a pas été acheté pour votre usage exclusif, vous devez le retourner au vendeur et acquérir votre propre exemplaire. Si vous souhaitez obtenir l'autorisation d'utiliser des éléments du livre (autrement qu'à des fins de critique), veuillez contacter contact@siennasnow.com. Merci de votre soutien aux droits d'auteur.

Ce livre est une œuvre de fiction. Les noms, personnages, lieux et incidents sont le fruit de l'imagination de l'auteure ou sont utilisés de manière fictive. Toute ressemblance avec des événements, des lieux ou des personnes réels, vivants ou morts, est fortuite.

www.siennasnow.com

ISBN – Ebook en français – 979-8-88535-026-6

ISBN – Imprimée en français – 979-8-88535-027-3

1

Jayna

— Pourquoi cet intérêt soudain pour le travail en freelance ? Tes clubs ne t'occupent pas assez ?

— Parce que je ne veux pas voir mes compétences rouiller, dis-je à ma cousine Danika par le biais de mon oreillette, alors que j'étais accoudée au balcon de mon penthouse dans un gratte-ciel surplombant Miami Beach.

Danika était ce que l'on pouvait appeler une évaluatrice d'œuvres d'art et une pirate informatique hors pair. Le jour, elle dirigeait mon ancienne galerie d'art et évaluait des œuvres de grande valeur. La nuit, et en fait, le jour aussi parfois, des sociétés, des entités gouvernementales et autres l'engageaient pour récolter des informations pour eux. En outre, elle était la hackeuse du dark web, le Petit lapin. Elle était connue pour jouer les justicières en exploitant ses compétences. En d'autres termes, c'était une dure à cuire.

J'étais sa protégée. Non, pas vraiment. Même si elle m'avait enseigné les tenants et les aboutissants du monde de la technologie pour que je puisse soulager une partie de sa charge de travail, je ne voulais pas faire carrière dans le hacking. Je m'épanouissais dans le monde des clubs, que ce soit pour la danse ou les combats.

Ce n'était pas raffiné, ni classe, ni sophistiqué, ni élitiste. Ce n'était pas la carrière qu'une princesse de la société comme celle que j'étais devenue aurait choisi d'exercer.

Et bien sûr, c'était pour cela que je l'aimais.

J'étais une rebelle, du moins c'était ce que Danika aimait me dire. Une personne qui avançait à son propre rythme.

Pourquoi pas, après tout ?

Je m'étais perdue pendant un certain temps dans un endroit où j'avais cru me noyer. Ensuite, j'avais refait surface et décidé de ne pas me contenter de survivre, mais de trouver un nouveau but.

J'avais déménagé à Miami un peu plus de six mois auparavant, j'y avais construit ma vie, je m'étais fait des amis, j'avais passé du temps avec ma famille élargie et j'avais pris un nouveau départ.

Mais l'agitation de la ville de New York me manquait. Il fallait un certain temps pour s'habituer au rythme plus lent de la Floride. Et puis il y avait encore les souvenirs qui m'avaient suivie jusqu'ici, même s'ils ne me faisaient plus autant souffrir qu'avant.

— Tu ne dors jamais, Jay ? Je veux dire, tu n'as pas une centaine d'entreprises à superviser ?

— Serais-tu jalouse que je puisse survivre avec seulement quelques heures de sommeil, alors que toi, tu as besoin de plus ?

— Parfois, je te déteste vraiment.

— Non, c'est faux. Alors, tu as quelque chose pour moi ou pas ?

— Ce ne peut pas être pour l'argent. Tu es affreusement riche. Tu es la seule personne que je connaisse qui soit capable de lancer une nouvelle entreprise et de faire des bénéfices dans les mois qui suivent son ouverture.

Je souris à cette remarque. Dans le cadre de mon projet le plus récent, j'avais repris l'idée de clubs de combat clandestins et je les avais transformés en établissements de qualité supérieure, exclusifs et accessibles uniquement par adhésion, connus à New York et à Miami sous le nom de Ladai Room.

Ladai, dans la langue maternelle de ma famille, le gujarati, signifiait *combat*. À mes yeux, c'était la façon parfaite de décrire l'endroit en un seul mot.

Le succès que j'avais obtenu avec les deux clubs en moins de six mois était presque incroyable. Aujourd'hui, il y avait une liste d'attente d'un an pour devenir membre sur les deux sites. Si la dynamique perdurait, j'étendrais sans doute les clubs à plusieurs villes du pays, comme je l'avais fait pour mes boîtes de nuit.

— Tu as raison. Ce n'est pas une question d'argent, dis-je en fermant les yeux. Tu veux vraiment savoir pourquoi ?

— Je ne te l'aurais pas demandé si je ne voulais pas que tu sois honnête.

— Toi, et New York, vous me manquez. J'aime Miami, mais je suis une New-Yorkaise dans l'âme.

— Alors, le hacking te fait te sentir plus proche de moi. C'est trop mignon, s'extasia Danika.

Je secouai la tête, j'avais envie de l'étrangler.

— La ferme, Dayal.

— Je suis une King, maintenant, tu te souviens ?

— Oui, nous sommes les sœurs King. N'est-ce pas ainsi que les tabloïds nous appellent ?

Danika était mariée à mon beau-frère, Nik, l'aîné des célèbres frères King de New York. Le grand public pensait qu'ils étaient des promoteurs immobiliers qui avaient hérité de la main de Midas de leur père adoptif, Arin. Mais en réalité, ils dirigeaient un empire dont très peu de gens connaissaient l'existence. Ils jouaient le rôle d'intermédiaires entre la bonne société et les éléments peu recommandables du monde. Ils accordaient des faveurs, qu'ils recouvraient lorsque c'était dans leur intérêt.

J'avais épousé Kiran. Le garçon du mauvais côté de la barrière, au passé douteux, celui qui m'avait sauvée d'un enfer camouflé sous les privilèges et la bonne société.

Il était l'exécuteur de King Holdings, le collecteur, le

protecteur, l'arme. Un jour, il était parti, nous laissant tous, et moi en particulier, seuls pour recoller les morceaux.

— Ne me le rappelle pas. Au moins, tu es à plus de mille kilomètres de toutes ces absurdités. Nik dit que si je les ignore, ils me laisseront tranquille. Mon travail consiste à être furtive. Mais comment pourrais-je être furtive quand j'ai des appareils photo juste devant moi en permanence ?

Danika aimait vivre dans l'ombre et détestait qu'on la remarque. C'était sans doute la raison pour laquelle Kiran et elle s'entendaient si bien. Ils seraient capables de se cacher dans l'ombre et de jeter le reste d'entre nous en pâture aux médias. Le problème, c'était qu'ils étaient tous les deux d'une beauté insensée et qu'ils attiraient toujours l'attention.

— Ça fait partie du boulot. Les King, c'est une sacrée famille.

— C'est facile à dire pour toi maintenant que tu vis dans le *Sunshine State*.

— Tu crois que je n'ai pas un million d'yeux braqués sur moi ici ? Je suis littéralement cernée par la famille, la mienne, et celle de Kir. C'est comme si je ne pouvais pas me retourner sans que quelqu'un veuille se mêler de mes affaires. Redis-moi pourquoi j'ai choisi Miami ?

— Mmmh. Un nouveau départ, du soleil toute l'année, la plage, les beaux mecs, ta mère. Est-ce que j'ai parlé des beaux mecs ?

— Ne laisse pas Nik t'entendre dire ça, répondis-je dans un éclat de rire. Hé, quand est-ce que tu viens ici, histoire que la famille puisse te harceler, pour changer ?

— Eh bien… dit-elle. Je me disais que je pourrais prendre l'avion pour l'inauguration de ton nouveau club. Lilly a dit que c'était un vrai spectacle lorsqu'elle s'occupait de la programmation de tous les éclairages.

J'avais hâte que ce club ouvre officiellement ses portes. C'était le joyau de la couronne de toutes mes boîtes de nuit. S'il y avait bien une chose que je connaissais sur le bout des doigts, c'était le monde de la nuit.

Je savais aussi qu'il fallait engager les meilleurs pour les concevoir, et j'avais fait appel à une de mes amies et nouvelle employée de Danika, Lilly, pour mettre au point tous les effets visuels du nouveau club. C'était un génie de la technologie, mais, contrairement à Danika, elle ne se spécialisait pas tant dans le cyber que dans la mécanique.

— Cela veut-il dire que tu viendras assez tôt pour faire quelques séances d'entraînement avant d'aller en ville ?

— Vraiment ? Tu vas m'obliger à faire du sport avant d'aller en boîte ?

— Tu paies des frais d'adhésion exorbitants aux clubs Ladai Room, alors autant aller voir le tout nouveau site de Miami.

— Je suppose, grommela-t-elle. Je viens en vacances, pas pour me faire botter les fesses.

— Envisage les choses comme ça : je veillerai à ce que les cocktails que tu boiras contiennent le même nombre de calories que tu auras brûlées.

— Peu importe. Rien que pour ça, je devrais te faire travailler sur l'un de mes clients les plus tordus.

Je ressentis un picotement d'excitation.

— Tu as quelque chose pour moi ?

— Oui. Je t'envoie ça via le serveur sécurisé.

Je me frottai les mains l'une contre l'autre.

— Je vais commencer tout de suite.

— Je te jure, tu es une véritable machine.

— Tu peux parler ! Nous sommes parentes, tu te souviens ?

— Je vais aller dormir. Jay, tu as besoin de repos. *Merde*, il est deux heures du matin !

— Oui, maman, je promets de me reposer. Cesse de me harceler.

— Tu es vraiment une imbécile.

— Qui se ressemble s'assemble. Je t'aime. Au revoir.

Je raccrochai le téléphone et le posai sur une table voisine.

Je me dirigeai vers le coin du balcon, posai mon coude sur le rebord et regardai le ciel nocturne qui surplombait l'océan. Même en automne, il faisait chaud et doux. Je levai le visage alors qu'une brise tiède se levait.

Au loin, le long de la plage, mon regard se posa sur une silhouette dont je savais qu'elle n'était pas vraiment là. Un homme aux yeux si observateurs qu'ils pouvaient voir jusqu'aux tréfonds de mon âme, qui acceptait mon côté sauvage et se joignait à moi, même alors qu'il était plus timide, et doté d'une volonté si forte qu'il était capable de se battre pour moi et tous ceux qu'il aimait jusqu'à son dernier souffle.

Maintenant, quand je le voyais, je le considérais comme mon ange gardien, pas comme une source de douleur pour moi. Je l'avais aimé si fort que cela m'avait dévastée de savoir qu'il m'avait abandonnée.

Je n'aimerais plus jamais comme ça. Je ne mettrais plus jamais tous mes espoirs et mes rêves entre les mains d'une seule personne. Je ne me laisserais plus jamais appartenir corps, âme et esprit à un homme.

Seule une idiote ferait cela une deuxième fois. Et Jayna Shah King n'était pas une idiote.

Un peu après neuf heures du matin, alors que j'étais sur le point d'examiner une proposition pour un combat amateur à venir à la Ladai Room de Miami, Dillon Cortez, le directeur de l'établissement, entra dans mon bureau avec un regard agacé.

— Vas-tu le rappeler, ou ignorer le sixième message qu'il t'a laissé ce matin ?

— L'ignorer, dis-je en levant le nez de mon ordinateur portable pour regarder Dillon.

C'était le plus jeune cousin de Kir du côté de son père biologique, et l'une des rares personnes en qui j'avais confiance pour s'occuper de mes affaires. En tant qu'ancien champion de MMA, il connaissait les tenants et les aboutissants du monde des combats, le bon, le mauvais et le moche. Mais il comprenait également le concept que j'essayais de développer avec mes clubs.

Dillon entra dans la pièce et posa un porte-bloc sur mon bureau.

— Il va faire exploser ton téléphone jusqu'à ce que tu craques et que tu le rappelles.

— Je suis plutôt résistante.

Je soupirai et refoulai l'agacement que je ressentais chaque fois que mon père, Ashok Enmesh Shah, décidait que je devais lui obéir au doigt et à l'œil.

Cela faisait longtemps qu'il m'avait reniée en tant que fille et il semblait l'oublier chaque fois qu'il avait besoin de donner l'image d'une famille unie pour sa carrière politique.

Mon père se portait candidat pour représenter New York au Sénat américain et il avait besoin de moi pour montrer au public à quel point il était un bon père de famille.

Hors de question. Jamais.

En plus, je vivais à Miami maintenant. J'avais une nouvelle vie ici, j'avais des amis. La dernière chose dont j'avais envie, c'était de retourner à New York... Pour lui.

Si j'y retournais, ce serait pour Danika, Sam, Rey ou Nik. Pour ma vraie famille, les King.

De plus, en tant que King, ma réputation pouvait ternir l'image de mon père.

Il m'avait pris Kir, et il gèlerait en enfer avant que je fasse quoi que ce soit pour lui faciliter la vie.

En fait, j'avais l'intention de la lui rendre aussi difficile que possible.

— Je n'ai aucun doute sur ta force, affirma Dillon. Tu n'es

plus la même femme qu'il y a deux ans. Tu n'es plus la même personne qu'il y a six mois. Mais Shah ne s'arrêtera pas tant que tu ne lui auras pas répondu.

— Et c'est pour ça que j'ignore ses appels, et que c'est toi qui les reçois, pas moi, lui dis-je en souriant.

Dillon plissa les yeux et secoua la tête.

— Parfois, je te déteste vraiment.

— Non, c'est faux.

Si je cédais d'un pouce à mon père, il sauterait sur l'occasion d'en prendre davantage. Il avait menti, volé et assassiné pour bâtir son empire. Il avait même rédigé un faux testament lui accordant l'héritage que ma grand-mère souhaitait voir revenir à ses petits-enfants.

Ensuite, il avait commis une erreur monumentale. Il avait transféré la propriété de ses filiales les plus lucratives à mon nom lorsque j'avais dix-huit ans, à des fins fiscales. Je ne doutais pas qu'il l'avait regretté à maintes reprises au fil des ans.

Maintenant, il avait besoin de fonds, et ces entreprises pouvaient lui sauver la mise.

Je ne voulais peut-être rien avoir à faire avec Shah International, mais cela ne signifiait pas que j'allais céder quoi que ce soit à un homme qui avait fait de presque chaque jour de mon enfance un véritable enfer.

Peu importe ce que pensait mon père, je n'étais pas une idiote. Je savais jouer à ce jeu. La seule façon de le garder à distance était de le tenir en laisse et de veiller à ce qu'il n'obtienne jamais ce qu'il voulait.

Danika était peut-être en paix avec son désir de se venger de Papa qui lui avait pris ses parents et son héritage, mais cela ne signifiait pas que je devais ressentir la même chose. Mon déménagement à Miami m'avait permis de prendre un nouveau départ, mais il m'avait aussi montré que les erreurs du passé avaient des conséquences durables.

À cause de cette ordure, j'avais perdu mon mari, mon enfant, et ma capacité à en avoir d'autres. Il méritait toute la misère que je pourrais lui infliger. Et s'il ripostait, je mourrais de rire en sachant que cet homme ne mettrait jamais la main sur la société ou sur l'argent dont il avait besoin pour maintenir à flot sa précieuse Shah International.

Repoussant mes idées noires, je jetai un coup d'œil à ma montre et dis :

— Revoyons la liste des participants pour ce soir. J'ai un déjeuner avec Luke, et je ne veux pas le manquer.

— Tu as un rencard avec Lukesh Joshi, le promoteur hôtelier ?

— Non, pas un rencard. Luke n'est qu'un vieil ami. Je t'ai dit que nous avions repris contact au moment où j'ai emménagé à Miami il y a quelques mois. Il vient de New York pour la semaine et voulait qu'on se voie.

— Es-tu bien sûre qu'il n'y a pas quelque chose de plus entre vous deux ? Tu l'as beaucoup vu ces derniers temps.

— Laisse-moi répéter. Nous sommes seulement amis. Il me comprend. Nous avons grandi ensemble et nous avons une histoire commune : celle d'avoir des ordures de pères qui veulent contrôler nos vies.

— Je pense qu'il veut plus.

— Non. C'est faux. Nous nous amusons ensemble. Il me fait rire. En plus, j'ai assez de testostérone dans ma vie avec vous tous. Pas besoin d'en rajouter.

Je refoulai les émotions qui surgissaient toujours lorsque j'envisageais de tourner la page de Kir. Au cours des derniers mois, l'idée m'avait effleurée un nombre incalculable de fois, mais jamais je n'avais pu m'y résoudre.

Quelque chose me retenait toujours. D'ailleurs, à quoi bon ? Je ne mettrais plus jamais mon cœur en danger.

— C'est compris, répondit Dillon en souriant. Nous, les combattants, sommes parfois difficiles à gérer. Passons en revue le programme de la semaine, puis je te soumettrai quelques idées pour un événement dont j'espérais que tu l'approuverais.

2

K iran

— Alors, tu vas vraiment le faire ? me demanda mon frère Nik au téléphone, tandis que je travaillais ma main gauche, lui appliquant l'entraînement musculaire quotidien dont elle avait besoin pour conserver sa mobilité.

Finalement, après plus de deux ans et demi de lutte, j'avais récupéré presque toute la force physique que j'avais avant l'accident qui avait détruit ma vie.

Un crash orchestré par mon beau-père, Ashok Shah, et son associé, afin que je ne représente plus un problème pour leurs plans concernant ma femme et le pouvoir qu'elle déte-

nait en tant qu'héritière d'un empire de promotion immobi-
lière d'un milliard de dollars.

— Oui. J'ai assez attendu.

— Il était plus que temps.

Je posai mon poids, me rendit à l'arrière de ma salle de
sport, je pris une bouteille d'eau et je retournai sur le banc.
Ouvrant le bouchon, je bus à grandes gorgées, puis regardai
la photo de ma magnifique femme sur le mur.

C'était un cliché que j'avais pris d'elle alors qu'elle
marchait le long de Miami Beach. Ses cheveux épais, longs
jusqu'aux épaules, flottaient autour d'elle sous l'effet de la
brise, et elle avait le visage tourné vers le soleil. La seule
manière de la décrire, c'était *à couper le souffle.*

— Elle va sans doute me tirer dessus. Bon sang ! Je sais
qu'il y a au moins quatre-vingt-dix-neuf pour cent de
chances qu'elle braque une arme sur moi et qu'elle me dise
ensuite qu'elle va faire en sorte que la réalité colle à ce
qu'elle a dû vivre au cours des dernières années.

Jayna avait un tempérament volcanique. Elle se battait
aussi fort qu'elle aimait. Peut-être était-ce dû au fait qu'elle
n'avait pas eu voix au chapitre dans la maison où elle avait
grandi, et qu'avec moi elle s'était sentie en sécurité, ou peut-
être était-ce simplement la femme qu'elle était devenue.
Tout ce que je savais, c'est que cela m'excitait au plus haut
point, y compris à mon détriment à de nombreuses
occasions.

Bon sang ! Le nombre de fois où nous avions fini par
nous envoyer en l'air comme des lapins pour brûler l'énergie

d'une dispute avant de nous calmer suffisamment pour avoir une conversation rationnelle !

Si cela arrivait, je serais un homme chanceux. Mais c'était un mince espoir, très peu probable. J'avais royalement merdé, et je devais me racheter auprès de ma princesse.

— Tu mérites au moins ça.

— C'est vrai, je ne vais pas le nier.

— Que vas-tu lui dire ?

— La vérité.

— C'est quoi, exactement, la vérité ? Tu ne peux pas lui raconter de conneries. Lui parler des contrats ne suffira pas. Elle y verra clair.

Certes, ma tête était mise à prix. Ma tête était toujours mise à prix, et Jayna comprenait dans quel monde elle était entrée en devenant ma femme. Qu'il s'agisse d'un contrat lancé par un rival ou, dans le cas présent, par son père et ses associés, les précautions étaient les mêmes.

Mais dans ce cas, elle était un dommage collatéral acceptable, et je n'étais pas du tout d'accord avec ça.

Je jetai un coup d'œil à mon reflet dans le miroir situé le long d'un mur de ma salle de gym privée. Une moitié de mon corps n'avait plus rien à voir avec ce qu'elle avait été. Je n'étais plus le joli garçon au visage poupon au sujet duquel mes frères aimaient me titiller jusqu'à ce que je les frappe.

À présent, je n'étais plus qu'un puzzle de peau, de broches et d'os.

Une œuvre de la médecine moderne.

Je touchai mon oreille gauche, pas tout à fait normale,

reconstruite à partir de morceaux de côtes, de cartilage et de peau. Ensuite, je suivis les cicatrices dentelées qui partaient de ma tempe, passaient par mon œil, ma joue, et descendaient le long de ma mâchoire. Les changements physiques ne constituaient qu'un aperçu de ce que j'étais devenu après l'accident.

J'avais vécu si longtemps dans ma tête.

Dans le chaos de l'accident et de ses conséquences. Dans la douleur.

Bon sang ! Il y avait eu tant de souffrance ! J'avais frôlé la folie. D'abord, en survivant simplement, puis en essayant d'apprendre des choses élémentaires comme manger sans avoir l'air d'un foutu bébé. Après cela, il y avait eu la désintoxication où j'avais supplié mes frères de me tuer et de finir le travail que l'accident n'avait pas achevé. Mais le plus dur avait été le coût psychologique. J'étais devenu l'ombre de l'homme que j'avais été.

Je m'étais perdu.

Lorsqu'un exécuteur n'avait pas de force, il n'avait rien. Il ne valait rien pour ses frères et surtout pour sa femme. M'enfermer avec mes analgésiques avait été la seule solution. Du moins, je m'en étais convaincu. J'étais devenu un toxicomane enragé et la pire version de moi-même.

— Je vais lui dire qu'après l'accident, j'avais perdu la boule, que je ne valais plus rien pour elle et pour tout le monde, que je pensais qu'il était préférable qu'elle me croie mort plutôt que de vivre avec ce que j'étais devenu, que c'était mon erreur, pas la sienne, à cause des décisions que j'avais prises. Que j'ai été lâche et que j'avais peur qu'elle ne puisse pas regarder le monstre que j'étais à ce moment-là.

— C'est bon de t'entendre parler à nouveau comme l'ancien Kir. Pas de conneries. Celui qui assume son rôle et est prêt à en accepter les conséquences.

— Oui, je fais ce que tout le monde voulait que je fasse. Je me prends enfin en main.

— Elle va te faire la misère.

— Je n'attends rien de moins.

— Quand vas-tu le faire ?

— Ce soir. Jayna se rend chez sa mère après le travail, selon l'itinéraire qu'elle a donné à son service de sécurité. J'ai pensé aller là-bas. Comme ça, si elle pète les plombs, sa mère pourra s'en occuper.

— Monica va te botter les fesses aussi.

Ma belle-mère était l'une des personnes les plus gentilles que je connaissais, et elle avait vécu l'enfer avec son ex-mari. Maintenant qu'elle s'était créé une nouvelle vie, elle avait trouvé un moyen de faire entendre sa voix et n'avait aucun problème à le faire, tout comme sa fille.

— Je sais.

— Et que feras-tu si Jayna n'accepte pas tes excuses ?

— Je me démènerai pour la reconquérir.

— Cela signifie-t-il aussi que tu reviens et que tu vas enfin faire ton boulot comme tu es censé le faire ?

— J'ai fait mon boulot, abruti.

— Oui, derrière un bureau. Comme un lâche. On a besoin de toi sur pied. Nous aurons moins d'idiots à gérer s'ils savent que tu viendras encaisser. Tu es le croque-mitaine des frères King. Ce n'est pas pour rien qu'on t'appelle le prince immoral.

Il savait pertinemment que je ne restais pas enchaîné à un bureau. Mais comme je ne travaillais pas en première ligne, j'étais un fainéant.

Il en était ainsi depuis que nous parcourions les rues de notre quartier pourri de New York, à escroquer et à plumer les touristes idiots qui voulaient vivre une expérience authentique de la Grosse Pomme. À l'époque, Nik et moi avions neuf ans, et nous traînions avec les types du coin. Et même à cet âge, on attendait de nous que nous fassions notre part du travail.

— J'ai compris. Laisse-moi d'abord survivre à la colère de ma femme, et ensuite nous aborderons la question de mon retour d'entre les morts.

— Nous savions déjà que tu reviendrais. Tout ce que tu as à faire, c'est de sortir prendre le soleil, Shadow Man.

À entendre Nik, cela semblait très facile. Et peut-être que ce serait le cas.

— Juste comme ça ? Pas d'explications, rien ?

— Juste comme ça. Nous sommes les King. Nous établissons nos propres règles. C'était la devise d'Arin, tu n'as pas oublié ?

— Non, je n'ai pas oublié.

Dire que mon père adoptif n'était pas conventionnel était un euphémisme. Depuis notre rencontre, alors que Nik, Rey, Sam et moi tentions de lui voler son portefeuille, Arin n'avait jamais été là où nous l'attendions. Au lieu de nous tuer, comme l'auraient fait la plupart des hommes dans sa position, il avait recueilli quatre enfants des rues et nous avait donné une autre voie, une nouvelle vie, en nous montrant comment utiliser nos talents naturels et nos compétences à notre avantage.

Il n'était pas le genre de père à faire des câlins ou à dire des mots affectueux. Et, à vrai dire, aucun d'entre nous n'aurait apprécié. Il était dur, direct, mais il était toujours présent quand nous faisions des conneries. Il n'y avait jamais de jugement dans son regard.

Nik lui ressemblait beaucoup. Solide, il ne cédait à personne, et créait ses propres règles.

— Voilà qui va perturber un certain nombre de gens.

— Tu en as quelque chose à faire ?

— La seule personne qui compte pour moi, c'est Jayna.

— Alors, va t'occuper de tes affaires. Mais, rappelle-toi ce que je t'ai dit il y a longtemps à propos des femmes.

— C'est-à-dire ?

— Il n'y a pas pire colère que celle d'une femme méprisée Tu as intérêt à te préparer. Jayna va te dévorer tout cru.

Je fermai les yeux et priai Dieu qu'elle me laisse en un seul morceau.

3

J ayna

— RÉFLÉCHIS, Jayna. Tu sais que nous serions bien ensemble.

Je faillis gémir intérieurement, et je me vis frapper Dillon pour avoir fait savoir à l'univers que Luke voulait plus de moi.

Ce que je ferais sûrement lorsque je le verrais le lendemain matin pour notre séance d'entraînement.

Mon déjeuner avec Luke était tout ce qu'il y a de plus normal : amusant, décontracté, facile, jusqu'à ce moment précis.

Et c'était uniquement la faute de Dillon.

Oui, il méritait bien un coup de poing sur le nez.

Je jetai un coup d'œil par la fenêtre du restaurant sur les groupes de baigneurs de South Beach avant de reporter mon regard sur le beau visage de Luke.

Je l'étudiai un instant.

Il avait l'allure soignée d'une star de Bollywood et il savait s'habiller, quelle que soit l'occasion. Il était intelligent, avait plusieurs diplômes et un compte en banque qui rivalisait avec le mien. De plus, nous étions amis depuis l'enfance. Il était le garçon indien idéal qui correspondait à mon pedigree dans la société d'abondance dans laquelle j'avais grandi. La seule différence entre nous était qu'il vivait encore dans ce monde, tandis que j'avais fui autant que possible le faste et les apparences.

J'ouvris la bouche pour répondre, mais il m'arrêta en levant la main. Il dit :

— Écoute-moi.

Je soupirai.

— Vas-y.

— Je comprends pourquoi cela n'aurait jamais fonctionné quand nous étions gamins. Nos parents essayaient de nous pousser l'un vers l'autre, mais nous voulions des choses différentes.

Je faillis sourire à ces mots. Pas nos parents. Nos pères.

Il s'agissait d'un arrangement entre Arun Joshi et mon père, pour le « bien » de leurs relations d'affaires. Ils avaient établi un obscur contrat selon lequel je devais épouser Luke après avoir obtenu mon diplôme universitaire. En échange, leurs deux entreprises fusionneraient.

Mon père considérait sa famille comme une marchandise, et il nous déplaçait comme des pièces d'échecs. Et si nous osions désobéir, au final, nous recevions un coup de poing ou de pied de sa part.

Même la peur de ses punitions ne m'avait pas empêchée de me rebeller. S'il y avait une chose pour laquelle j'étais douée lorsque j'étais enfant, c'était faire tourner mon père en bourrique. S'il me disait de sauter, je m'asseyais. S'il me demandait de m'habiller de manière sobre, je portais quelque chose d'osé. Dans un foyer où je n'avais aucun pouvoir sur ma propre vie, c'était une manière de me défendre.

Puis, à dix-huit ans, j'avais fait mes bagages et j'étais partie.

Heureusement, mes grands-parents maternels m'avaient laissé un fonds fiduciaire limité, sinon je n'aurais pas eu d'endroit où aller, car personne de la communauté indienne aisée près de laquelle j'avais vécu ne m'aurait aidée. Mon père s'était dit que si j'étais suffisamment désespérée, je reviendrais en rampant à la maison et je rentrerais dans le rang.

À vrai dire, même sans le fonds fiduciaire, j'aurais trouvé un moyen de partir. Je m'étais promis de ne jamais endurer la vie que ma mère avait subie, et qu'un jour, je l'aiderais à s'en sortir.

— Avant d'aller plus loin, réponds à cette question. Étais-tu au courant de l'accord entre ton père et le mien quand nous étions plus jeunes ?

Luke serra les dents.

— Je l'ai appris après ton départ. Je suis désolé. Tu dois savoir que je n'ai jamais accepté quoi que ce soit. J'étais avec Seema à l'époque.

Les yeux de Luke s'assombrirent un instant avant qu'il ne cache les ombres du passé. Je posai une main sur la sienne. Il était l'une des rares personnes à avoir vécu le même genre de perte que moi. Seema était l'amour de sa vie, et elle était morte d'une crise cardiaque due à une affection non diagnostiquée un mois avant leur mariage.

— Je suis désolée. Je n'aurais pas dû en parler.

— Non. C'est notre passé qui nous amène ici aujourd'hui. N'est-il pas temps pour nous deux de passer à autre chose ?

Je bougeai pour m'éloigner, mais Luke prit ma main dans la sienne.

Cela faisait deux ans et demi qu'aucun homme ne m'avait tenu la main dans un geste intime, et cela me semblait mal à un point inexplicable.

Je déglutis, chassant le tumulte qui m'habitait, et je dis :

— Pour l'instant, je ne peux rien t'offrir de plus que de l'amitié.

— Jayna, quelle meilleure base pour une relation potentielle que l'amitié ?

Je n'aurais sans doute pas dû le fréquenter autant ces

dernières semaines. Au début, c'était pour renouer avec un visage familier de New York. Je l'avais invité à participer à des réunions de groupe et l'avais présenté à nombre de mes amis de Miami. Ensuite, j'avais réalisé que j'aimais bien traîner avec Luke. Il me faisait rire comme je le n'avais pas fait depuis longtemps. Mais il n'y avait pas eu d'étincelle romantique.

Peut-être était-ce ma façon de résister à ce que mon père avait fait pour m'obliger à épouser Luke, ou...

De qui me moquais-je ? Je ne pouvais pas nier la raison pour laquelle je ne me voyais pas avec quelqu'un, Luke ou un autre.

Un homme hantait mon esprit, mon cœur, mes rêves, mon âme, et m'avait perdue pour les autres.

Kiran King.

Je baissai les yeux sur mes alliances qui n'avaient pas quitté mon doigt depuis plus de deux ans, puis je regardai Luke.

— Je n'ai pas cherché à te mener en bateau.

Il serra mon autre main.

— Je le sais bien. Peux-tu répondre à cette question ?

Je hochai la tête.

— Pourquoi as-tu tout abandonné à New York ?

— Pour repartir à zéro, répondis-je sans hésiter.

— Cela ne veut-il pas dire qu'il faut que tu laisses le passé derrière toi ? Y compris... Kir ? ajouta-t-il après une pause.

Quelque chose remua au creux de mon ventre, sachant que ce qu'il disait était en partie vrai. J'avais déménagé pour oublier le passé et pour qu'il cesse de me hanter.

Le temps et la distance qui me séparaient de New York avaient atténué la douleur. Mais il était impossible de se remettre de Ki.

Ce qui était sûr, c'était que j'avais découvert en moi une force que je n'avais pas eue depuis longtemps, et que j'avais trouvé un but. Dillon aimait me dire que j'étais une patronne redoutable, qui cassait la baraque dans un secteur dominé par les hommes.

Luke avait peut-être raison. Je devais lui donner une chance, même si elle était de courte durée. J'avais le droit de m'amuser un peu. Je savais qu'il n'y aurait plus jamais d'amour épique pour moi. C'était le genre de voie qu'une fille n'empruntait qu'une fois dans sa vie.

Luke et moi étions amis. Il connaissait mon passé et je connaissais le sien. Et il n'était pas juste que je le condamne pour quelque chose que nos pères avaient voulu nous imposer.

Je baissai à nouveau les yeux sur mes alliances, sachant qu'il était temps de les enlever. Je les donnerais à ma mère aujourd'hui quand j'irai chez elle. Elle les garderait pour moi.

Je pouvais le faire.

Des petits pas.

Prenant une profonde inspiration, je dis :

— D'accord, je vais sortir avec toi. Mais je ne te ferai aucune promesse.

La surprise traversa son beau visage, puis se lèvres se retroussèrent en un grand sourire.

— Avant que tu ne t'enthousiasmes, je veux juste m'assurer que tu comprends que je suis une King, et ce qui en découle.

Il fronça les sourcils et relâcha ma main.

— Qu'est-ce que ça signifie ?

Je me calai sur ma chaise.

— Nous avons une réputation, Luke. Les gens n'apprécieront peut-être pas que tu sois associé à moi sur le plan personnel.

Je ne me cacherais plus jamais de qui ou de ce que j'étais pour qui que ce soit. Lorsque j'avais rencontré Kir, j'étais entrée dans un monde où l'on gérait des choses que beaucoup ne considéraient pas comme légitimes. Mais, d'un autre côté, mon père avait créé un empire en se prétendant irréprochable, et il avait escroqué les gens à droite et à gauche.

— Ton mari avait une réputation. Tes beaux-frères ont une réputation. Pas toi. Tu es une King par alliance.

— Non, Luke, je suis une King. Je n'ai jamais été une Shah, quoi qu'en pense mon père. Kir et moi avons été ensemble pendant des années avant de nous marier, et pendant tout ce temps, c'est moi qui ai dirigé ses affaires en dehors de King Holdings.

— Qu'essaies-tu de me dire ?

— Je veux m'assurer que tu comprennes que sortir avec moi signifie que les King font partie du package. Ils sont ma famille, pour l'éternité.

Il m'étudia, et un léger pli se forma entre ses sourcils avant de s'effacer.

Au bout de quelques instants, il hocha la tête.

— Compris. La famille n'est pas toujours liée par le sang. D'abord, je te séduis, ensuite, eux.

Je lui souris.

— Voyons si nous pouvons dépasser le stade de l'amitié. Comme je l'ai dit, je ne fais aucune promesse.

— Défi accepté.

Luke leva son verre de vin dans ma direction. Pour la première fois depuis longtemps, je me suis sentie plus légère.

— Et si nous commencions notre rendez-vous maintenant ?

— J'aimerais pouvoir. J'ai encore une journée de travail devant moi, et ensuite j'ai promis à ma mère de passer la soirée à l'aider à faire ses valises pour son voyage aux îles Vierges, lui expliquai-je avant de prendre mon verre et de boire une gorgée d'eau. Pourquoi pas demain soir ?

— Nous avons un rencard, dit-il, souriant à nouveau. Un officiel.

Un peu avant six heures du soir, je pris la bretelle de sortie de l'Interstate 95 et je pris la route qui me mènerait au quartier huppé où vivait ma mère. Après mon déjeuner avec Luke, j'avais rencontré le spécialiste du recrutement pour ma boîte de nuit, et j'avais ensuite passé le reste de la journée en réunions pour discuter de l'expansion possible des clubs Ladai Room.

J'avais dû faire comprendre à quelques développeurs trop zélés et trop insistants que je n'étais pas et ne serais pas intéressée par leur aide dans la gestion de mon entreprise.

Enfoirés condescendants.

Parce que j'étais une femme qui avait grandi dans une soi-disant tour d'ivoire, les gens supposaient que j'ignorais totalement comment fonctionnait le monde des combats. Ce qu'ils semblaient oublier, c'était que j'avais appris tout ce que je savais auprès des meilleurs.

Les frères King.

En particulier, auprès de Kiran.

Très jeune, Kir avait perdu ses parents dans un accident tragique et il était passé à travers les mailles du système de placement en famille d'accueil. Il avait fini à la rue, au sein d'un gang. Un gang dirigé par son frère, Nik. Ces gens étaient devenus sa famille, lui apprenant à survivre et à se servir de ses poings.

À l'adolescence, il avait commencé à organiser des matches clandestins pour gagner de l'argent, et il n'avait jamais arrêté. Pour lui, c'était un moyen de tisser des liens avec son entourage.

Lors de notre rencontre, Kir avait tout fait pour me montrer qu'il n'était pas l'homme qu'il me fallait. Il mettait en avant le côté malsain de sa vie et entrait dans la cage plus souvent que nécessaire, pensant que cela me ferait hurler. Ce qu'il n'avait pas réalisé, c'était que la force brute qu'il dégageait m'excitait plus qu'elle ne me repoussait, comme il s'y attendait. Il ne cessait de vouloir m'enfermer dans la case de la princesse choyée, et le jour où je m'y attendais le moins, il m'avait revendiquée.

J'avais fini par devenir celle qui repérait les lieux souterrains et organisait les matches. Kir se contentait de jouer le rôle de façade, car cela lui permettait de gagner plus facilement en crédibilité et de toucher un salaire plus élevé.

Oui, c'était très misogyne, mais c'était ainsi que je devais jouer. Et il était plus facile de manipuler les abrutis pour qu'ils fassent ce que je voulais que de leur passer des savons et me battre avec eux.

Lorsque Kir et moi nous étions mariés, tous les membres de notre cercle savaient et acceptaient que c'était moi qui dirigeais les opérations.

Kir disait en plaisantant que j'étais le cerveau et lui les muscles. Nous formions un partenariat parfait. Il ne remettait jamais en question mon sens des affaires. En fait, il semblait soulagé de ne pas s'en occuper. En revanche, j'aimais toucher à tout.

Je souris.

Wouah. Je venais de penser à Kir sans ressentir de douleur.

Peut-être que, finalement, l'univers et Dillon ne se moquaient pas de moi.

Il était temps de tourner la page.

Même la mère de Dillon, la *Tia* Martha de Kir, m'avait dit de « tremper mes orteils dans l'étang des rencontres » lorsqu'elle était passée au club cet après-midi-là. Elle était allée jusqu'à insister pour que je la laisse m'arranger un rencard avec un *gentil* garçon de sa connaissance.

J'aurais dû être réconfortée de savoir que j'avais le soutien de la famille élargie de Kir. Ils savaient que j'avais aimé Kir de tout mon cœur, et que je chérirais toujours les moments passés ensemble.

Lorsque je l'avais rencontré et que c'était devenu sérieux entre nous, nous avions pris l'avion pour Miami, car il voulait que je rencontre sa famille. Une famille dont il n'avait appris l'existence qu'après son adoption. C'était un véritable melting-pot de Portoricains, d'Indoguyanais et d'Américains. La plupart des membres de l'ancienne génération vivaient à quelques kilomètres les uns des autres, et ils étaient au courant des affaires de chacun.

Les parents de Kir n'avaient pas vécu une histoire d'amour maudite comme Kir et moi. Son père avait émigré de Porto Rico, et sa mère de Guyane. Ils s'étaient rencontrés au travail, ils étaient tombés amoureux, s'étaient mariés, et ils avaient eu Kir. L'unique tragédie, c'était que peu de temps après avoir déménagé à New York pour le travail, ils étaient tous les deux morts dans un accident de bus, envoyant Kir entre les mains des services sociaux. Il avait fui le système et était entré dans le monde qui l'avait mené à la porte de son père adoptif, Arin King.

Kir et Luke étaient aux antipodes l'un de l'autre. C'était probablement une bonne chose. Et comme Luke vivait à New York et qu'il ne venait à Miami que de temps en temps, je savais qu'il s'agirait d'une aventure amusante, sans engagement ni rien à long terme. Un seul amour dévorant me suffisait pour cette vie.

Autour de moi, des klaxons retentirent alors qu'un camion grillait un feu rouge, et je freinai brusquement, faisant crisser mes pneus.

— *Merde* ! Foutus conducteurs de Miami ! m'écriai-je, abattant ma main sur le volant avant d'éclater de rire.

De qui me moquais-je ?

Les conducteurs de New York étaient les pires. J'avais perdu le compte du nombre de fois où j'avais failli me faire écraser par des taxis.

Mon téléphone sonna et *Run the World* de Queen B envahit l'habitacle, m'indiquant que c'était Danika.

Elle voulait sans doute savoir où en était le projet. J'avais achevé la mission qu'elle m'avait confiée et j'avais ensuite travaillé sur des affaires personnelles. Les compétences que j'avais acquises sous la tutelle de Danika me servaient régulièrement, notamment lorsqu'il était question de dissimuler certains aspects de mes activités aux regards indiscrets.

Comme je travaillais dans un secteur dominé par les

hommes, ceux-ci voulaient toujours savoir ce que je faisais et mettaient leur nez là où il ne fallait pas. Le fait de protéger mes informations sous plusieurs couches de ce que Danika et moi appelions la paperasserie cyber tenait à distance les abrutis du monde entier.

Appuyant sur un bouton de la console, je répondis :

— Hé, ma belle, comment vas-tu ? Tu as vu que j'ai terminé le projet ? Tu as quelque chose d'autre pour moi ? Si c'est le cas, je t'enverrai une autre caisse de Firewater.

Danika était obsédée par le whisky, et j'avais les droits de distribution exclusifs de l'une de ses marques préférées, Firewater. Il s'agissait d'un spiritueux infusé à la fleur de sureau, créé par l'une de mes amies, qui se vendait à près de mille les trois centilitres, en fonction de l'embouteillage.

— Jay, arrête de parler et écoute. Il faut que tu quittes la route maintenant.

La panique dans la voix de Danika fit s'emballer mon rythme cardiaque. La dernière fois que j'avais reçu un appel comme celui-ci, elle m'avait annoncé l'accident de Kir.

— Qu'est-ce qui se passe ?

— Trouve un endroit sûr jusqu'à ce que je puisse envoyer des renforts.

Je regardai autour de moi pour voir si je pouvais repérer mon équipe de sécurité. Ils étaient toujours avec moi.

Depuis que je m'étais mise avec Kir, j'avais eu droit à une sécurité personnelle. Le rôle de mon mari au sein de King Holdings amenait les gens à le craindre, ou à vouloir s'en prendre à lui avant qu'il ne puisse les atteindre. Le meilleur moyen d'attirer son attention, c'était de passer par moi, d'où la présence d'une sécurité renforcée.

Au début, cela m'agaçait, mais la plupart du temps, je les remarquais à peine. Ils me laissaient tranquille, et nous étions autant amis qu'on peut l'être avec des gens qui aiment être invisibles.

Mais où étaient-ils ? Ils auraient déjà dû me rejoindre maintenant. Ils étaient censés être les meilleurs.

— Dani, il me faut plus d'informations. En outre, on est à Miami. Je ne peux pas me garer n'importe où.

— *Merde*, Jay ! Tu es vraiment obligée de tout remettre en question ? J'ai entendu parler d'un double contrat sur ta tête.

Ma peau se hérissa de chair de poule. Mon père mettrait-il un contrat sur la tête de sa propre fille ?

Évidemment que oui. Il l'avait déjà fait. Il préférait envoyer les autres faire le sale boulot plutôt que de se salir les mains.

— Qui l'a placé ?

— Aucune source n'est affirmative. J'essaie de trouver. Tout ce que je sais, c'est qu'il y a deux contrats.

Alors que la circulation autour de moi se résorbait et que je commençais à avancer, je remarquai une voiture qui me sembla familière.

Un Hummer vert.

Certes, les Hummers étaient omniprésents à Miami, mais un vert, impossible. À South Beach, cette voiture colorée avait une allure artistique et unique. Ici, près du village d'Indian Creek, il se démarquait.

— Dani… dis-je d'une voix tremblante, je crois que quelqu'un me suit.

— *Merde !* Pourquoi as-tu semé ta sécurité ?

Je serrai les dents.

— C'était un jeu. Nous le faisons tout le temps. En général, ils me repèrent en une minute ou deux.

— Ce n'était pas le bon jour pour déconner, Jay, grogna-t-elle, frustrée. Je vais voir si nous avons un homme dans les parages. Sinon, j'appellerai Van.

Je regardai dans mon rétroviseur et je fis le Hummer qui se rapprochait en se faufilant entre les voitures.

— Oui, je crois que Van est la meilleure option. Elle a des gens partout.

Van, c'était Devani Patel, l'une de nos amies qui travaillait pour une agence d'espionnage clandestine connue sous le nom de Solon. Si quelqu'un pouvait m'aider au dernier moment, c'était elle. Elle avait des gens dans le monde entier et pouvait les mobiliser en quelques secondes.

— As-tu un moyen de retourner sur l'autoroute ?

J'entendis Danika pianoter sur son clavier.

Je regardais toutes les rues secondaires menant à l'autoroute.

— Je pourrais, mais ça pourrait me prendre une minute. C'est l'heure de pointe, mais la circulation est insensée.

Je tournai à droite, pensant faire le tour du pâté de maisons.

— Qu'est-ce que tu fais ? Pourquoi as-tu tourné ?

— Cette rue est le chemin le plus rapide pour revenir sur l'auto...

À ce moment-là, le Hummer percuta l'arrière de ma Mercedes, me propulsant contre la camionnette qui me précédait. Mon corps entier fut projeté en avant et mes airbags se déployèrent.

Des étoiles jaillirent sous mes paupières alors que la douleur envahissait tout mon corps.

— Jay !

J'entendais Danika hurler dans les haut-parleurs, mais je ne pouvais pas répondre.

J'étais dans un état second.

Les vitres de ma voiture volèrent en éclat.

Quelques secondes plus tard, quelqu'un s'approcha et ouvrit la portière.

— Nous l'avons.

— Dépêchez-vous. Il y a trop de caméras ici.

L'instant d'après, deux paires de mains me tiraient hors de la voiture. Ce fut à cet instant que mon cerveau se remit enfin assez en marche pour lutter. Je déplaçai l'un de mes bras pour saisir la gorge de l'homme qui portait la moitié supérieure de mon corps et je serrai, enfonçant mes ongles profondément avant de replier mes jambes et de les dégager d'un coup sec. Les deux hommes perdirent leur prise sur moi, et je tombai au sol, me cognant le dos contre l'asphalte.

— Bordel ! s'écria l'un des types. Ça fait mal, *merde* ! Attrapez cette garce.

Je m'accroupis, prête à balancer un coup de pied si quelqu'un s'approchait de moi. Plus jamais je ne laisserais quelqu'un me prendre. Le jour où je mourrais, ce serait selon mes conditions.

Dans le brouillard d'un mal de tête naissant, je remarquai qu'un autre groupe d'hommes s'approchait, armes au poing.

Que se passait-il ?

Je ne pouvais rien prendre à l'intérieur de la voiture.

Où étais-je censée aller ? Je n'avais ni téléphone ni portefeuille.

Merde.

— Elle est à nous, dit un homme avec un fort accent du New Jersey.

— Pas question !

L'un des hommes qui m'avaient sortie de la voiture s'interposa entre le type armé et moi.

Sachant que je n'aurais pas beaucoup de temps avant qu'ils ne reportent leur attention sur moi, je rampai en arrière, contre ma voiture. Je m'écorchai les mains sur du verre brisé, mais je me retins de crier.

Ça faisait mal, bon sang !

Je savais que mon père était derrière tout ça.

Si c'était comme ça qu'il comptait m'avoir, je veillerais à ce qu'il paie. Je savais comment me protéger, maintenant. Je n'étais plus cette fille faible. J'avais vécu toute une vie au cours des dernières années.

Je m'apprêtais à bouger lorsque j'entendis un coup de feu, ce qui me fit tressaillir, et m'accroupir plus bas.

Respirant malgré la douleur, et laissant ma colère me guider, je rampai lentement sous ma voiture. Je ne pouvais pas partir en courant sans attirer leur attention, et je préférais qu'ils se battent plutôt que d'être touchée par des tirs croisés.

Alors que je me plaçais le plus loin possible de la confrontation, j'entendis une voix qui n'aurait pas dû exister.

— Princesa, viens avec moi. Je vais te protéger.

La nausée m'envahit. *Merde* alors !

Il ne pouvait pas me protéger. Il était mort. Il était parti au moment où j'avais le plus besoin de lui. C'était mon esprit qui me jouait des tours. Forcément. Je ne pouvais pas m'engager à nouveau dans cette voie.

J'avais travaillé trop dur pour que ce genre de truc arrive. Peut-être que le coup que j'avais reçu à la tête était plus fort que je le pensais. J'avais un mal de tête terrible. C'était la seule explication.

Respire, Jayna. Respire, Jayna. Tu n'es pas en train de perdre la tête.

Je me roulai en position fœtale et fermai les yeux alors que résonnaient un autre coup de feu au loin et les cris des gens qui me cherchaient.

— Bébé, je dois te faire sortir d'ici. Nous n'avons pas beaucoup de temps.

Je me couvris les oreilles de mes mains. Ce n'était pas en train d'arriver. Je refusais que cela arrive.

J'étais plus forte que cela. J'avais survécu à tant de choses !

— Bon sang, ça fait plus de deux ans, et tu es toujours aussi têtue ! Je ne voulais pas faire ça, mais tu ne me laisses pas le choix.

Une main recouverte d'un tissu se plaqua sur ma bouche, et le monde disparut.

4

 iran

JE RÉPONDIS à mon téléphone en entrant dans ma salle de bains deux heures après l'enlèvement de Jayna.

— Je l'ai.

Nik poussa un soupir de soulagement, puis demanda :

— Comment va-t-elle ?

— Bien, répondis en jetant un coup d'œil au lit où Jayna était allongée, immobile.

Même avec des éraflures et des coupures sur la peau et une ecchymose foncée couvrant le côté de son visage, elle était à couper le souffle. Plus de deux ans de séparation n'avaient pas altéré la beauté naturelle de la seule femme qui avait jamais possédé mon cœur.

Je n'avais qu'une envie, me glisser dans le lit à côté d'elle et la serrer contre moi.

Lorsque Nik avait transmis la nouvelle du double contrat sur Jayna, je venais d'arriver à Miami et j'avais presque perdu la tête en essayant de la localiser. J'étais arrivé à temps pour la voir donner un coup de pied au visage d'un de ses assaillants et tomber à terre. Au moment où j'allais intervenir, un autre groupe était arrivé, m'offrant l'opportunité parfaite d'attraper Jayna. Je détestais avoir à l'assommer, mais le seul autre choix était de la terroriser et d'attirer l'attention sur nous.

— Est-elle blessée ?

— Pas gravement. Des ecchymoses, principalement. Et quelques coupures sur les mains. Elle sera endolorie, mais il n'y a pas lieu de s'inquiéter.

— Tu en es sûr ?

Je serrai les dents.

— Oui, abruti. Je sais si ma femme est blessée ou non. J'ai reçu une formation médicale plus complète que la tienne.

Lorsque nous étions arrivés dans notre propriété au large des Keys, elle avait passé son temps entre éveil et inconscience. Elle ne fit presque aucun bruit pendant que je lui retirais ses vêtements, que je vérifiais qu'elle n'avait pas de blessures, et que je nettoyais la crasse qui recouvre sa peau.

Après lui avoir passé l'un de mes t-shirts par la tête, je l'avais étendue sur le lit et l'avais laissée dormir.

— Elle ne sait pas que c'est toi, si ?

— Non. Mais elle ne s'est pas encore suffisamment réveillée pour comprendre ce qui s'est passé. Je crois qu'elle dort, tout simplement. Elle semble complètement épuisée.

— Danika dit qu'elle dort à peine plus de quelques heures à la fois. La seule fois où elle l'a entendue dire qu'elle avait dormi toute la nuit, c'était...

— Avec moi, dis-je, terminant sa phrase alors qu'une vague de culpabilité me frappait. Je sais.

Je connaissais l'histoire de Jayna, les abus qu'elle avait subis et les cauchemars qui hantaient ses rêves. J'avais promis de la mettre à l'abri, et pour une courte période, je l'avais fait.

J'avais beaucoup de choses à me faire pardonner.

— On sait qui a lancé les contrats sur Jayna ?

— D'après Rey, il est toujours sur la piste d'une des sources, mais l'autre, c'est ton idiot de cousin, Hector.

— Ça n'a aucun sens. Pourquoi Hector s'en prendrait-il à Jayna ? Elle n'est pas une menace pour lui.

— Qu'est-ce que j'en sais ? Rey est en train de creuser, et je suis sûr que Danika mène ses propres recherches. Tout ce que nous savons, c'est qu'il a rendu une visite inattendue à *Tia* Martha aujourd'hui.

— Ça fait beaucoup pour une coïncidence.

— C'est exactement ce que je pense.

Hector était le fils illégitime de mon oncle Luis. Ils faisaient partie de cette branche de ma famille dont j'avais ignoré l'existence en dehors de mes parents pendant presque toute ma vie. Ce ne fut qu'après m'avoir adopté qu'Arin m'avait mis en contact avec *Tia* Martha et que j'avais appris mon histoire.

Lorsque mon père, Antoni, avait quitté Porto Rico avec ses sœurs, il avait laissé derrière lui un père, trois frères et un syndicat d'armement et de drogue très lucratif. Avec le temps, et en raison de la nature de leur activité, les seuls membres de la famille encore en vie pour prendre le contrôle de la Silva Familia étaient Hector et moi. Et, de nous deux, c'était moi que mon grand-père, Victor Silva, avait choisi comme héritier.

Je n'avais aucune intention de vivre ailleurs qu'aux États-Unis. Ma vie était à New York, et aucun statut ni aucune somme d'argent n'y changerait quoi que ce soit. Ce n'était pas lié au cœur de l'activité des Silva. En tant que King, je n'avais jamais suivi le droit chemin, et nous travaillions quotidiennement avec des personnes qui touchaient à tout, que ce soit légal ou non. C'était lié à la famille que je formais avec Arin et mes frères adoptifs, Nik, Rey et Sam. C'était un lien que rien ne pouvait briser.

J'avais cédé mes droits et mon héritage, allant même jusqu'à nommer Hector chef légitime de la famille. Cependant, Victor n'avait pas accepté ma position. À ses yeux, j'étais l'héritier légitime portant le nom de Silva, et je possédais donc tout.

Victor se fichait éperdument d'avoir formé Hector au

métier dès son premier souffle, et de savoir que ce dernier était aussi impitoyable qu'il aurait pu en rêver.

Foutu traditionaliste.

Victor était décédé à l'époque où j'avais épousé Jayna, et j'avais informé Hector que je ne voulais pas m'impliquer dans le business, et qu'il pouvait l'avoir. J'avais cru que cela mettrait un terme au problème.

Mais, apparemment, je m'étais trompé.

— Que voulait-il de *Tia* Martha ?

— D'après elle, il l'a interrogée sur certains de ses contacts dans le domaine du fret, et il voulait qu'elle fasse les présentations. Il n'a pas apprécié qu'elle lui dise d'aller se faire voir ailleurs. Et, avant que tu ne dises quoi que ce soit, nous avons affecté du personnel supplémentaire à sa sécurité.

— Cet enfoiré se prépare à s'étendre aux États-Unis.

— C'est ce qu'on dirait.

— Où est-il maintenant ?

— D'après nos informations, il attendait un colis sur un aérodrome privé. Je ne peux que supposer qu'il s'agissait de Jay. Comme il n'arrivait pas, il a pris un avion pour San Juan. Il a atterri il y a une heure.

— Qu'est-ce qu'il gagne à s'en prendre à Jayna ?

— Je me demande si le fait qu'elle déménage à Miami ne l'a pas poussé à penser que tu étais en vie.

— Cela fait plus de deux ans. Pourquoi aurait-il attendu jusqu'à aujourd'hui pour remettre ma mort en question ? En plus, la mère de Jayna vit à Miami. Ce n'est pas totalement saugrenu de sa part de s'installer près d'elle.

— Elle a engagé tes cousins pour gérer ses affaires. Elle en a même envoyé deux d'entre eux pour superviser le site de New York. Tu dois bien admettre qu'elle suscite une loyauté assez intense de la part de ta famille. Elle a continué à faire ce que vous faisiez.

Jayna attirait toujours les gens. Elle avait une manière de faire qui donnait à chacun l'impression d'être important. Et elle aimait avec passion. Une fois que vous étiez dans son cercle intime, vous lui apparteniez pour toujours.

— *Merde* ! m'exclamai-je.

Puis, je me tournai vers le lit et je murmurai :

— Jay, qu'as-tu fait pour te retrouver dans le collimateur d'Hector ?

J'appuyai ma paume sur le marbre du comptoir de la salle de bains.

— C'est une question à laquelle tu vas devoir répondre. Jayna a autant de secrets que ma femme. Encore plus depuis qu'elle est revenue de Grèce.

Environ un an plus tôt, la millionnaire grecque Sylvia Thanos avait décidé que Jayna avait besoin de vacances, et elle l'avait emmenée sur son île au large de la Grèce. Quoi qu'elle ait fait à Jayna, cela avait allumé un feu en elle. Elle avait décidé de quitter New York et s'était lancée à corps perdu dans le développement de ses activités avec une détermination sans faille.

— Les réponses devront attendre qu'elle ait fini d'essayer de m'étriper.

— Nous devrons tous assumer les conséquences à un moment ou à un autre. Tu as de la chance qu'il ait tenu aussi longtemps.

— C'est compris.

— Au fait, ton contact a dit que la scène était un vrai boxon et que c'était un vrai calvaire de la nettoyer.

— Ils s'en remettront, marmonnai-je. Je les ai aidés assez souvent.

— Vas-tu également confesser ces activités à ta femme ?

— Oui. Il est temps de mettre toutes les cartes sur la table et de voir où les jetons atterrissent.

— Je te suggère de dormir un peu pendant que ma femme et Rey font leur boulot de hackeur. Tu vas avoir besoin de tout le repos possible pour faire face à la colère de Jayna.

— En parlant de ta femme, dis à Dani que je suis désolé de l'avoir mêlée à tout ça.

— Tu lui diras la prochaine fois que tu la verras. Je suis sûre que quand Jayna découvrira que Danika savait et qu'elle a gardé ton secret, elle aura sa propre dose d'ennuis.

— Mes péchés me rattrapent.

— Nous sommes tous des pécheurs. C'est la manière dont nous nous repentons qui compte. Repose-toi un peu. Je ferai mon rapport demain matin. Nik raccrocha.

Je posai mon téléphone sur le comptoir, me penchai en avant, et j'étudiai mon visage. J'avais parcouru un long chemin depuis cet homme qui ne pouvait pas se regarder sans grimacer.

Les hommes comme moi et mes frères, ceux qui avaient été forgés par la rue, n'avaient pas le droit d'être brisés. Nous franchissions tous les obstacles, ignorions la douleur, et prétendions n'avoir aucune faiblesse.

Je savais que je les avais laissés tomber. J'avais même laissé tomber ma femme !

Mes frères m'avaient pardonné, et maintenant, je ne pouvais qu'espérer que Jayna le ferait aussi. J'étais l'exécuteur, le protecteur, celui que l'on envoyait pour s'assurer que tout le monde suivait les règles.

Il était temps que je fasse mon boulot. Jayna se trouvait sur le chemin d'ennemis visibles et invisibles. Il était hors de question que je laisse quelque chose lui arriver à nouveau. Je n'avais peut-être pas été capable de la protéger après mon accident, mais je le pouvais aujourd'hui.

Passant une main sur mon visage, je retirai mon t-shirt et mon pantalon.

Mieux valait que je prenne une douche et que je me repose avant que la tigresse endormie ne se réveille et ne me dévore pour le petit-déjeuner.

5

iran

— Oᴜɪ. Juste là.

Je gémis et remuai ; il me fallait davantage de ce baume apaisant et paradisiaque atténuant la douleur qui parcourait sans cesse ma peau.

Doux et délicat, léger et tendre. *Doux Jésus.* Je pouvais presque sentir la pression des lèvres pulpeuses de Jayna contre mon cou.

Il était impossible que ce soit autre chose qu'un rêve.

Trop de nuits, j'avais ouvert les yeux et m'étais retrouvé seul, endolori, à vouloir remonter le temps.

Ses hanches et ses cuisses généreuses chevauchaient ma

taille, et je ne pus m'empêcher de gémir et de me soulever pour profiter de l'incroyable sensation que me procurait le frottement du sexe de ma femme contre mon boxer tendu à l'extrême.

Ce devait être pour mon esprit une version perverse de la torture.

— Kir, gémit Jayna en se frottant de haut en bas contre mon érection. Pourquoi tu ne me touches pas ? J'ai besoin que tu me touches. Ne me laisse pas me réveiller sans tes mains sur moi.

Aussitôt, je me figeai. Mon cerveau se mit en marche, j'ouvris les yeux pour voir Jayna qui me fixait à travers des iris noisette chargés de désir.

Par le passé, combien de matins m'étais-je réveillé en présence de cette femme magnifique, exactement comme ça ? Avec ses mains qui m'exploraient avant qu'elle me chevauche jusqu'à ce qu'aucun de nous ne puisse penser à autre chose qu'au désir de jouir ?

— Princesa.

Je ne pouvais dissimuler la panique dans ma voix empreinte de sommeil.

L'un de ses doigts délicats glissa au milieu de mon visage, sur mes lèvres et le long de mon cou.

— Tu es tellement beau, Kir. Tu n'as jamais été trop mignon, comme tu aimais à le dire. Tu étais parfait pour moi.

C'était sûr : elle n'était pas réveillée, si elle me voyait parfait.

— J'ai besoin que tu t'allonges à côté de moi.

Je jetai un coup d'œil à l'horloge et constatai qu'il était plus de deux heures du matin. Nous avions dormi tous les deux pendant près de cinq heures.

Elle posa un doigt sur mes lèvres, puis s'abaissa jusqu'à ce que nous soyons nez à nez.

— Je veux faire l'amour, Kir. J'ai si mal. Toute la journée, parfois. Ensuite, je rêve de toi, et je me réveille chaque fois que c'est sur le point de devenir bon.

Je serrai les poings le long de mon corps, refusant de saisir ses hanches et de faire ce que nous désirions tous les deux.

— Ce n'est pas un rêve. J'ai besoin que tu me regardes.

— C'est ce que je fais.

— Qu'est-ce que tu vois ?

— Le fantôme que je ne peux pas laisser partir. Mon amant. Mon homme. Mon mari. L'homme qui m'a promis de rester avec moi jusqu'à mon dernier souffle. La raison pour laquelle je refuse de retomber amoureuse.

C'était un foutu direct en plein cœur.

— Jayna.

Je me soulevai, et elle me repoussa aussitôt, posant ses deux mains à plat sur mon torse.

— Si tu as l'intention de me quitter encore, je veux t'explorer, dit-elle en frôlant ma joue de son nez. C'est mon droit. Je suis ta femme.

— Ce n'est pas une bonne idée, bébé.

— Bien sûr que si. D'ailleurs, c'est toi qui dis que le sexe le matin est la meilleure façon de commencer la journée.

J'irais en enfer. J'allais foncer droit en enfer. Je fermai les yeux, incapable de me détendre et de résister au besoin de la toucher.

C'était une catastrophe en puissance. Lorsque Jayna apprendrait la vérité, il y avait une chance qu'elle ne puisse pas me regarder. Ses doigts gracieux et ses ongles effleurèrent mon cou et ma gorge, me donnant la chair de poule.

La pression de ses lèvres au centre de ma poitrine fit bondir mon membre. Il se heurta à son sexe humide qui se balançait contre moi.

Je savais que je mourrais de ce tourment érotique.

Elle descendit plus bas, ses lèvres et ses mains traçant un chemin le long de mon abdomen.

Merde.

Je devais l'arrêter avant que cela n'aille trop loin.

Elle me poussa légèrement sur le côté, suivant le contour d'un de mes tatouages, que j'avais fait prolonger après mon accident.

— C'est nouveau.

Son ton et son souffle changèrent lorsqu'elle étudia de plus près l'encre qui recouvrait les cicatrices sur mon flanc et mon dos.

La sensation d'avoir quelqu'un qui touchait ma peau était presque insupportable. Que ce soit Jayna qui m'explore, qu'elle voie les dégâts causés par l'accident cachés sous l'encre, était à la fois une bénédiction et une malédiction.

Que se passerait-il quand elle se réveillerait et se rendrait compte que j'étais un menteur, le méchant du conte de fées, et non le héros comme elle le croyait ? Accepterait-elle de m'écouter et de me pardonner ? Ou allait-elle m'éviscérer comme je m'y attendais ?

Elle me repoussa sur le dos et se mit à califourchon sur mes hanches. Ses yeux me scrutaient, presque frénétiques, jusqu'à ce qu'ils se posent sur mon alliance : son regard devint sauvage.

— Tu ne l'as pas enlevée.

— Seulement quand ils m'y ont obligé.

Bon sang, je lui parlais comme si elle pouvait me comprendre.

Qu'étais-je en train de faire ? Il fallait que je mette un terme à cela.

Mais mon côté enfoiré tordu ne pouvait pas le faire. J'avais besoin de ce peu de temps avant qu'elle ne comprenne que ce n'était pas son imagination.

Elle posa ma main sur son sein, mais je la laissai glisser sur le lit, ce qui lui fit froncer les sourcils.

— Est-ce que tu m'aimes, Kir ? demanda-t-elle de cette voix qu'elle prenait lorsqu'elle était déterminée à obtenir ce qu'elle voulait.

— Plus que tout sur Terre.

— Alors, touche-moi.

Elle retira le t-shirt que je lui avais passé, dévoilant ses incroyables seins. J'en eus l'eau à la bouche, je mourrais d'envie de les goûter.

— Je ne peux pas. Pas avant que nous ayons parlé. Pas avant que tu m'aies pardonné.

Elle saisit mes mains et les posa sur ses seins nus, se servant de mes paumes pour les serrer.

C'était de la torture, pas le rêve que j'avais cru faire.

— Je n'ai pas envie de parler. Je veux te toucher. Je veux m'envoyer en l'air.

Je libérai mes mains et tentai de déloger Jayna, mais elle avait serré les genoux et les cuisses contre les miens.

Quand était-elle devenue aussi forte ? C'était forcément dû à toutes les heures qu'elle avait passées à s'entraîner au club.

— Ce n'est pas si simple, Jayna.

— Bien sûr que si. As-tu envie de moi ?

— Bien sûr que j'ai envie de toi ! Je n'ai qu'une envie, me perdre dans ton corps. Ce n'est pas le bon moment, dis-je en plaquant mes mains sur mon visage.

C'était ma pénitence pour ces dernières années. Forcément.

— Très bien. Si tu ne veux pas participer, je m'en occuperai moi-même.

Elle passa une main entre nos deux corps et saisit mon sexe à travers mon boxer. Rejetant ma tête en arrière, je me cambrai contre sa main. Je ne pouvais faire autrement que me délecter de cette incroyable sensation. Cela faisait presque trois ans qu'elle n'avait pas posé la main sur moi.

— Je t'en prie, Jayna. Si nous faisons ça, tu vas me détester.

Son regard croisa le mien alors qu'elle baissait mon boxer, juste assez pour libérer mon membre, et elle me positionna contre son intimité trempée.

— Oh non, Kir. Je te déteste. Autant que je t'aime, dit-elle en glissant légèrement. Espèce d'ordure.

Je me figeai en comprenant qu'elle était complètement réveillée et qu'elle était furieuse.

— Maintenant, prends-moi, ou je te tue avec le couteau que tu as sûrement caché dans le tiroir du haut.

Je contemplai des yeux remplis de douleur, de colère et de trahison, sachant que j'étais sur le point d'entrer dans une tempête.

— Fais-le ! m'ordonna-t-elle alors que ses cheveux cascadaient sur ses épaules.

Il fallait que j'arrête. Que je fasse ce qu'il fallait. Que j'essaie de la raisonner.

Mais, *merde* ! J'avais tellement besoin d'elle. Alors, au lieu de l'arracher à moi, je saisis ses fesses rondes et je la fis descendre brutalement, en m'enfouissant jusqu'à la garde.

— *Merde*, Jayna !

La sensation de son sexe était meilleure que jamais. Sa chaleur, la manière dont ses muscles se contractaient contre moi, son odeur... Il n'y avait rien de tel que son odeur, pas son parfum, mais son essence naturelle, terreuse et pure.

— Ne bouge pas, haleta Jayna en fermant les yeux. Je... je dois me réhabituer à ça. Mon Dieu ! Ça m'a manqué de te sentir en moi.

Son visage magnifique reflétait son plaisir et son désir.

— Bébé, je dois bouger. Ça fait tellement longtemps. Je ne vais pas durer.

Elle ouvrit les paupières et ses lèvres se retroussèrent, non pas par amusement, mais par calcul.

— À qui la faute ?

Elle fit rouler ses hanches et je vis des étoiles.

Je la maintins en place avec mes mains, et me soulevai sur les coudes.

— Si je jouis, tu ne pourras pas jouir.

— C'est toi qui le dis, me défia-t-elle. Ça fait des années que je satisfais mes propres besoins. Je n'ai pas besoin de toi pour ce service particulier.

Alors ça, c'était hors de question. Ce n'était pas ainsi que cela fonctionnait entre nous.

Je la fis basculer sur le dos tout en restant profondément enfoui en elle, puis je coinçai ses bras au-dessus de sa tête.

— Que les choses soient bien claires. Tu jouis si je le permets. Chacun de tes orgasmes m'appartient.

Le feu brûlait dans ses yeux noisette.

— Tu ne les mérites pas.

— C'est vrai, mais ils sont à moi.

Je bougeai les hanches jusqu'à presque totalement me retirer, puis je m'enfonçai à nouveau brutalement, nous faisant gémir tous les deux.

— À partir de maintenant, ce corps m'appartient. Même si je ne le mérite pas, il est à moi.

Je la pénétrai encore et encore.

— Tu ne me possèdes pas. Aucun homme ne me possédera plus jamais. Surtout pas toi.

— Si tu ne m'appartiens pas, alors pourquoi n'as-tu pas pris d'amant ? Pourquoi n'as-tu pas trouvé un autre homme ?

— Je te déteste !

Elle me mordit l'épaule si fort que je sus qu'elle avait fait couler mon sang. Puis, tout à coup, elle rejeta la tête en arrière et cria :

— Ne t'arrête pas ! Ne t'arrête pas. Je te botterai les fesses si tu arrêtes. Et crois-moi, Je sais exactement comment y parvenir maintenant.

Son sexe frémit avant de se contracter et de m'inonder de son excitation.

Bloquant ses poignets d'une main, je glissai l'autre entre nos deux corps jusqu'à son clitoris enflé. Lentement, je caressai le délicat faisceau de nerfs en suivant le rythme qui, je le savais, la ferait basculer dans l'oubli.

— Kir ! s'écria-t-elle en se contractant autour de moi, cambrée, les yeux fermés.

Son orgasme fut si puissant que j'en perdis le contrôle.

Libérant les bras de Jayna, je posai les bras autour de sa tête et me redressai, imprimant un rythme rapide et soutenu. Tous mes nerfs en sommeil s'éveillèrent, avides de toutes ces sensations qui leur avaient été refusées pendant si longtemps.

Lorsque Jayna enroula ses jambes et ses bras autour de moi, ce fut comme un léger répit dans la tempête dans laquelle je venais d'entrer.

C'était ma femme, la princesse de la tour d'ivoire qui avait tout quitté pour le rat des rues.

Mon cœur.

Mes testicules commencèrent à se tendre, et je compris que je pourrais pas tenir plus longtemps. Mais je n'avais pas d'autre choix que d'attendre. Le changement dans la respiration de Jayna m'indiqua qu'elle grimpait à nouveau.

— Est-ce que tu veux jouir encore ?

— Oui, gronda-t-elle, comme si elle était furieuse de l'admettre.

— Comment veux-tu que je fasse ?

Elle ferma les yeux, refusant de me regarder.

— Tu sais comment. J'en ai besoin.

— C'est un signe de soumission.

— Je sais.

— Regarde-moi. C'est ce que tu veux. Assume.

La colère et le désir étaient de retour dans son regard noisette, et je préférais ça à la tristesse et à la résignation.

Déplaçant mon poids sur un bras, je glissai ma paume sur sa gorge, l'entourai de mes doigts et la serrai. Ce n'était pas assez pour lui faire mal, mais je lui offrais la pression qu'elle désirait, associée à mes coups de reins, pour la faire basculer. Aussitôt, son corps réagit et son sexe se contracta autour de mon érection.

Je n'allais pas mentir et dire que cela ne me faisait rien de savoir qu'elle attendait cela de moi. Qu'elle me fasse encore assez confiance pour vouloir cela de moi.

— C'est ça, lâche prise.

Je continuai mes va-et-vient, la poussant de plus en plus près de son apogée.

La sueur dégoulinait de mon front et je soufflai, réfrénant mon besoin grandissant de jouir.

— Oh, mon Dieu ! Oui ! Oh, oui !

Son dos se cambra ; elle me serra si fort que je vis des étoiles et que je basculai avec elle, et nous nous perdîmes dans l'insouciance de l'orgasme.

6

J ayna

Comment pouvait-il me faire ça ?

J'essayai de reprendre mon souffle, en proie à des envies de pleurer, de frapper l'homme à moitié couché sur moi et de coucher à nouveau avec lui.

Il m'avait presque détruite lorsqu'il était mort, et maintenant… et maintenant, quoi ?

Je n'arrivais même pas à comprendre ce qui se passait.

À un moment, je me trouvais au milieu d'un enlèvement, puis je rêvais de mon mari mort qui ne l'était pas. Et pour couronner le tout, mon corps s'était réveillé de son hibernation et demandait maintenant à être satisfait.

Comment pouvais-je avoir encore envie de sexe alors que son membre venait à peine de quitter mon corps ?

Peut-être que je rêvais encore. Je priai pour que ce ne soit qu'un mauvais rêve. Il ne me ferait pas une chose pareille.

— Il faut qu'on parle, dit Kir sans lever la tête de mon épaule.

Pas de chance. Ce n'était pas un rêve.

Je fixai le plafond, étudiant le verre multicolore qui composait la structure. Le design me paraissait familier, semblable à quelque chose que j'avais esquissé avec un architecte longtemps auparavant.

Soudain, une boule se forma dans ma gorge.

— Où sommes-nous ?

— Dans les Keys.

Non. Il n'oserait pas.

— Où ?

Il se souleva sur ses avant-bras pour me fixer.

— Tu sais où.

Je me mordis la lèvre, et je sentis les larmes que je refusais de verser affluer.

Kir et moi avions acheté une petite île privée au large des Keys pour y construire une maison de vacances. Nous avions débuté la construction lorsque Kir avait eu son accident. J'avais ordonné à Nik de vendre la propriété, et je croyais donc que tout s'était arrêté. Jamais je n'aurais imaginé venir dans un endroit où il y aurait tant de souvenirs.

— Es-tu resté ici tout ce temps ?

— Je suis venu un peu avant que tu ne déménages à Miami. J'étais à New York avant ça.

Une rage comme je n'en avais jamais ressentie auparavant se mit à bouillonner en moi.

— Espèce d'ordure ! Comment as-tu pu ?

Je poussai Kir sur le côté avec toute la force que je pus rassembler dans mes bras, et je me précipitai hors du lit.

C'en était trop. Il fallait que je m'éloigne de lui. J'avais besoin d'espace. Je n'arrivais pas à réfléchir. Je regardai autour de moi, essayant de trouver où aller tout en sachant que j'étais coincée. J'étais sur une foutue île.

Nous avions choisi cet endroit pour son isolement. Et je ne doutais pas que Kir avait truffé cet endroit de dispositifs de surveillance et de sécurité de pointe. Personne ne pouvait arriver ou partir sans son accord.

Par le passé, la capacité de Kir à me protéger, à tenir le monde à l'écart, était quelque chose dont j'avais besoin, que je désirais ardemment. Aujourd'hui, je n'avais qu'une envie : courir, m'enfuir loin de tout ça. Peu importait ce que *ça* était.

Je sentais la panique monter en moi.

Il se passait trop de choses.

J'attrapai un drap et l'enroulai autour de moi, puis je me dirigeai vers l'autre côté de la pièce, afin de mettre le plus de distance possible entre Kir et moi.

C'est alors que je sentis le glissement chaud et humide de la jouissance de Kir sur l'intérieur de mes cuisses, et mon excitation reprit aussitôt.

Oh, bon sang... Je n'avais pas besoin de cela maintenant, en plus de tout le reste.

Je réprimai la guerre des émotions qui s'apprêtait à me submerger. Il fallait que je me maîtrise.

— Princesa.

Il fit un pas vers moi, et je levai une main pour le retenir, me servant de l'autre pour tenir le drap.

— Ne t'avise pas de m'appeler comme ça. Tu n'en as pas le droit.

— Nous sommes mariés. Tu m'en as donné le droit en devenant mienne.

— Non, je suis veuve, répliquai-je alors que des larmes troublaient ma vision et que mon corps se mettait à trembler. Kiran Antoni King est mort dans un accident il y a deux ans, huit mois, deux semaines et cinq jours. L'homme que j'aimais ne m'aurait jamais laissée vivre en me cachant qu'il était en vie. Il m'aurait fait confiance. Il se serait battu bec et ongles pour être à mes côtés.

— J'ai eu tort, dit-il, faisant un pas vers moi alors que je reculais. J'ai fait tellement d'erreurs !

— Des erreurs ? C'est comme ça que tu appelles ça ?

— Il y a des choses que tu ignores.

— De toute évidence.

Je serrai davantage le tissu autour de mon corps. Puis, je repris mes esprits et nouai le drap entre mes seins.

— Commence à parler.

Je m'éloignai de lui, longeant les baies vitrées donnant sur l'eau, jusqu'à son chevet.

Kir secoua la tête et s'avança vers moi.

— Reste là. Je ne veux pas que tu t'approches de moi pour l'instant. Pas avant que j'aie obtenu des réponses.

Il s'immobilisa et j'ouvris le tiroir du haut. Je m'attendais à trouver un couteau comme celui qu'il gardait chez nous à New York, mais je vis un pistolet à la place.

Saisissant l'arme, je la pointai sur lui et, par réflexe, Kir leva les mains en l'air.

Il ne pouvait pas s'approcher de moi. Mes sentiments étaient en vrac. J'avais autant envie de lui tirer dessus que de faire l'amour avec lui.

— Je ne vais pas te faire de mal, dit-il en commençant à me tourner autour.

— Reste là, Kir. Arrête de me regarder comme ça.

— Comment est-ce que je te regarde ?

— Comme si tu pouvais me désarmer en quelques mouvements. Je sais que tu es en train de calculer ton coup. N'y pense même pas.

Kir s'était entraîné toute sa vie à une forme ou une autre de combat. Même lorsqu'il courait les rues de son ancien quartier à New York, il était connu comme le gamin qui maîtrisait les techniques pour mettre à terre n'importe quel adversaire.

Il cessa d'avancer, sachant que j'avais compris ce qu'il faisait ; ensuite, il recula.

— Est-ce que tu me tirerais dessus, Princesa ?

La douleur de l'entendre m'appeler par ce petit nom était insupportable.

— Je ne suis pas ta princesse. Je ne serai plus jamais la princesse de quelqu'un.

Elles dépendaient trop des autres. Elles laissaient les autres leur dicter leur avenir. Je l'avais fait pendant trop longtemps. D'abord avec mon père puis, même si je l'avais choisi, avec Kir. Plus jamais je ne me laisserais faire.

— Et, pour que ce soit clair, je vais te tirer dessus. Comme ça, tout ce que j'ai vécu ces dernières années ne sera pas qu'un mensonge.

Ses lèvres se retroussèrent légèrement, ce qui me donna envie d'appuyer sur la détente.

— Jayna, bébé. Écoute-moi.

— Ne t'avise pas de me donner du *Jayna, bébé.*

— Je n'ai pas choisi d'avoir cet accident.

— Oui, je sais. C'est mon père qui en est responsable.

— Non, je dois te donner tous les détails. Il y a des choses que tu ignores. Je n'étais pas dans mon état normal. Les raisons pour lesquelles...

— Je connais tous les détails, l'interrompis-je.

Je ne pouvais pas m'attarder à nouveau sur ces souvenirs.

— J'ai vu la vidéo de cette nuit-là. Danika me l'a montrée avant de la détruire.

Quelques mois plus tôt, mon père avait essayé d'utiliser les images de l'accident pour faire accuser de meurtre Nik, le frère de Kir. La vidéo montrait Nik en train de déplacer le corps de Kir. Un corps que je croyais mort. Danika avait fait appel à certaines personnes qui lui devaient une faveur et s'était servie de ses talents de hackeur pour faire disparaître tout ce qui pouvait impliquer Nik dans le crash de Kir.

— Je ne voulais pas que tu la voies.

J'inclinai la tête sur le côté.

— Ce n'était pas ton choix. Mais je suppose que tu crois avoir le droit de prendre des décisions à ma place. Eh bien, je vais être très claire : j'avais le droit de savoir si mon mari était mort ou vivant. J'avais le droit d'être à ses côtés pendant sa convalescence. J'avais le droit de décider si j'étais capable de gérer quelque chose ou non. Et surtout, tu aurais dû être à mes côtés pendant tout ce temps. J'avais besoin de toi.

Je criai cette dernière partie, me remémorant l'agression au couteau et la perte de notre enfant.

— Je suis désolé. Je sais que je t'ai abandonnée.

L'angoisse qui se lisait sur son visage était trop intense pour que je puisse l'encaisser alors que mes émotions étaient à fleur de peau.

Je voulais me détourner, mais j'avais vécu toute une vie depuis son départ, et je pouvais affronter n'importe quoi.

— Je serais restée à tes côtés.

— *Merde* ! Le problème, ce n'était pas de savoir si tu aurais été à mes côtés ou non. Le problème, c'était ce que j'étais devenu.

Je marchai vers lui, la colère brûlant sous ma peau, mais avant que je ne me rende compte qu'il bougeait, il m'avait arraché l'arme des doigts et l'avait jetée sur le lit.

Il tint mes mains dans les siennes, et nous nous sommes regardés.

Respirant fort, je lui dis en serrant les dents :

— Je te regarde. Tu pensais que tes cicatrices me rebuteraient ? C'est ce que tu penses de moi ? Que je suis superficielle à ce point ?

Il ferma les yeux, comme si je ne comprenais pas ce qu'il disait.

— Tu mérites mieux que moi, ça a toujours été le cas. C'était une chose sur laquelle ton père et moi étions d'accord.

Je dégageai mes mains, me servant des mouvements qu'il m'avait appris, et repoussai sa poitrine avec suffisamment de force pour le faire reculer de quelques pas.

— Tu oses ? Ne t'avise pas de me servir cette excuse ! J'avais le droit d'être là pour toi. J'avais le droit de savoir que tu étais en vie !

— Jayna, je n'étais plus l'homme que tu as connu avant l'accident. Je m'accrochais à peine à la vie.

— J'avais besoin de toi. Sais-tu ce que ça aurait signifié de simplement savoir que tu étais là ?

Tout à coup, je compris.

— Tu ne pouvais pas prendre la décision initiale dans cette histoire, n'est-ce pas ? Nik, Sam et Rey ont dû t'aider.

Un sentiment de trahison totale m'envahit. Les King étaient solidaires. Nous formions une équipe. Ils étaient mes frères, et ils m'avaient caché ça. Ils m'avaient délibérément éloignée de mon mari. Tant de gens m'avaient tenue à l'écart de Kir. Des gens qui prétendaient m'aimer.

Oh, mon Dieu… Cela signifiait que même Danika était impliquée.

— Dani était-elle au courant ?

— Elle l'a découvert par hasard. Et elle m'a poignardé à ce moment-là, répondit-il en se frottant le bras. Elle t'est loyale. Plus que tu ne le crois.

— Pourtant, elle a gardé ton secret, dis-je.

— Ne leur en tiens pas rigueur. Ils ont fait ce qu'ils pensaient être le mieux.

— Raconte-moi.

— J'ai été plongé dans un coma artificiel pendant un peu plus de trois semaines, puis hospitalisé pendant huit semaines supplémentaires. Ensuite, j'ai eu droit à d'innombrables opérations et des séances de kinésithérapie. C'est à ce moment-là que la véritable douleur a commencé. Je devais reprendre ma vie en main en ressemblant à ça, dit-il avec un geste montrant son visage et son corps. J'étais dans une mauvaise passe. Tu m'aurais quitté si tu avais vu le monstre que j'étais devenu.

Comment pouvait-il croire que je l'aurais vu comme un monstre ?

— Notre amour n'était pas une question d'apparence, Kir.

— Je n'étais pas une bonne personne. J'étais devenu dépendant. J'avais la rage. Le genre de rage que je voudrai toujours t'épargner. À l'époque, je préférais que tu me croies mort plutôt que de t'infliger un nouveau traumatisme.

Je savais qu'il parlait de l'agression au couteau et de la

fausse couche. Je ne voulais pas y penser pour le moment, car j'avais travaillé trop dur pour garder ce souvenir sous clé.

— Je veux tout savoir.

— Il nous faudra du temps pour faire le tour de la question.

Je serrai les dents.

— Pourquoi ne pas commencer par le physique, puisque cela semble être l'une des nombreuses choses que tu me croyais incapable d'encaisser ?

Il poussa un soupir, comme s'il se résignait à l'inévitable.

— Suis-moi.

J'étudiai sa main tendue. Son alliance brillait dans le reflet des lumières de la pièce, et je me rappelai la fois où j'avais demandé si quelqu'un avait trouvé l'anneau... et la déception que j'avais éprouvée en constatant que personne ne l'avait.

Je savais maintenant pourquoi.

Au lieu de glisser ma main sur la sienne, je passai devant lui pour entrer dans l'immense salle de bains.

Je m'arrêtai une seconde, frappée par l'impact de cette pièce. Elle était telle que je l'avais imaginée, avec des parois vitrées du sol au plafond offrant une vue sur l'eau, une douche à l'italienne géante avec plusieurs pommeaux et une baignoire démesurée, suffisamment grande pour nous accueillir, le corps de combattant de Kir, qui mesurait plus d'un mètre quatre-vingt-cinq, et moi.

Il avait achevé la maison de nos rêves sans moi.

Refoulant ma rage, je m'arrêtai devant le meuble à double vasque.

Kit avança pour me déplacer face au miroir, mais je fis un pas hors de sa portée.

— Non. Tu n'as pas le droit de me toucher.

Nous nous regardâmes dans les yeux pendant ce qui me sembla des heures. Il y avait tant d'émotions entre nous : la douleur, la souffrance, la colère, le désir, la luxure, et, comme toujours, l'amour.

— Ce serait peut-être plus facile si tu regardais dans le miroir.

— Pour qui ? Toi, ou moi ? répliquai-je, incapable de masquer mon amertume.

Kir respira profondément, puis hocha la tête.

— Ceci..., dit-il en passant un doigt sur le côté de son visage, sur le bord de son œil, sur son oreille reconstruite et sur sa mâchoire, est le résultat de quatre opérations chirurgicales en l'espace d'un an et demi.

Sans réfléchir, je tendis la main, mais il s'en empara, ainsi que de la deuxième, et il les plaqua sur le comptoir en secouant la tête.

Il se tourna vers la gauche, pointant du doigt un endroit près de ses côtes.

— C'est ici qu'un morceau de métal a perforé mon poumon et il est ressorti de l'autre côté

Je ne pus m'empêcher de grimacer.

Il montra la peau plissée cachée sous les tatouages de son bras, de son dos et de son flanc.

— Tout ça, c'est le résultat de mois de greffes de peau.

— Combien de temps as-tu mis pour totalement récupérer ?

Ses yeux bruns se fixèrent sur les miens.

— Physiquement, je dirais environ deux ans. Mentalement, c'est un travail en cours. Il m'a fallu un certain temps pour sortir de cet endroit sombre où je me trouvais.

— Qu'est-ce qui t'a permis d'en sortir ?

— La désintoxication, un thérapeute qui ne tolérait pas que je déconne, et le fait de savoir que tu tournerais la page si je ne me reprenais pas en main.

Mais je ne l'avais pas fait. Enfin, pas jusqu'à aujourd'hui. L'univers se foutait définitivement de moi.

— Avais-tu l'intention de me le dire ?

Il laissa échapper un petit rire.

— Tu ne vas pas le croire, mais en fait, j'étais en route pour la maison de ta mère ce soir, je voulais te voir.

— Pourquoi chez ma mère ?

— Je voulais le faire dans un endroit où tu te sentais en sécurité. Un endroit où tu aurais du soutien. Juste au cas où tu aurais paniqué, ta mère aurait été là pour t'apaiser. Elle est capable de tout gérer.

— Tu veux dire, un endroit où tu étais sûr que je ne pouvais pas te tuer.

— C'est vrai aussi, répondit Kir, un léger sourire aux lèvres.

Ma mère l'aimait de tout son cœur, comme son fils, et, à ses yeux, il ne pouvait jamais rien faire de mal. La connaissant, elle aurait aussitôt pardonné à Kir de nous avoir fait subir ça.

Dommage, je n'étais pas comme elle. En toute logique, je pouvais comprendre qu'il se soit retrouvé dans un endroit sombre. J'y avais aussi vécu.

Je pouvais même comprendre qu'il ait dû lutter contre la dépendance.

Mais il m'avait privée de mes choix. Ma famille m'avait privée de mes choix ! Et c'était une chose dont je ne me remettrais pas facilement.

— Suis-je censée accepter ça et t'accueillir à nouveau dans ma vie ? lui demandai-je, sentant mes émotions bouillonner à nouveau.

— Je n'ai aucune attente.

— N'est-ce pas généreux de ta part ?

Je plissai les yeux et serrai le poing ignorant la légère piqûre dans ma paume due aux éraflures que je m'étais faites lors de l'enlèvement.

— Je suis vraiment heureuse que tu ne prennes plus de décisions pour moi.

La colère qui couvait en moi rugissait dans mes oreilles. Je voulais blesser Kir pour qu'il souffre autant que moi.

Et je voulais aussi coucher avec lui.

Qu'est-ce qui n'allait pas chez moi ?

Ni les cicatrices ni les changements en lui ne me rebutaient. C'était encore lui, mon idiot de mari, qui venait de me briser le cœur autant qu'il l'avait fait quand j'avais cru qu'il était mort.

— Pourquoi tu me regardes comme ça ?

J'inclinai la tête sur le côté.

— Comme quoi ?

— Comme si tu avais autant envie de me mettre une raclée que de faire l'amour avec moi.

— Et si j'avais envie des deux ? Me laisserais-tu faire ? Je pense que je le mérite.

Je m'avançai vers lui.

— Tu veux que je te laisse me frapper ?

— Accepterais-tu si je disais oui ?

— Probablement. Cela veut-il dire que tu vas mettre à profit la formation de Dillon ?

— C'est tentant. Tu le mériterais. Mais ce n'est pas ce que je veux faire.

— Qu'est-ce que tu veux ?

Je haussai un sourcil.

— Tu sais ce que je veux.

— C'est une mauvaise idée, dit-il en reculant.

Je me rapprochai et lui dis :

— À cause de toi, cela fait presque trois ans que je n'ai rien fait. Je le mérite. Et j'ai l'intention de prendre mon dû. De préférence en te faisant saigner.

Kir recula davantage.

— Tu n'es pas en état de jouer ce genre de jeu.

— Et dans quel état faudrait-il que je sois ? demandai-je, avançant toujours pendant qu'il reculait.

— Jayna.

Je faillis rire en voyant la méfiance dans ses yeux. Il

pouvait me dominer en un clin d'œil. C'était le plan. Il m'était redevable.

— Cela ne fera que compliquer une situation déjà instable.

Il se lécha les lèvres et plaça ses pieds dans une position que je connaissais bien.

— Es-tu en train de me dire non ? De là où je suis, ton érection dit le contraire.

— Mon érection ne refusera jamais de s'envoyer en l'air avec toi.

— Tu m'es redevable.

— Je te serai redevable jusqu'à mon dernier souffle. Il faut qu'on parle d'abord.

— Oh, nous allons parler. Nous avons des années de discussions à rattraper. Je vais te faire payer très cher le fait de ne pas m'avoir fait confiance, et d'avoir pris des décisions à ma place. Pour l'instant, tu dois prendre soin de mon corps.

— Le sexe n'est qu'une solution temporaire.

— Qu'il en soit ainsi. Tu as fait des promesses à mon cœur et à mon corps. Tu les as brisées.

— Je ne vais pas coucher avec toi, Jayna. Pas avant d'avoir réglé les choses.

— Tu te refuses à moi ? Je peux toujours trouver quelqu'un d'autre pour me satisfaire, et alors je n'aurais plus besoin de toi.

Kir plissa les yeux.

Je frôlai son torse, passant mes ongles sur ses épaules et laissant mes doigts appuyer sur l'endroit où je l'avais mordu.

— Je suis dans mon droit. Je suis veuve.

Kir serra la mâchoire et agrippa mes hanches, son boxer tendu par son érection plaqué contre mon ventre.

Me hissant sur la pointe des pieds, je plongeai mon regard dans ses yeux sombres et lui dis :

— Je peux m'envoyer un autre homme. Je peux m'envoyer une douzaine d'hommes. Et tu n'auras pas ton mot à dire.

— Mettons les choses au clair, Tu n'es pas veuve, grogna-t-il, me repoussant contre le mur, coinçant mes poignets au-dessus de ma tête. Je suis ton mari. Je suis bien vivant et je briserai le cou de quiconque osera toucher à ce qui m'appartient.

Quelque chose en moi avait dû savoir que Kir était vivant. C'était la seule explication à ma résistance à commencer quoi que ce soit avec quelqu'un ou aux fantômes que je voyais constamment.

Non. Il n'y avait pas de foutu fantôme. Kir était le fantôme qui me hantait.

— Alors, vas-tu me prendre pendant que je suis complètement réveillée ?

— Et si tu as des regrets ?

Sa résistance vola en éclats lorsqu'il frotta sa mâchoire couverte d'une légère barbe contre mon cou. Je me cambrai contre lui.

— Il y a un tas de regrets entre nous. Ça n'en fera pas partie.

— J'espère que tu as raison, parce que tu es sur le point d'obtenir exactement ce que tu as demandé.

Sans un mot de plus, il me souleva et me porta jusqu'au grand comptoir entre les lavabos.

Il m'y déposa, puis me regarda droit dans les yeux une seconde avant de me passer la main dans les cheveux et de faire basculer ma tête en arrière. Mon rythme cardiaque s'emballa, et un flot de désir s'accumula entre mes jambes tandis qu'une bête aux yeux bruns que je n'avais pas vue depuis très longtemps se glissait hors de l'ombre.

Ses dents mordirent mon cou avec une force et une pression qui me firent haleter et me donnèrent la chair de poule.

— Kir, gémis-je en m'accrochant à ses avant-bras.

Il leva la tête, recula pour dénouer le drap, puis me souleva et me retourna comme si je ne pesais rien, posant mes genoux sur la coiffeuse en pierre.

Il posa une main au creux de mon dos.

— Tu es une véritable déesse.

Je contemplai mon reflet : j'étais nue, les seins généreux, les mamelons excités et froncés, les genoux écartés, le sexe luisant et parfaitement visible, et le visage rougi par le désir.

Depuis combien de temps n'avais-je pas ressenti cela ?

Trop longtemps. Bien trop longtemps. Et c'était entièrement de la faute de Kir.

— Il est maintenant temps de faire du fantasme dont nous avons discuté une réalité.

J'avais oublié. Nous en avions parlé lors de la conception de la maison.

Il se rapprocha, plaçant mon dos contre son torse, ses poils me procurant une sensation enivrante que je n'avais pas éprouvée depuis trop longtemps. Mon échine et ma peau furent parcourues par des frissons et l'envie de serrer mes genoux l'un contre l'autre me tirailla un instant.

Cela faisait si longtemps ! Ce désir intense...

Merde. Il ne m'avait même pas touchée, pas comme j'avais besoin qu'il le fasse, et j'étais en train de perdre la tête.

C'était la privation sexuelle que je m'étais imposée. Forcément.

— Regarde-moi, Princesa.

Je fronçai les sourcils, puis remarquai un léger sourire sur ses lèvres et compris qu'il avait dit cela pour m'agacer, exactement comme il l'avait fait lors de notre rencontre dix ans plus tôt, lorsque j'étais la princesse intouchable de la haute société qui vivait dans le manoir, et lui le combattant de rue avec un passé louche et sans pedigree.

— Ne m'appelle pas comme ça. Tu n'en as pas le droit. Je ne t'ai pas donné la permission.

Il posa la main sur ma gorge, la tenant de cette manière qui me donnait envie de tout lui donner. Mon visage s'échauffa, et ma respiration se fit laborieuse.

— Tu voulais ça, dit-il en mordant le lobe de mon oreille. J'ai beau avoir des cicatrices et une tonne de trucs à me faire pardonner, mais une chose ne changera jamais. Quand il est question de ce corps, j'en commande chaque centimètre.

Son autre main pinça l'un de mes mamelons, me poussant à me cambrer.

— Kir, ne pus-je m'empêcher de gémir en m'agrippant à ses bras.

Il fit tourner mon visage.

— Regarde ma main.

Je rouvris les yeux, réalisant alors que je les avais fermés, et je l'observai tandis qu'il taquinait la pointe froncée de mon sein par de légères pressions, puis faisait glisser sa paume plus bas.

Quelque chose passa dans ses yeux alors qu'il parcourait les lignes dentelées sur mon ventre, causées par le coup de couteau, puis cela disparut. J'étais reconnaissante qu'il n'aborde pas le sujet. Je n'étais pas sûre de pouvoir le faire un jour. Mieux valait laisser ça dans la boîte où j'avais enfermé ces souvenirs.

Il rassembla mes cheveux, les ramena sur une épaule, et me lécha de l'oreille à l'épaule. Je me cambrai sous l'effet des picotements que sa langue envoyait dans tout mon corps.

Oh, sa bouche !

Ses doigts descendirent plus bas entre mes cuisses écartées. Il décrivit un cercle autour de mon clitoris, le couvrant de mon excitation, puis il tourna, tourna, tourna, tourna.

— Oh, bon sang !

Mes cuisses frémirent.

— Oui, c'est ça. Nous allons nous envoyer en l'air, mais pas tout de suite. Je n'ai jamais vu un aussi beau sexe chez une femme, dit-il, continuant à me taquiner. As-tu une idée du nombre de nuits où je me suis touché à son souvenir ?

— C'était de ta faute. Tu aurais pu avoir la réalité.

J'enfonçai mes ongles dans ses bras et je souris en l'entendant siffler.

Il enfonça un doigt profondément en moi, me faisant haleter.

— C'est vrai. J'ai des années à me faire pardonner.

Aussitôt, mes muscles intimes frémirent autour de lui, et un deuxième doigt se joignit au premier, suivi par un troisième pendant que son pouce caressait mon clitoris.

Je me mordis la lèvre et je gémis, savourant le mélange de plaisir et de douleur. Cela faisait si longtemps, et j'en avais tellement besoin.

Pourquoi en avais-je tant besoin ?

— J'aime te voir chevaucher mes doigts. Bon sang, Jayna ! Je pourrais jouir rien qu'en te regardant comme ça.

Je nous regardais en me balançant au gré du mouvement de sa main.

C'était tout et plus encore que ce que j'avais imaginé quand nous avions parlé de nous retrouver dans cette pièce. Mon humidité luisait le long de mes cuisses et sur ses doigts, tandis que son autre main me tenait à la gorge. Nous étions tous deux avides de l'autre.

C'était chaud, c'était sale, c'était brut.

— Kir. Je suis proche. Plus fort. Plus vite. *Merde !*

— Non, pas question.

Je serrai les dents.

— Tu n'oserais pas.

Il me sourit et mordilla le lobe de mon oreille.

— Ah bon ?

Il me taquina et me tortura, entrant et sortant de mon intimité, m'amenant à la limite de la jouissance, puis ralentissant le mouvement pour que mon plaisir soit juste hors d'atteinte.

— Kir. Espèce d'ordure ! criai-je la quatrième fois qu'il me mena au bord de l'extase avant de me la refuser.

— Es-tu prête à me supplier ?

— Je ne supplierai pas.

Je repoussai les cheveux qui m'étaient tombés sur le visage et je lui jetai un regard noir dans le miroir en voyant la suffisance sur son magnifique visage.

Il recourba ses doigts au plus profond de moi, augmentant l'étirement de mon sexe à un niveau presque délicieusement douloureux, puis il appuya sur le point sensible qu'il était le seul à avoir trouvé.

— Kir, *merde*, laisse-moi jouir ! m'écriai-je alors que le tourment pervers de sa main devenait trop dur à supporter.

— C'est le mieux que tu puisses faire ?

Je ne pouvais que grogner et marquer ses bras avec mes ongles.

— Tu es tellement têtue.

Il se retira complètement, m'inclinant légèrement vers l'avant.

— Ne t'arrête pas maintenant, bon sang !

Je sanglotai, puis je gémis lorsque son membre frôla mon intimité.

— Est-ce que tu as envie de ça ?

— Oui, bon sang !

— Regarde-moi.

Je bougeai la tête pour me pencher en arrière, mais il saisit ma mâchoire et la positionnée de manière à ce que je regarde le miroir. La scène qui s'offrait à moi était plus qu'érotique, et tout ce dont je rêvais depuis plus de deux ans. Mon mari derrière moi. Son sexe posé contre le mien, prêt à me satisfaire. Il contrôlait tous mes désirs.

Il relâcha mon cou.

— Accroche-toi au comptoir. Je ne me contrôle presque plus.

Je suivis ses instructions tandis qu'il maintenait mes cuisses ouvertes pour plonger en moi.

— *Putain*, enfin.

Je haletai, retombant en avant sur mes avant-bras.

Kir me pilonna, fort et vite. Bientôt, les seuls sons dans la pièce furent des gémissements, des halètements et du sexe.

Je posai une main contre le miroir et soutins le regard de Kir dans le reflet. Cette faim féroce que je vis me fixer fit grimper mon désir à un niveau que je n'avais pas ressenti depuis des années.

Avec seulement cet homme. Je l'aimais et je le détestais pour cela.

Tout à coup, un semblant de réalité me revint.

Qu'étais-je en train de faire ? J'avais besoin d'obtenir des réponses, pas de m'envoyer en l'air avec lui. Je ne devais pas laisser mes besoins physiques prendre le pas sur mes pensées.

— C'est ce que tu voulais, disait-il entre ses coups de reins. Ne t'avise pas de te défiler.

— Je n'ai pas l'intention de me défiler, répliquai-je, accompagnant le mouvement de ses hanches.

— Je te connais. Je connais tout de toi, Princesa.

— Mon corps, haletai-je alors que je me contractais autour de lui. Peut-être.

— Il n'y a pas de *peut-être* à ce sujet.

Il bougea ses hanches, se balançant contre le faisceau sensible de nerfs au plus profond de mon intimité, et tout en moi se tendit tandis que mon orgasme me submergeait.

Je rejetai la tête en arrière, fermant les yeux, et je criai :

— Ne t'arrête pas ! Oh, mon Dieu ! Ne t'arrête pas !

Il continua à me chevaucher, me prenant si fort qu'il me fait passer d'une vague à l'autre.

Lorsqu'il cria enfin sa propre extase, je posai mon front contre le comptoir et chuchotai :

— Tu connais peut-être encore mon corps, mais tu n'as aucune idée de qui je suis, Kir. La femme que tu as abandonnée n'existe plus. Elle a dû grandir et apprendre à survivre par ses propres moyens.

7

Kiran

— MON DIEU, je n'aurais pas dû attendre si longtemps, me dis-je en marchant vers le muret de marbre blanc qui délimitait mon patio, et je contemplai l'eau.

Le soleil était juste au-dessus de l'horizon, offrant une vue digne d'une carte postale des Keys que les photographes de voyage essayaient d'immortaliser. De là, seules quelques autres îles se trouvaient à proximité, toutes appartenant à des personnes soucieuses de préserver leur intimité.

J'avais trouvé cet endroit en sachant qu'il nous permettrait, à Jayna et moi, de nous échapper de la vie que nous menions à New York. Un lieu pour faire une parenthèse loin du tumulte et de l'agitation de notre travail. Et puis, il y avait le stress de son père qui essayait de trouver un moyen de nous faire rompre.

Lorsque nous nous étions mis ensemble, Ashok Shah m'avait considéré comme une tache sur le linge de sa famille aisée. Un Indien métis, comme il m'avait appelé, n'était pas assez bien pour sa fille. Shah avait des projets pour Jayna, et qui ne m'incluaient pas. Si seulement il avait su que ce n'était pas moi qui avais couru après sa précieuse fille !

Elle était venue assister à l'un de mes combats clandestins, avait décidé que j'étais son homme, et elle était restée jusqu'à ce que je comprenne que je ne pouvais pas vivre sans elle.

Dès le début, je l'avais eue dans la peau, mais je lui avais fait croire que je n'étais pas intéressé. Elle était la fille qui faisait tomber les hommes à ses pieds, et il semblait qu'elle aimait la chasse autant que j'aimais voir cette belle femme travailler pour attirer mon attention.

Ce fut seulement le jour où je vis la femme vulnérable sous la façade de la princesse qui jouait dans les bas-fonds que je tombai amoureux d'elle. Elle avait fait naître en moi un sentiment de protection que je n'avais jamais éprouvé pour personne d'autre dans ma vie. Et dès lors, je compris que je ferais absolument tout pour elle.

Je jetai un coup d'œil derrière moi, vers la maison et les parois en verre teinté de la chambre où j'avais laissé Jayna deux heures plus tôt.

Après notre expérience dans la salle de bains, nous nous

étions douchés et nous avions fini par coucher ensemble à nouveau. Nous ne pouvions pas nous lasser l'un de l'autre, même si notre situation était désastreuse.

Même maintenant, j'étais à moitié dur en pensant à elle qui dormait nue dans notre lit.

J'avais affaire à une femme différente aujourd'hui. Elle n'était peut-être pas totalement différente, mais elle avait changé.

La femme que tu as abandonnée n'existe plus.

Les paroles de Jayna résonnaient dans mon esprit tandis que la culpabilité et la honte envahissaient ma poitrine.

Je me retournai vers l'océan et je fermai les yeux.

Je l'avais abandonnée. Je l'avais déçue, en tant que mari, meilleur ami, et protecteur.

Levant le visage vers le soleil, je laissai la brise de l'océan souffler sur moi.

Je réparerai ça.

Je n'avais pas le choix. Mais d'abord, je devais confronter Jayna au sujet de l'information que Rey avait découverte ce matin.

Cette maudite femme n'avait aucune idée de ce qu'elle avait fait. Je ne comprenais pas comment elle avait pu cacher cela à tout le monde, y compris à Danika. D'un autre côté, il existait la possibilité qu'elle ait été au courant, et qu'elle nous l'ait caché à tous.

J'espérais seulement que le plan que Rey avait proposé fonctionnerait.

Et, pour que le plan fonctionne, j'avais besoin de la

coopération de Jayna. Ce qui signifiait également que nous devions avoir une véritable conversation sans nous sauter dessus.

Je plaquai une main sur ma nuque. J'étais dans un sale pétrin.

— Kir, où es-tu ?

Me retournant, je regardai dans la direction de Jayna qui sortait et je fis une pause.

Merde.

Elle portait l'un de mes débardeurs blancs et un de mes shorts d'entraînement, tous les deux trop grands et bricolés pour lui aller. Les contours de ses mamelons foncés étaient visibles à travers le tissu fin du haut, ce qui m'indiqua qu'elle n'avait pas trouvé les sous-vêtements que j'avais mis à sécher dans la buanderie.

Ses yeux noisette se réchauffèrent lorsqu'elle me regarda ; je ne portais qu'un pantalon léger, et mon sexe tressaillit sous cet examen.

C'était comme si elle ne voyait pas mes cicatrices ni les changements sur mon visage et mon corps.

Elle se lécha les lèvres, et son regard se porta sur mon érection grandissante.

Au moins, nous avions un atout. Notre mariage était sous assistance respiratoire, mais notre attirance physique mutuelle était plus forte que jamais.

— Non, marmonna-t-elle.

Elle secoua la tête comme pour essayer de repousser la luxure de ses pensées.

Si seulement c'était aussi simple. Je n'avais pas réussi à apaiser mon corps depuis que je m'étais réveillé avec Jayna qui se frottait sur moi quelques heures plus tôt. Le fait d'avoir joui trois fois en elle ne m'avait pas aidé à soulager ce désir intense.

Elle s'avança vers moi à grands pas.

— Donne-moi un téléphone.

— Non, répondis-je en m'appuyant sur le muret qui constituait l'extrémité du porche. Nous devons d'abord clarifier certaines choses.

Il était inutile d'essayer de cacher la tente que mon membre formait dans mon pantalon.

— Je me fous de tout ça ! répliqua-t-elle, une main sur sa hanche. Je dois appeler ma mère. Elle m'attendait chez elle.

— Danika l'a appelée. Elle lui a demandé d'annuler son voyage et de venir à New York.

— Et où lui a-t-elle dit que j'étais allée ?

— Elle a dit qu'une propriété sur laquelle tu avais des vues avait été mise en vente, et que tu étais partie la voir avec Sam. Ta voiture a été remise en état de marche et garée dans un hangar privé de l'aéroport.

Elle serra les dents et planta un doigt dans mon torse.

— Ma mère n'est pas stupide. Elle aura vu clair dans ces conneries, même si tu as déplacé ma voiture pour corroborer l'histoire.

— Tu as raison. Elle n'a rien cru de tout cela. Mais elle a compris le sens caché de l'appel de Dani, et elle a suivi les instructions. Depuis qu'elle a quitté ton père, et depuis le chaos de mon accident, Nik a mis en place des procédures qu'elle doit suivre si nous avons besoin de la placer sous protection.

Ma belle-mère, Monica Shah, avait vécu une vie pleine de peur et de douleur sous la houlette de son ex-mari. Lorsqu'elle l'avait quitté, j'avais veillé à ce qu'elle dispose toujours d'un moyen de se mettre à l'abri, avec des codes et des messages spécifiques qui nous permettraient de savoir si elle avait des ennuis ou de lui faire comprendre qu'une situation était dangereuse.

— Et la scène ? Tout s'est passé à l'heure de pointe.

Au lieu de répondre, je baissai le regard sur l'ongle parfaitement manucuré qui s'enfonçait dans ma poitrine nue, puis les relevai sur ces yeux flamboyants rendus dorés par la lumière du soleil.

Elle devait savoir qu'il n'y aurait aucune preuve de l'enlèvement nulle part. Elle connaissait bien le fonctionnement des King. Nous gardions notre entreprise à l'abri du regard du public et usions de tous les moyens nécessaires pour y parvenir. À l'époque, elle m'aurait aidé à nettoyer des incidents comme le sien.

— Tu n'as pas fait ça.

— Je n'ai pas fait quoi ?

— Quelle faveur as-tu exigé qu'on te rende ?

Je faillis sourire. Si seulement elle avait su.

— Cela fait-il une différence ? C'est fait.

Elle plissa les yeux.

— Qui a réclamé qu'on lui rende un service ? Les King

ou Danika ? J'ai besoin de savoir à qui je suis redevable.

— Ni l'un ni l'autre. C'était moi. Ce qui signifie que c'est envers moi que tu es redevable.

Elle serra les dents.

— Qu'est-ce que ça veut dire ?

— Dans les instants qui ont suivi notre départ des lieux, mon équipe a ratissé la zone et fait disparaître toute trace de la tentative d'enlèvement. Cela comprend toutes les preuves matérielles, les vidéos des caméras, et le suivi GPS. Tu sais comment ça se passe.

— Ce n'est pas ce dont je parlais, et tu le sais.

— Je te donnerai tous les détails une fois que nous aurons discuté de ce qui s'est passé hier.

— Tu veux parler de ce qui s'est passé hier ? demanda-t-elle en repoussa ma poitrine. L'abruti que j'ai épousé et qui m'a laissé croire qu'il était mort pendant près de trois ans m'a enlevée. Voilà ce qui s'est passé hier ! Maintenant, donne-moi un foutu téléphone. Je veux quitter cette île.

L'étincelle de colère qui jaillit dans les yeux de Jayna m'indiqua qu'elle était sur le point de péter les plombs.

— Jay, nous ne partirons pas d'ici avant de savoir pourquoi tu as été prise pour cible hier, dis-je de ma voix la plus calme, sachant que l'unique moyen de gérer le tempérament de Jayna était de rester tranquille.

— En d'autres termes, je suis une prisonnière ici ?

— C'est ta maison. Ça ne ressemble pas vraiment à une prison, répondis-je.

— Une cage est une cage, même si elle est jolie, dit-elle

en reculant. Je vais être bien claire. Je ne vivrai plus jamais dans la peur.

— La peur est bien la dernière chose que je souhaite que tu éprouves. Je veux te protéger.

— Je n'ai pas besoin que tu me protèges. Je peux le faire moi-même.

— Bon sang, Jayna ! Je ne te mettrai plus jamais en danger.

— Je ne suis pas la fille que tu as abandonnée, Kir, me défia-t-elle en relevant le menton. Je n'ai plus besoin de me tenir derrière le prince immoral de la famille King. Je me suis débrouillée seule ces dernières années. Cela ne me pose aucun problème de continuer.

Me tournant le dos, elle se dirigea vers la maison.

Elle était toujours aussi têtue.

Je m'écartai du muret et la suivis, et lorsqu'elle accéléra le pas, je fis de même. Une seconde avant que j'attrape son bras, elle s'arrêta brusquement et se laissa tomber au sol tout en pivotant sur le côté, puis chassa mes pieds. Mon dos heurta l'herbe si vite que j'eus du mal à comprendre ce qui s'était passé. Jayna appuya un pied sur mon torse en se penchant sur moi. Son beau visage était rougi, et sa respiration était laborieuse.

— Ne t'avise pas de penser que je suis faible, dit-elle, les dents serrées. Je n'ai pas besoin que tu me protèges. Cette fille est morte avec toi. Et je ne serai plus jamais elle.

— Je ne pense pas que tu sois faible, dis-je, la retournant

pour la coincer sous moi. M'avoir près de toi ne te rend pas faible.

Elle se débattit, me repoussant avec un mouvement que je n'avais vu que chez les combattants dans la cage. *Merde.* Elle était devenue forte. Je pesais bien trente-six kilos de plus qu'elle.

Accroupie sur le sol, elle me regardait comme si j'allais lui sauter dessus.

— Je ne veux plus jamais dépendre de toi ou de quelqu'un d'autre. Je veux bien accepter d'être coincée ici avec toi, mais ne crois pas que nous allons revivre le bonheur des années passées.

Elle se redressa, dépliant son mètre soixante-douze.

— J'ai appris à vivre avec l'idée de ta mort. J'allais de l'avant, je faisais des projets.

J'ai l'impression que mon cœur se brise à nouveau de savoir que c'est un mensonge. Je n'arrive pas à l'intégrer. Et je ne m'en remettrai peut-être jamais.

— Tu es ma femme, et je ferai ce qu'il faut pour te protéger.

— Je n'ai pas besoin d'un protecteur. J'ai besoin d'un partenaire. Je veux ce que j'ai été pour toi pendant toutes ces années où nous étions ensemble. Sois tu rattrapes le temps perdu, soit tu dégages.

Elle se retourna, entra dans la maison et me laissa étalé sur l'herbe.

8

J ayna

LA FUREUR que je ressentais en entrant dans la maison était au-delà de mon entendement. J'avais envie de le frapper. J'avais envie de pleurer. J'avais envie de hurler. J'avais envie de m'enfuir.

Je m'arrêtai au milieu de ce qui était censé être la maison de mes rêves, la belle et gigantesque maison de vacances avec ses immenses fenêtres et sa vue sur l'eau.

Je vis un ensemble de verres à vin dans un placard et j'eus envie de tout détruire.

Appuyant les mains sur le comptoir, j'essayai de respirer pour faire passer ma colère.

Non, c'était la réaction de la Jayna du passé, la fille qui se rebellait contre l'autorité. Celle qui ne s'était jamais sentie en sécurité sous le toit de l'homme qui l'avait élevée, qui avait besoin qu'une personne au monde la fasse passer en premier.

La nausée me saisit, et je posai une main sur mon ventre.

Lorsque je m'étais réveillée dans le lit géant, dans la chambre que j'avais imaginée, une panique indescriptible m'avait envahie. Pendant une seconde, j'avais même cru que Kir était mort, et que je m'étais piégée dans cet endroit que j'avais eu tant de mal à fuir.

Ensuite, je m'étais souvenue de ce que nous avions fait aux premières heures du matin, et la rage m'avait envahie. Contre Kir et contre moi.

Comment avais-je pu coucher avec lui ? Pas seulement une, mais trois fois !

Nous avions toujours eu cette alchimie, à un niveau viscéral. Et il semblait que même maintenant, au milieu de toute cette douleur et cette colère, je le voulais, je mourais d'envie de lui.

J'avais tellement envie de le détester.

Il avait dit être dans un endroit sombre. Je savais ce que c'était. J'avais perdu mon mari. J'avais perdu mon enfant. J'avais perdu encore plus que cela.

S'il y avait une chose que j'avais prouvée à maintes reprises, c'était que je pouvais supporter d'aller en enfer et de revenir.

Et Kir m'avait retiré le choix de gérer son enfer.

En toute logique, je savais ce qu'un traumatisme pouvait faire à la psyché d'une personne. Mais j'avais tant besoin de Kir, et il n'avait pas été là quand il aurait pu.

Il fallait que j'obtienne des réponses. Mais, pour ça, il fallait que je garde mon sang-froid.

Sinon, Kir adopterait ce fichu mode calme comme il venait de le faire, ce qui m'irritait au plus haut point. Dans le passé, nous avions l'habitude de nous envoyer en l'air pour nous débarrasser de cette énergie avant de nous asseoir pour avoir une vraie discussion.

Plus de sexe. Je venais de vivre trois ans d'abstinence, je pouvais lui résister.

De qui me moquais-je ? Même après trois séances marathon de sexe, mon corps se languissait de son toucher.

Je me retournai pour regarder par la fenêtre de la cuisine et je vis Kir appuyé sur le muret au bout de la terrasse. Il observait l'eau, perdu dans ses pensées.

Il était toujours aussi beau. Il ne se rendait pas compte que le changement qui s'était opéré en lui le rendait encore plus séduisant qu'auparavant. Les cicatrices sur son visage me fendaient le cœur, mais je n'éprouvais absolument aucune répulsion. Elles étaient le signe qu'il avait survécu.

Autrefois, il était presque parfait, au point que ses frères le taquinaient sur son physique de mannequin. Aujourd'hui, il avait un petit quelque chose qui vous faisait hésiter, parce qu'il était sexy d'une manière vicieusement dangereuse.

Son corps était toujours une œuvre d'art, mais il était maintenant plus musclé, moins maigre : je compris qu'il s'entraînait avec Nik plus qu'avec Sam ou Rey. Nik se battait comme un boxeur, tandis que ses deux autres frères se déplaçaient et s'entraînaient comme des pratiquants d'arts martiaux mixtes.

Lorsque j'avais dit à Kir que je n'étais pas la personne qu'il avait laissée derrière lui, je n'avais pas menti. J'aimais la vie que j'avais eue avec lui. La femme que j'étais avait besoin de sa protection, elle avait besoin qu'il soit son chevalier en armure étincelante, qu'il soit la bête qui la sauvait du mal à l'extérieur. À sa mort, j'avais dû apprendre à voler de mes propres ailes.

Certes, j'avais eu de l'aide. Tout d'abord, celle de Danika, qui avait repris ma galerie et joué le rôle de tampon entre mon père et moi. Ensuite, celle de Sylvia Thanos, une femme que j'appelais affectueusement *Yia Yia* Sylvia. C'était une très bonne cliente de la galerie, qui se trouvait être une milliardaire excentrique et touche-à-tout, que ce soit légal ou non. Sylvia avait pour habitude d'accueillir les âmes perdues, puis de les soigner avant de les renvoyer dans le monde.

Et elle avait opéré sa magie sur moi.

Environ un an et demi plus tôt, elle m'avait invitée chez elle, dans les îles grecques, pour une visite prolongée. J'avais résisté, puis, moins de six mois plus tard, elle avait débarqué avec son jet privé et m'avait presque forcée à monter dedans. Elle m'avait traitée comme si j'étais sa petite-fille, et m'avait fait accepter le fait que la vie continuait et que j'étais dix fois plus forte que je ne le croyais. Son amour à la dure m'avait montré que je pouvais me débrouiller seule et être une femme à part entière.

Avec le retour de Kir dans le tableau, j'allais peut-être devoir changer mes plans, mais je ne voulais pas que les choses redeviennent ce qu'elles avaient été entre nous.

Du bout des doigts, j'effleurai les diamants de mon alliance.

Bon sang. J'étais toujours mariée.

Quelque chose d'enfoui profondément savait que c'était pour cela que j'avais refusé de retirer mes anneaux. Cela faisait presque trois ans, et je ne m'y étais toujours pas résolue.

Et maintenant que j'avais enfin décidé de me lancer dans les rencontres, voilà ce qui arrivait.

Oh, *merde* ! Luke.

Encore un problème que j'allais devoir gérer. Qu'allais-je bien pouvoir lui dire ?

Désolé, Luke. Tu vois, mon défunt mari ? Il s'avère qu'il n'est pas mort.

Merde, merde, merde ! J'avais rendez-vous avec Luke ce soir-là, et il croirait que je lui avais posé un lapin.

Je fouillai la cuisine en quête d'un moyen d'accéder à l'extérieur. Kir devait avoir un ordinateur ou un téléphone. Il travaillait toujours dans la cuisine, il avait des habitudes bien ancrées.

Réveil avant l'aube, café à la table du petit-déjeuner, travail sur l'ordinateur portable.

Et tout à coup, je me figeai. Le mettrait-il au même endroit dans cette maison ?

Je me précipitai vers la table à manger, me baissai et trouvai l'ordinateur portable de Kir et son téléphone sur une étagère cachée.

Bingo.

Je saisis le téléphone et le contemplai un moment.

Je pouvais envoyer un message à Sylvia, qui me ferait quitter l'île au plus tard dans la soirée, ou contacter Danika et lui passer un savon.

Lorsque j'avais dit à Kir que je n'avais pas besoin de sa protection, je ne mentais pas. En devenant l'une des filles de Sylvia, comme elle aimait nous appeler, j'avais gagné la possibilité d'utiliser ses ressources à tout moment. Danika, elle, pouvait compter sur Solon pour l'épauler.

Je savais ce que j'avais à faire. Rester, et obtenir mes réponses. Ensuite, je m'occuperais de ma famille.

Les King étaient censés se serrer les coudes. Les King ne se trahissaient jamais les uns les autres. Les King se soutenaient contre vents et marées.

Refoulant la douleur, je composai le numéro de Danika.

— Kir. Est-ce qu'elle va bien ? L'ont-ils blessée ? demanda la voix paniquée de Danika à l'autre bout de la ligne.

— *Elle*, répondis-je en appuyant sur le mot, va bien. En dehors de quelques bleus et d'un cœur rempli d'une trahison totale.

— J-Jay... Je suis tellement désolée, Jay. Je voulais te le

dire, crois-moi. Je le jure. Seulement, je ne savais pas comment faire.

J'avais envie de la croire. Elle était ce qui se rapprochait le plus d'une sœur pour moi. Nous avions été les confidentes l'une de l'autre depuis le moment où mon père avait ramené Danika chez nous après la mort du sien.

— Depuis combien de temps le sais-tu ?

La réponse à cette question m'en dirait long sur notre relation. À savoir, si je pouvais un jour faire à nouveau confiance à Danika.

— Sept mois. Depuis le jour où tu as décidé de t'installer définitivement à Miami. Je croyais que Kir était un fantôme qui hantait l'appartement de Nik. Et un jour, j'ai lancé un coupe-papier dans la direction du bruit, et il l'a touché.

Voilà ce dont Kir parlait quand il disait que Danika l'avait poignardé.

Avant que je puisse dire quoi que ce soit, elle poursuivit :

— Jay, je ne voulais pas attendre après ça, mais Kir a finalement décidé de se ressaisir. Il a changé. C'est comme s'il était l'ancien...

Je l'interrompis ; je ne voulais pas entendre le reste de ce qu'elle avait à dire sur Kir.

— Tu me jures que tu n'étais pas au courant avant ? Pas au moment de l'accident ? Ou après l'agression, quand j'ai perdu le bébé ?

Je passai une main sur les cicatrices de mon ventre.

— Je te le jure. Je ne te ferais pas une chose pareille. Je ne laisserais jamais personne te faire subir ça. J'aurais fait en sorte que Nik te le dise dès le début, même quand Kir ne pouvait pas le faire.

J'entendais les larmes dans la voix de Danika.

— Tu crois vraiment que je t'aurais laissée pleurer tous les soirs comme tu l'as fait, en sachant que Kir était vivant ?

Je laissai échapper un soupir de soulagement, refoulant mes souvenirs. Je ne voulais pas y penser.

— Je te crois, murmurai-je. Être ici avec Kir, c'est trop. Je n'arrive pas à réfléchir.

— Cela ne m'étonne pas.

— Dani, que ferais-tu si tu étais à ma place ?

— Crois-tu pouvoir lui pardonner ?

— Je ne sais pas. Tout est si frais, si brutal.

— Est-ce que tu l'aimes ?

— Je voudrais le détester.

Je savais que je n'avais pas répondu à sa question, mais je n'arrivais pas à prononcer les mots. Elle garda le silence un moment avant de dire :

— Écoute ce qu'il a à dire, et prends ta décision ensuite. Je te soutiendrai quoi qu'il arrive.

— Même si je décide que je ne veux pas être avec lui ?

— Même dans ce cas.

Je ravalai la boule dans ma gorge.

— Merci, Dani.

— Je te soutiendrai toujours. Seulement, rends-moi service et ne fais rien d'irréfléchi.

— Oh, tu veux dire, comme me taper le mari que je croyais mort ? C'est déjà fait. Trois fois.

— Mmmh. Je pensais plutôt à tirer sur Kir, mais au moins tu t'es envoyée en l'air. Bien joué.

J'aurais ri si je n'avais pas été aussi énervée contre moi-même pour avoir laissé mes hormones prendre le dessus.

— J'ai déjà essayé ça aussi.

— Dis donc, sacré programme !

— Ouais, dis-je avant d'inspirer profondément. Dis-moi ce qui se passe. Je n'arrive pas à garder mon sang-froid quand je suis près de Kir, et j'ai besoin de réponses.

— J'ai remonté les contrats jusqu'à des freelances. Je travaille encore sur l'un d'entre eux. J'ignore qui ils ont embauché pour dissimuler leurs traces, mais c'est un bon. Mais je suis meilleure, et je vais les retrouver.

— Dani, c'est mon père. C'est lui qui a le plus à gagner en m'enlevant ou en m'éliminant.

— Je ne suis pas vraiment sûre que ce soit lui. Il sait que je le poursuivrais, et pour l'instant, il est trop absorbé par sa carrière politique. Il a l'air clean. En revanche, ses associés, c'est une autre histoire. Il se peut qu'ils fassent des choses en son nom, alors je vais creuser par-là. Pour l'instant, j'ai besoin que tu répondes à une question sérieuse, et que tu ne me mentes pas.

— D'accord, quoi ?

— Qu'as-tu fait pour énerver Hector Estefan ?

Pourquoi parlait-elle de lui ? Je n'avais rien à voir avec cette partie de la famille de Kir.

— Le cousin de Kir, ce Hector Estefan-là ?

— Oui, celui-là. Tu sais, le parrain de la mafia.

— Je n'en ai absolument aucune idée.

— Jay, je sais que tu fais tout ce cirque avec les actifs et tes sociétés pour camoufler le nom des propriétaires. Je ne te demande jamais ce que tu fais, parce que ce sont tes secrets. Soi tu as travaillé avec Hector, soit tu as fait quelque chose pour te retrouver dans son collimateur. Il était à Miami hier, et tu étais censée être la passagère supplémentaire dans son avion.

— Dani, les seules personnes que j'énerve régulièrement sont celles du monde de la lutte et mon père. En fait, la dernière personne que j'ai agacée, c'est lui, dis-je.

Je me mis à faire les cent pas, puis je m'arrêtai lorsqu'une idée me vint.

— Oh *merde*, Dani.

— Quoi ? Ne me laisse pas en suspens !

— L'associé de la société-écran. Celle que j'ai créée quand j'étais en Grèce.

Lorsque j'avais fondé les clubs Ladai Room, je les avais établis sous le couvert d'un commanditaire. Un commanditaire sur papier uniquement. J'avais enfoui le nom si profondément qu'il leur aurait fallu remonter le fil de quatre sociétés différentes et de trois trusts à travers les États-Unis et l'Europe pour le retrouver.

Je travaillais dans le milieu des combats depuis assez longtemps pour avoir conscience qu'avoir un investisseur masculin, même s'il restait dans l'ombre, me donnait l'influence nécessaire pour gérer mon entreprise sans interférence. J'avais fait savoir que je travaillais avec un associé, mais sans jamais révéler de qui il s'agissait, laissant les rumeurs et la notoriété de mon lien avec les King tenir les gens dans l'expectative.

Certes, c'était vraiment pénible de devoir jouer à ces jeux stupides et sournois, mais il en allait ainsi dans un secteur dominé par les hommes. Et si quelqu'un cherchait un jour, il faudrait des efforts considérables pour découvrir le nom de mon commanditaire.

— Tu veux parler du pénis associé ? Dis-moi que tu n'as pas choisi un nom lié à Kir.

Je serrai les dents et répondis :

— Je ne serais pas dans cette situation si quelqu'un avait pris la peine de me dire que mon mari était vivant.

— En d'autres termes, tu as choisi un nom qui pouvait faire penser à Hector que Kir n'était pas mort dans l'accident. Et comme tu as déménagé à Miami et que tu as embauché des membres de la famille de Kir, ça donne l'impression qu'il est en train d'établir son territoire.

— Je dirige des clubs. Ça n'a rien à voir avec la structure de l'entreprise King.

— Sois réaliste. Jusqu'à récemment, tu dirigeais des clubs de combat illégaux en plus de tes boîtes de nuit. Et je suis sûre que Nik t'a convaincue de faire passer certaines de ses faveurs via tes établissements une fois ou deux. Tu n'es pas madame *toujours dans le droit chemin*.

— Je dirige toujours les clubs, Dani. Mais je comprends ce que tu veux dire, répondis-je avec un soupir. *Merde.* Je vais devoir le dire à Kir.

— Il est probablement déjà au courant. Rey est en train de creuser, et les frères étaient terrés dans le bureau de Nik ce matin pour établir un plan d'action. Je n'ai pas encore eu l'occasion de parler à Nik pour avoir des détails.

— Je suppose que je suis coincée ici, soupirai-je, fermant les yeux en pinçant l'arête de mon nez. Je déteste ne pas avoir le contrôle de ma vie. J'ai travaillé trop dur pour revenir en arrière.

— Alors, ne laisse pas ton tempérament prendre le dessus. Kir n'est pas ton père. Tu dois garder ça en tête.

— Je ne sais pas quoi faire. Mes émotions me mènent par le bout du nez. Je ne veux pas être cette personne qui réagit au quart de tour ou s'emporte. J'ai vécu toute une vie comme ça, Et je ne suis plus cette personne.

— Je sais que ce n'est pas juste, mais tu as beaucoup de décisions à prendre.

— C'est un euphémisme.

À ce moment-là, j'entendis le bruit des baies vitrées du patio qui s'ouvraient, et je me retournai face à Kir qui entrait.

Il secoua la tête, et un léger sourire se dessina sur ses lèvres.

— Je t'appellerai quand je rentrerai à la maison. Pour l'instant, j'ai besoin d'obtenir des réponses de mon mari qui n'est pas mort.

— Est-ce qu'il est devant toi ?

— Oui.

— J'adorerais être une petite souris dans cette maison en

ce moment. Vous êtes sans doute toujours en train de vous battre ou de vous envoyer en l'air.

— Oui, me contentai-je de répondre en soutenant le regard de Kir.

Danika rit.

— Je t'aime, Jay. Et n'oublie jamais que je serai toujours de ton côté. Tu es ma sœur.

Une sensation de chaleur m'envahit.

— Je t'aime aussi.

J'éloignai le téléphone de mon oreille et le posai sur le comptoir.

— Donc, tu as trouvé ma cachette, constata Kir en faisant un pas vers moi.

J'ignorai le picotement au creux de mon ventre, qui s'intensifia à mesure qu'il se rapprochait.

— Ce n'est pas vraiment une cachette.

— Suis-je si prévisible ?

— Apparemment, oui.

— Et est-ce que Dani t'aide à t'en aller ? Vu que tu as dit que tu l'appellerais quand tu rentrerais.

Je plissai les yeux.

— Je finirai bien par rentrer chez moi, non ?

Il s'avança jusqu'à me coincer entre l'évier et lui.

— Tu es chez toi, dit-il, posant une main de chaque côté de moi avant de se pencher. C'est toi qui as imaginé cet endroit.

— Chez moi, c'est là où je le décide. Ce n'est pas ici.

Je soutins son regard, tâchant d'ignorer son odeur

incroyable et la façon dont son torse nu frôlait le tissu qui recouvrait mes seins.

— Et dans ton chez-toi, dit-il d'une voix rendue rauque par le désir, y a-t-il une place pour moi là-bas ?

Mon propre désir s'évanouit, et la douleur prit sa place.

— Je ne sais pas encore. Je ne suis pas sûre de pouvoir te faire confiance.

— Qu'est-ce qui te permettra de me faire confiance à nouveau ?

— Tu peux commencer par me parler de ce plan sur lequel Dani a dit que toi et les autres travailliez. Ensuite, nous verrons bien à partir de là.

— Tu veux connaître notre plan ?

— Je ne te l'aurais pas demandé autrement.

— Kiran Antoni King, ou, devrais-je dire, Antoni Silva, revient d'entre les morts et réclame ce qui lui appartient.

9

K iran

— Est-ce que tu es dingue ? s'écria Jay.

Je ne m'étais pas attendu à voir l'indignation sur son visage.

— Tu ne peux pas revenir dans le monde et dire « *Salut tout le monde, je ne suis pas mort comme vous le pensiez* » !

— Princesa, tu as déjà fait le travail pour moi. Antoni Silva n'est-il pas le commanditaire de tous les sites de Ladai Room ?

Le fait que j'aie utilisé le nom d'Antoni Silva deux fois sans qu'elle réagisse signifiait qu'elle se doutait que nous avions découvert son secret.

— Cette information était cachée. Comment as-tu découvert ce nom si rapidement ?

— Danika n'est pas la seule hackeuse de la famille. Même si je dois bien admettre que Rey n'est pas aussi bon qu'elle, il est malgré tout considéré comme un expert dans ce domaine. De plus, il a des relations impressionnantes.

Quand Danika avait découvert des informations sur les contrats liés à l'enlèvement de Jayna, j'avais demandé à Rey de fouiller dans les activités de Jayna pour voir si elle ne s'était pas fait des ennemis en créant ses clubs Ladai Room.

Elle s'était lancée dans un métier dominé par les hommes et, plus généralement, par les plus sournois d'entre eux. Le fait qu'elle soit parvenue à mettre en œuvre son concept et à faire de ce qui tendait à être une opération illégale et le plus souvent clandestine quelque chose de légal avait de quoi en énerver plus d'un.

Ce qui surprenait le plus tout le monde, c'était que sous une succession de trusts et de sociétés-écrans se cachait le nom de son commanditaire.

Moi.

Enfin, Antoni Silva.

Elle avait créé tout un personnage avec des entreprises et des dossiers fiscaux. Elle s'était appuyée sur les compétences qu'elle avait acquises sous la tutelle de Danika, et personne n'avait rien vu.

Non, ce n'était pas vrai.

En choisissant Silva, elle avait éveillé l'intérêt d'Hector.

S'il avait eu la moindre intuition que j'étais encore en vie, cela l'aurait laissé penser que c'était vrai.

Tout le monde savait que Jayna était ma faiblesse. La cibler était le moyen le plus rapide de me faire sortir de l'ombre.

Elle releva le menton.

— J'ai fait ce qu'il fallait. Le monde des clubs de combat est misogyne. Si je laissais courir la rumeur que j'avais un associé anonyme avec un pénis, les gens me laisseraient tranquille. Personne n'avait besoin de connaître son nom. L'important, c'était le pénis...

L'étincelle de défi qui illuminait ses yeux ambrés fit frémir mon sexe et me fit m'imaginer en train de la pencher sur le comptoir et de la prendre sans ménagement.

Je devais garder en tête que Jayna savait se servir d'un ordinateur. C'était sa maîtrise des affaires, du droit international et du monde virtuel qui lui avait permis de créer le personnage de Silva.

— Eh bien, j'ai une nouvelle à t'annoncer. Antoni Silva existe vraiment et il a un pénis, dis-je, m'avançant pour plaquer mon membre contre son ventre. Depuis combien de temps sais-tu imiter ma signature ?

Elle se lécha les lèvres et ses joues rougirent lorsqu'elle posa les mains sur mon torse.

Soudain, un éclair de tristesse traversa son visage avant qu'elle ne le chasse avec de la colère.

— Quand j'ai choisi ce nom, tu étais mort.

— Je suis désolé, bébé. Je te promets de me rattraper.

— Nous verrons.

Je savais que je le méritais. Sa confiance. J'avais brisé sa confiance et je devais la regagner.

— Tu verras, confirmai-je, passant mon pouce sur sa lèvre inférieure. Tu n'as pas répondu à ma question.

— Ce n'est pas exactement ta signature, mais elle en est proche.

— Assez proche pour que même Rey trouve que ça ressemble à mon écriture.

— J'ai appris à imiter la signature de mon père bien avant notre rencontre. Comment crois-tu que je sois parvenue à échapper à tant d'activités scolaires qui, selon lui, devaient faire de moi une femme digne de ce nom ?

— Pourquoi est-ce que j'ignore ça ? Je croyais tout savoir.

— Il y a beaucoup de choses que tu ne sais pas sur moi, Kir. Surtout maintenant.

Le feu était revenu dans son regard ambré, me disant que j'étais sur le point d'entrer sur un champ de mines.

— Alors, laisse-moi faire connaissance avec la Jayna Shah King d'aujourd'hui.

— Es-tu sûr de vouloir la connaître ? Tu pourrais ne pas l'aimer. Elle n'a plus besoin de toi pour la compléter.

J'étais prêt à encaisser tous les coups qu'elle me décocherait si cela me permettait de l'avoir à la fin.

— Mais j'ai besoin d'elle pour me compléter.

— Si c'était vrai, nous ne serions pas dans cette situation

Me repoussant, Jayna se rendit dans le salon, se glissa dans l'immense canapé et cala ses pieds à côté d'elle.

Elle m'ordonna :

— Assieds-toi.

Je connaissais cette Jayna. C'était la femme aux idées bien arrêtées qui était sur le point de parler affaires. Elle entrait dans ce mode chaque fois qu'elle organisait les combats. Personne ne la cherchait quand elle était dans cet état d'esprit.

Suivant ses ordres, je m'installai dans la méridienne en face d'elle.

— Il est temps de tout mettre sur la table. Plus de secrets. Tu ne me caches plus rien. Ensuite je pourrai décider s'il y a une chance que je puisse à nouveau te faire confiance.

— Et qu'en est-il de tes secrets ?

— Tu devras les mériter.

Bon sang ! Ce côté d'elle m'excitait plus que tout.

Jayna croisa les bras et s'adossa au canapé.

— Je veux les détails de ce plan. Mais d'abord, j'ai besoin que tu rassembles toutes les pièces du passé. J'ai l'impression d'avoir raté beaucoup de choses. Et c'était peut-être ma faute, pour t'avoir laissé être mon bouclier pendant si longtemps. Je ne suis plus cette femme. J'ai besoin de tous les faits.

— Je crois que j'ai d'abord besoin d'un verre.

Je me dirigeai vers un meuble rempli d'alcools, me versai une grande rasade de scotch, puis vidai le verre d'un trait, laissant le liquide brûler ma gorge et se déposer dans mon estomac.

Après m'en être servi un second, et avoir servi un whisky *on ice* à Jayna, je retournai au salon et le lui tendis.

Je m'installai à nouveau, et demandai :

— Tu te souviens de ta visite des six mois, quand j'ai dû m'absenter pour réclamer une faveur qui m'avait été refusée ?

Elle hocha la tête.

— Eh bien, quelqu'un a passé quelques contrats sur moi. Aucun d'entre nous ne les avait pris au sérieux, parce que c'est le genre de trucs qui arrivait tout le temps quand nous traitions avec des imbéciles. En général, ils disparaissaient aussi vite qu'ils arrivaient.

Cette fois, ils sont restés actifs. Pendant que Rey et notre équipe essayaient de découvrir qui avait mis un contrat sur ma tête, j'ai concentré toute mon énergie à m'assurer que toi et notre bébé étiez en sécurité.

— Voilà pourquoi les seules fois où tu me laissais seule, c'était quand j'étais à la galerie. Tu aurais dû me le dire.

J'aurais dû lui dire beaucoup de choses.

— La nuit de mon accident, l'un des contrats a été exécuté. Toute la journée, j'avais senti que quelque chose n'allait pas, mais j'ai quand même pris cette foutue voiture parce que je voulais venir te chercher moi-même.

— Et au lieu de ça, j'ai reçu l'appel de Dani, dit Jayna, les mains tremblantes alors qu'elle buvait son whisky. Continue.

— Je me base sur ce que les gars m'ont dit. S'ils t'ont menti, c'était parce que le contrat n'était pas complet sans corps. Nik et son équipe sont arrivés et m'ont déplacé avant que quiconque ne puisse confirmer physiquement ma mort.

— Mais la vidéo... J'ai vu la vidéo.

— Les images dont disposait ton père ont dû les satisfaire, ses associés et lui, mais pas les personnes qui ont exécuté le coup. Dans leur monde, l'absence de corps implique qu'il n'y a pas de mort. Alors ils sont partis à ma recherche et ils se sont introduits par effraction dans l'immeuble de Nik, pensant que les gars m'y avaient caché. À l'époque, mes frères n'étaient pas au courant des images dont disposait Shah. Ils ont agi par instinct et par nécessité de me garder en vie, et d'assurer ta sécurité. Ils pensaient que s'ils te faisaient croire que j'étais mort, d'autres le croiraient aussi. Ton agression a pris tout le monde par surprise. Les gars te pensaient en sécurité avec ton équipe de deux personnes. Dans notre monde, les femmes et les enfants sont hors d'atteinte. Quiconque enfreint cette règle s'expose à des conséquences désastreuses.

— Mon père ne fait pas partie de votre monde, constata Jayna d'une voix presque détachée, un ton que je ne lui avais jamais entendu. Dani est remontée jusqu'à quelqu'un du cercle d'amis de mon père, mais elle n'a pas pu déterminer exactement de qui il s'agissait.

— Il y a de fortes chances que ce soit le père de ton petit ami.

Je ne pus m'empêcher de serrer les dents en pensant à Lukesh Joshi qui avait eu le privilège de passer du temps avec Jayna. C'était une torture de le voir flirter avec elle, rire avec elle, sortir en public avec elle. J'avais l'impression que quelqu'un avait planté un couteau dans mon cœur et l'avait laissé là. Ma seule consolation, c'était de savoir que Jayna n'avait jamais retiré son alliance.

Elle plissa les yeux au lieu de paraître surprise par ma déclaration.

— Luke n'est pas son père. Et, pour info, ce n'est pas mon petit ami. Notre premier rendez-vous était censé avoir lieu ce soir. Je suppose que ton espionnage ne t'a pas permis d'obtenir cette information.

Ignorant cette pique, je dis :

— Il est l'héritier de la famille. Ne le sous-estime pas.

— C'est mon ami.

Oui, un ami qui voulait se glisser dans sa petite culotte.

— Ta sécurité a toujours été un facteur dans toutes les décisions que nous avons prises. Ce contrat sur moi n'a jamais été fermé, Jayna. Ils l'ont revu, et ont indiqué que tu étais désormais un dommage collatéral acceptable si cela les menait à moi.

— Espères-tu me faire croire que tu as fait semblant d'être mort pour me protéger ?

Elle posa son verre sur la table basse et serra le poing.

— Oui et non, répondis-je en m'agrippant la nuque. Ce n'était pas à cause du contrat. Tu l'as compris dès le début. Nous aurions pu prendre des précautions à cet égard.

— Alors, qu'est-ce que c'était ?

— J'étais un véritable cauchemar. J'aurais introduit plus de danger dans ta vie en étant la personne que j'étais.

— Qu'est-ce que ça veut dire ?

— Lorsqu'on entend parler de personnes qui récupèrent après un terrible accident, on parle de l'aspect physique, mais rarement de l'aspect mental, expliquai-je.

Je regardai Jayna droit dans les yeux et lui dis :

— J'ai craqué, Jayna. La douleur était trop forte. J'ai bu, j'ai pris des médicaments jusqu'à devenir un toxicomane enragé et j'ai vécu dans la colère. J'étais censé être le costaud, l'homme de main, et je ne pouvais même pas me lever d'une chaise sans aide. Je n'étais plus que l'ombre de celui que tu connaissais.

— On ne se sort pas de ce genre de chose qu'un claquement de doigts. Qu'est-ce qui t'a permis d'arriver là où tu en es aujourd'hui ?

— Tu as raison. Ce n'était pas qu'une seule chose. Les gars n'arrêtaient pas de me dire qu'il était temps que je me reprenne en main. Ils m'ont physiquement obligé à entrer en cure de désintoxication, allant même jusqu'à me rendre toute sortie impossible. Une fois désintoxiqué, j'ai commencé à voir un thérapeute.

— Mais le véritable déclic s'est produit lorsque tu es revenue de Grèce et que tu as décidé de quitter New York. Je savais que Sylvia avait opéré sa magie, et que tu étais prête à passer à autre chose. Ce n'était pas parce que Dani avait tout découvert. C'était le fait de savoir que je devrais vivre sans toi pour toujours si je ne changeais pas.

Jayna se leva et se mit à faire les cent pas.

— Es-tu en train de dire que j'ai été le catalyseur de ta

guérison ? Et tu n'as pas pris la peine de me dire que tu étais en vie ?

Elle s'arrêta de bouger et me regarda avec colère, les yeux remplis de larmes.

— Ce sont des conneries ! s'écria-t-elle en se précipitant vers moi.

Je me redressai, me préparant à ce qu'elle me réservait.

— J'avais le droit de décider ce que je pouvais ou ne pouvait pas supporter ! Nous avons échangé des vœux ! Est-ce qu'ils avaient la moindre signification pour toi ?

— Ils représentaient tout pour moi.

Elle me repoussa.

— Conneries ! J'avais besoin de toi. Le simple fait de savoir que tu étais vivant aurait fait la différence. Je n'aurais pas...

Jayna ne termina pas sa phrase, elle se mordit la lèvre et ferma les yeux un bref instant.

— Qu'est-ce que tu ne me dis pas ?

— Cela n'a pas d'importance, répondit-elle en secouant la tête. Ce que j'aimerais savoir, c'est comment tu comptes régler ça. Est-ce que tu vas à nouveau te cacher ? Ou bien vas-tu faire preuve de courage ? Je me suis battue pour toi la première fois. Si tu veux que je fasse partie de ta vie, tu vas devoir te battre pour moi.

— C'est le plan.

— Tu crois que jouer le rôle d'un personnage fictif que j'ai créé prouvera que tu te bats pour moi ?

— Antoni Silva n'est pas fictif. Il est très réel. Le nom qui figurait sur mon acte de naissance avant qu'Arin ne le fasse modifier était Kiran Antoni Silva. D'après mon grand-père paternel, Victor Silva, je suis l'héritier de la famille Silva.

En choisissant ce nom, tu es entrée dans le collimateur d'Hector, et ce, même si tu enfouis les choses très profondément. Lorsqu'il est question de menaces pour ses affaires, il le découvrira forcément.

— Cela ne répond toujours pas à la question de savoir en quoi le fait d'endosser le rôle d'Antoni Silva aura un autre effet que celui de placer une cible géante dans ton dos.

— C'est justement l'idée. Qu'Hector s'en prenne directement à moi. Je veux mettre un terme à ces conneries avec lui une fois pour toutes. Et si cela implique que je doive le confronter et régler le bordel que mon grand-père a créé, soit.

— Et quel est mon rôle dans tout ça ?

— Cela me procurera la couverture dont j'ai besoin pour apprendre à te connaître telle que tu es aujourd'hui, pour sortir avec toi, pour te montrer que nous valons la peine d'être sauvés.

Elle m'étudia sans rien me dire pendant quelques secondes.

— Alors, je passe de la femme d'un King à la petite amie d'un mafieux ?

Je posai une main sur sa taille.

— On pourrait dire que tu as déjà de l'expérience dans ce domaine.

En tant que King, les gens nous mettaient au même

niveau que ceux de la pègre, mais nous en étions loin. Tout le monde avait besoin de services, depuis les gars bien élevés de Wall Street, qui avaient besoin de prêts supplémentaires pour couvrir des dettes sur le point d'être réclamées, jusqu'aux patrons de syndicats qui voulaient entrer dans le monde de l'élite des Hamptons. Nous ne faisions que négocier les accords nécessaires à la réalisation de leurs objectifs et obtenir des faveurs en échange.

— Tu crois vraiment que je vais te rendre les choses aussi faciles ?

Je souris, résistant à l'envie de l'attirer vers moi et de l'embrasser.

— Jay, tu me feras trimer pour chaque miette que tu voudras bien me jeter.

Elle se dégagea de mon emprise et s'avança vers le manteau de la cheminée, où j'avais posé un cadre contenant notre photo de mariage.

C'était sur la plage de Tahiti. Jayna portait une simple robe blanche sans bretelles, et moi une chemise avec un pantalon en lin. C'était parfait, et il n'y avait rien que nous deux. Nous avions décidé de nous enfuir plutôt que de faire face au chaos d'un mariage qui aurait donné des maux de tête sans fin à Jayna et à sa mère.

Elle toucha le bord du cadre, puis me dit :

— Tu m'as brisé le cœur. Pourquoi devrais-je t'accorder une chance ? Pourquoi devrais-je aller jusqu'au bout de ce plan ?

— Parce que tu es tout pour moi, et que je veux te le

prouver. Je sais que j'ai déconné. Si je pouvais revenir en arrière, j'aurais demandé à Nik de te ramener à moi quand j'ai appris qu'ils t'avaient annoncé ma mort. Peut-être que je n'aurais pas emprunté ce chemin.

Tant de fois, je m'étais demandé si je me serais égaré si Jayna avait su que j'étais en vie. Serais-je devenu le monstre que mes frères avaient dû récupérer au bord de l'autodestruction ?

— Mais tu ne peux pas.

— Je ne peux pas. Tout ce que je peux faire, c'est espérer que tu me pardonneras.

— Tu vas devoir faire valoir beaucoup de faveurs pour faire d'Antoni Silva une personne vivante. Cet homme n'existe que sur le papier.

— C'est déjà en cours. Ce matin, pendant que tu dormais, j'ai vu les gars. Ils ont entrepris de faire en sorte qu'il y ait des preuves qu'Antoni Silva dirige une entreprise lucrative d'import-export à partir de la Floride. Dans les prochaines semaines, tout le monde saura que l'un des petits-fils de Victor Silva a élu domicile à Miami.

Jayna se tourna vers moi.

— Es-tu sûr de pouvoir le supporter ? Tu n'aimes pas être en public, tu es plutôt du genre à travailler en coulisses. Tu te souviens du temps qu'il t'a fallu pour t'habituer à être avec une mondaine ? Le seul endroit où tu aimais susciter l'attention, c'était dans la cage.

— Je peux le supporter. Je ne te mentirai pas en disant que c'est une chose que j'ai envie de faire, surtout dans cet état, dis-je avec un geste vers mon visage. Mais s'il y a la moindre chance que cela arrange les choses entre nous, alors je le ferai. D'ailleurs, avant toi, le voyeurisme sexuel ne m'avait jamais attiré, mais puisque ça t'a fait jouir, je l'ai fait.

Jayna plissa les yeux.

— Ce n'est pas comme si tu n'avais pas joui en même temps.

— C'est vrai, mais ce n'est pas mon vice, dis-je en faisant un pas vers elle. Je suis sincère, Princesa. Je te poursuivrai à travers le monde s'il le faut.

— Et me protéger passe au second plan ?

— Te protéger n'est jamais secondaire. Ça fait partie du package. Nous pouvons présumer que ton père ou l'un de ses associés est à l'origine de la deuxième attaque dont tu as été victime hier. Maintenant, nous devons découvrir ce qu'ils veulent.

— Je ne te laisserai pas me mettre en cage, Kir.

— Jayna, même avant mon accident, tu n'étais pas le genre de femme à te laisser mettre en cage. Il n'y aura rien de plus que ce à quoi tu pourrais t'attendre : une sécurité accrue et les notifications d'itinéraires habituelles.

— Tu as tout prévu, à ce que je vois, dit-elle avant d'inspirer profondément. Y a-t-il autre chose que tu doives mettre sur la table, histoire que je ne me prenne pas une autre surprise en pleine figure ?

— Le nettoyage pour lequel j'ai demandé une faveur... C'est Solon qui s'en est chargé.

— Quoi ? Es-tu en train de me dire que tu travailles pour eux ?

— Pas tout à fait. Mais disons que les compétences que j'ai acquises auprès d'Arin sont également utiles dans d'autres domaines.

— Que fais-tu exactement pour eux ?

Je haussai un sourcil.

— Dis-moi ce que Danika et toi vous faites pour eux, et je ferai de même.

— Du hacking, répondit-elle aussitôt.

Elle pinça les lèvres, l'air de dire *quelle question idiote*. Puis elle poursuivit.

— Tu le savais déjà. En outre, en tant que membre actif, n'as-tu pas déjà accès aux détails de nos projets ?

— Les informations mises à disposition par Solon sont basées sur la mission à accomplir, comme c'est le cas pour toute autre organisation. Seules quelques personnes disposent de tous les détails. Cela permet d'assurer la sécurité des personnes.

— Ça se comprend. Depuis combien de temps travailles-tu pour eux ?

— Comme je te l'ai dit, je ne travaille pas pour eux. Je leur offre mes services, ainsi qu'à d'autres agences.

Elle me jeta un regard noir.

— Même chose. Réponds à la question.

— Depuis notre rencontre.

— Je vois. Tu croyais que je ne pouvais pas gérer ça non plus ? Je me suis mariée avec toi en sachant ce que tu faisais dans la vie. *Merde*, Kir ! Je ne t'ai jamais caché le fait que je travaillais pour eux sur des projets avec Danika.

— Ton travail se déroulait derrière un ordinateur, et le mien, c'est tout le contraire. Tu me faisais confiance pour te protéger. Je n'allais pas introduire la peur dans ta vie après ce que tu as enduré sous le joug de ton père.

— Je n'ai plus besoin que tu me protèges. Je ne suis pas cette jeune fille de vingt ans à peine qui avait besoin d'un prince pour la sauver. Je ne suis même plus la femme de vingt-huit ans que tu as connue avant l'accident. Depuis, j'ai vécu toute une vie.

— Tu as quand même besoin de protection.

— Une équipe de sécurité suffit pour ça. J'en ai une avec moi partout où je vais.

— Donc, hier, c'était l'exception, ou bien est-ce que tu as essayé de les semer en allant chez ta mère, comme tu le fais d'habitude ?

Elle soupira.

— Écoute, c'est un jeu idiot auquel je joue avec eux depuis des années. Ils sont bons. Je ne peux jamais les perdre plus d'une minute, deux au maximum.

— Deux minutes qui ont failli aboutir à ton enlèvement.

Elle pencha la tête sur le côté, puis plissa les yeux.

— Où étaient-ils pendant l'enlèvement ? Ils auraient dû me rattraper avant que ça dégénère.

— Les ravisseurs connaissaient tes habitudes, Jayna. Ils connaissaient tous les membres de ton équipe de sécurité, et ils les ont ciblés pour les ralentir. Ils ont coordonné tous les aspects de l'enlèvement à la seconde près. La seule chose qui a foiré, c'est la deuxième équipe, et moi.

— Pour mon équipe, qu'est-ce qui m'est arrivé ?

— Mon chef de la sécurité s'est assuré qu'ils allaient bien après la tentative d'enlèvement, puis il les a informés que tu allais bien, et que tu étais avec moi. Actuellement, les équipes coordonnent la logistique pour que ton retour se passe le plus aisément possible.

— Comme c'est gentil à toi d'avoir tout emballé avec un beau gros nœud pour moi !

Le feu était de retour dans ses yeux d'ambre.

— Je ferai ce qu'il faut pour te protéger.

— Écoute-moi bien attentivement. Tu veux faire partie de ma vie. Ce dont j'ai besoin, c'est d'un compagnon, d'un amant, d'un partenaire qui me considère comme une égale, et non d'une personne qui veut m'envelopper dans du coton comme si j'allais me briser. J'ai prouvé que je ne craquerai pas. Soit tu l'acceptes, soit tu disparais à nouveau. Je dois reprendre le cours de ma vie et réaliser mes propres projets.

Prenant une grande respiration, elle se dirigea vers la table basse, prit son verre et le descendit d'un trait. Elle ferma les yeux tandis que le liquide glissait dans sa gorge.

Je ne pouvais pas gagner. Je devais briser les remparts qu'elle avait érigés, et pour ce faire, je devais lui donner ce qu'elle voulait.

— Et qu'est-ce qui te convaincra que je vois qui tu es maintenant ?

— Tes actes.

Son regard noisette se planta dans le mien, comme si elle me mettait au défi et ne me croyait pas capable de le faire.

— Cela signifie-t-il que tu vas suivre le plan ?

— Pour l'instant. Tu ne prendras plus jamais de décisions à ma place. Est-ce clair ?

Lors de notre rencontre, elle avait une carapace dure, et elle se battait sans cesse pour obtenir ce qu'elle voulait, défiant toute forme d'autorité.

Je m'étais montré si cruel avec elle à l'époque, lui enjoignant de retourner dans sa tour d'ivoire et à sa vie privilégiée. Ma seule excuse était qu'au moment où nos yeux s'étaient croisés pendant mon combat, j'avais ressenti quelque chose, et j'avais compris qu'elle était hors de ma portée. Après le combat, lorsqu'elle était venue me parler avec ses amies, j'avais remarqué les vêtements de marque sur son corps et les diamants à ses oreilles et j'avais cru qu'elle ne cherchait qu'à s'encanailler.

Au cours des semaines suivantes, elle était revenue, surtout les soirs où je devais me battre. Elle s'était même frayé un chemin dans mon cercle d'amis. Sa détermination m'avait attiré comme un papillon de nuit vers une flamme. Je l'avais eue aussitôt dans la peau, comme aucune autre femme auparavant. Même à ce moment-là, j'avais résisté : je n'étais qu'un idiot de vingt-deux ans.

Et puis, un soir, je l'avais trouvée recroquevillée en boule, cachée dans une des arrière-salles du club. Elle avait des bleus sur les bras et un œil au beurre noir. Une femme effrayée et brisée était assise à la place de la débutante dure à cuire que je m'étais habitué à voir.

Il lui avait fallu près d'une heure pour admettre que son père l'avait battue, et que ce n'était pas la première fois. Mon instinct de protection s'était réveillé, et j'avais compris que je ne laisserais plus jamais personne faire du mal à Jayna. La protéger à tout prix était devenu ma mission, tant physiquement que mentalement.

Je m'étais planté sur les deux tableaux.

Jayna prit la parole, attirant à nouveau mon attention sur elle.

— Tu n'as rien à dire ?

— Oh, j'ai beaucoup de choses à dire.

Elle haussa un sourcil.

— Continue.

— Premièrement, te protéger est une chose qui me vient naturellement, lui dis-je.

Elle serra les dents, prête à répliquer, mais je repris la parole.

— Mais je t'entends. Tu as ton service de sécurité. Tu n'es pas idiote, et tu sais ce qui est en jeu, surtout avec ce qui s'est passé hier.

— Continue.

— Deuxièmement, je te tiendrai informée de tout ce qui te concerne. Les transactions d'Antoni Silva resteront les siennes. Tout comme je me suis tenu à l'écart de tes clubs et que tu ne t'es pas mêlée des activités de King Holding, la même chose s'applique ici.

Elle pinça les lèvres, mais acquiesça.

— Autre chose ?

— Oui. Nous allons sortir ensemble. De cette façon, j'apprendrai à te connaître en dehors de la chambre à coucher.

— Puis-je en déduire que cela veut dire qu'il n'y aura pas de sexe ?

Elle se croyait drôle. Elle avait autant envie de sexe que moi. C'était elle qui m'avait ordonné de la prendre dans la salle de bains !

— À toi de me le dire.

Elle se lécha les lèvres en soutenant mon regard.

— Nous verrons comment tu te débrouilles avec cette histoire de rencards.

— Alors, le plan est en marche.

— Comme je l'ai dit, c'est provisoire. J'ai le droit de changer d'avis si tu m'énerves.

— C'est de bonne guerre.

Jayna posa les yeux sur les portes vitrées menant à la véranda où se trouvait une grande balancelle.

— Puisque je suis coincée ici pour le moment, je vais explorer la maison que j'ai conçue.

— C'est ta maison. Tu n'as pas besoin de ma permission.

— C'est ça. Je n'en ai pas besoin.

Elle passa devant moi et se dirigea vers la véranda, et je la suivis du regard.

Si c'était le premier pas pour briser le mur géant qui se dressait entre nous, soit.

10

Jayna

— QUE VEUX-TU POUR LE DÎNER ? me demanda Kir alors que je descendais l'escalier menant à la cuisine.

Doux Jésus. Chaque fois que je l'entendais parler, mon cœur se serrait.

Il était réel.

Il était à moi.

Enfin, peut-être. Il nous restait encore beaucoup de chemin à parcourir.

La confiance constituait un élément clé à ce moment-là. Tant de personnes avaient brisé ma confiance. Et accepter ce plan impliquait que je doive faire face à tout le monde à un moment donné.

Après avoir exploré la maison, j'avais demandé à Kir de décrire en détail les plans pour notre départ de l'île. Je n'arrivais pas à concevoir ce que Kir allait endurer pour devenir Antoni Silva. Il allait devenir ce personnage très public, très en vue, mais invisible. Je craignais un peu que les gens ne le reconnaissent, mais Kir affirmait qu'il avait tout prévu.

Mon rôle dans tout cela était de vivre ma vie et, le moment venu, il apparaîtrait comme mon associé et nous commencerions à sortir ensemble.

Avec lui, les choses paraissent si simples. Pourtant, rien n'était jamais aussi facile.

— Tu as le choix entre du flétan et du poulet, poursuivit Kir, ce qui me ramena à sa question.

— Je prendrai du flétan.

Je descendis la dernière marche, et je m'arrêtai en voyant Kir.

Oh, bordel.

Kir était penché sur un livre de cuisine, le torse nu. Chaque centimètre du haut de son corps sculpté et affûté était celui d'un guerrier. Mes doigts me démangeaient de suivre le tracé de ces tatouages. J'avais envie de l'explorer en entier.

Bon sang ! Quels incroyables abdominaux musclés qui descendaient jusqu'au V se terminant au niveau du cordon de son pantalon !

Lorsque mon regard revint sur le visage de Kir, ses yeux étaient remplis de lave en fusion.

Nous nous regardions fixement. Notre attirance était indéniable. Tout ce que je voulais, c'était le toucher. Embrasser ces lèvres, les goûter, me perdre en elles.

Pourquoi ne m'avait-il pas embrassée ?

Autrefois, nous avions passé énormément de temps à nous explorer avec nos bouches. Et celle de Kir était incroyable.

J'avais envie de tendre la main et de faire courir mes doigts sur sa lèvre inférieure pulpeuse.

Reprends-toi, Jayna.

Je n'étais pas censée laisser mes hormones me gouverner et laisser cette attirance envers lui m'entraîner à nouveau.

— Arrête de me fixer comme ça. Rappelle-toi, tu voulais que j'apprenne à connaître la Jayna d'aujourd'hui. Je suis censé t'impressionner avec mes talents de séducteur.

Je ne dis rien, je continuai à le regarder. Mon esprit et mon corps étaient en guerre, et mieux valait que je garde le silence.

— Je suis sérieux. Ce qui s'est passé ce matin a à peine effleuré la surface de mes désirs, et tu n'es pas prête pour ce que j'ai envie de faire.

Je me léchai les lèvres alors que ma respiration était de plus en plus saccadée, et sans réfléchir, je demandai :

— Qu'est-ce que tu as envie de faire ?

— Je veux prendre chaque partie de toi, dit-il, faisant le

tour du plan de travail, se rapprochant de moi. Ta bouche, ton sexe, tes fesses.

Tout en moi se contracta à l'idée de faire toutes ces choses avec lui, dans toute leur brutalité et sans retenue.

Lorsqu'il était question de mon corps, je ne lui avais jamais rien refusé. Il me connaissait parfaitement, mes besoins, mes désirs. Il ne me laissait jamais cacher quoi que ce soit. Mon désir pour lui était viscéral, presque incontrôlable. Cela avait toujours été le cas, et cela ne changerait probablement jamais.

— Cela nécessiterait ma permission.

— Vu comment ton corps réagit à mon contact, je n'ai aucun doute : tu me l'accorderais.

— Peut-être, admis-je, ce qui le fit sourire.

— Il n'y a pas de *peut-être* à ce sujet, Princesa.

Ignorant le frisson que me procurait l'utilisation de mon surnom au lieu de m'agacer, je demandai :

— Tu comptes vraiment me poursuivre à travers le monde, s'il faut en arriver là ?

Il s'arrêta juste devant moi.

— As-tu l'intention de t'enfuir ?

— C'est une possibilité.

— Alors je devrais te prévenir, dit-il, se penchant pour murmurer près de mon oreille. Je te poursuivrai.

— C'est bon à savoir.

Sans réfléchir, je levai le visage pour l'embrasser, mais il s'écarta ; je me renfrognai.

L'avait-il fait exprès ?

— Pourquoi as-tu évité de m'embrasser ?

— Parce que t'embrasser signifie quelque chose pour moi. Cela signifie quelque chose pour nous. C'est toi qui m'as dit que les baisers étaient spéciaux.

J'avais prononcé ces mots plus de onze ans plus tôt, quand j'étais très jeune, à peine âgée de vingt ans.

Kir m'avait découverte cachée dans son gymnase après que j'avais fui mon père à la suite d'une dispute où il s'était servi de son poing pour me faire comprendre que je n'étais qu'une déception pour lui et pour notre nom de famille. Mon père voulait que j'honore l'accord commercial qu'il avait conclu avec le père de Luke et que j'épouse ce dernier après avoir obtenu mon diplôme universitaire, mais j'avais refusé.

Kir avait failli perdre la tête en voyant les bleus sur mon visage et mes bras. Mais, au lieu de s'en prendre à mon père comme je m'y attendais, il s'était occupé de moi et m'avait promis que je n'aurais plus jamais à revoir cette brute, à moins que je ne le veuille absolument.

Jusque-là, il m'avait fait croire que je n'étais qu'un para-site qui lui courait sans cesse après. Je n'avais pas conscience qu'il s'intéressait réellement à moi ou qu'il était au courant que je ne menais pas une vie de princesse parfaite comme il le répétait sans cesse.

— Si je t'embrasse, cette chose que je t'ai dite à l'époque sera vraie aujourd'hui.

À la seconde où mes lèvres toucheront les tiennes, tu m'appartiendras. Il n'y aura pas de retour en arrière possible. La vie telle que tu la connais ne sera plus jamais la même.

— Tu veux que je t'appartienne, Kir ?

— C'est déjà le cas.

— Alors pourquoi as-tu évité mon baiser ?

— Parce que je veux que tu l'acceptes.

C'était une chose qui n'arriverait pas.

— L'ancienne Jayna appartenait corps, âme et esprit à Kiran King. Jusqu'à ce que tu apprennes à connaître la femme qui se tient devant toi, elle est prête à te donner son corps, mais le reste, tu devras le mériter.

— Alors je suppose que nous ne nous embrasserons pas.

— Alors je suppose que non, en effet.

Je pivotai, faisant mine d'aller dans le salon, mais il attrapa ma main, m'attirant contre lui.

— Tu viens de dire que tu étais prête à me donner ton corps. Eh bien, je vais en profiter pleinement.

— Qu'en est-il des rencards ?

— Oh, nous allons sortir ensemble, mais ce sera après avoir quitté cette île, répondit-il.

Il glissa ses doigts dans mes cheveux, inclina mon visage vers le haut, presque comme si ses lèvres allaient effleurer les miennes, puis frotta sa mâchoire couverte d'une fine barbe contre la mienne.

— Est-ce que tu le veux, Jayna ? C'est ta décision.

Je me cramponnai à ses bras tandis que ses dents effleuraient la veine à la base de ma gorge. Il me donnait envie de plus et j'avais des souvenirs de ce que nous avions fait dans le passé.

Je savais qu'il ne fallait pas. Le sexe ne ferait que compliquer les choses. Je n'étais même pas certaine que nous avions un avenir.

C'était n'importe quoi ! Pourquoi sentait-il aussi bon ? Oh, tant pis !

— Je veux que tu me fasses l'amour, Kir.

— Avec plaisir.

Il me fit reculer contre l'îlot, prenant mon corps en sandwich entre la pierre et lui.

— Oui, gémis-je, me cambrant au contact de sa bouche sur mon épaule.

Il releva la tête pour me regarder droit dans les yeux.

— J'ai l'intention de me régaler de toi ce soir. Cela pourrait prendre un certain temps avant que tout ne se mette en place.

— Tu parles comme si nous n'allions pas nous voir pendant des mois.

— C'est une possibilité.

Je fronçai les sourcils. Comment prévoyait-il de sortir avec moi ?

Avant que je puisse poser ma question, il poursuivit.

— Je vais te manquer, Princesa ? Après tout, cela ne fait qu'un peu plus de vingt-quatre heures que nous sommes de nouveau ensemble.

Mes doigts fléchirent contre son torse. Sous toute cette colère, il y avait la peur qu'il ne revienne plus jamais.

Je refusais de l'exprimer. Je ne voulais pas lui montrer cette vulnérabilité. Je ne pouvais pas prendre le risque d'avoir à nouveau besoin de lui de cette façon.

— Je reviendrai, dit Kir, comme s'il lisait dans mes pensées. Je ne me cacherai plus.

Je le scrutai ; je voulais le croire, attirée par lui.

Au bout de quelques instants, je murmurai :

— Nous verrons.

— Tu verras, répondit-il, et je vis le feu et la détermination dans son regard.

Alors qu'il s'apprêtait à bouger, je le retins en prenant son visage entre mes mains.

— Laisse-moi te toucher.

Il hocha la tête, et je fis lentement courir mes doigts de sa tempe gauche, là où commençait la cicatrice, jusqu'au coin de son œil. J'étais étonnée qu'il puisse encore voir. Ensuite, j'effleurai sa mâchoire couverte de barbe, puis son cou, ses épaules tatouées, avant de remonter à nouveau.

— J'aime ce côté dangereux. C'est terriblement sexy, lui dis-je, me plongeant dans ses beaux yeux.

— Je suis heureux que tu le penses.

Il tourna son visage dans ma paume et l'embrassa.

— Je le sais.

Je me hissai sur la pointe des pieds et, sans réfléchir, je voulus effleurer ses lèvres, mais il tourna le visage.

Je ravalai ma déception. Kir voulait une chose que je

n'étais pas prête à lui donner, et que je ne lui donnerais peut-être jamais.

Comme s'il avait compris mes pensées contradictoires, Kir m'attira contre lui et me déshabilla lentement. Il commença par mon t-shirt, puis mon pantalon, passant ensuite à mon soutien-gorge et ma culotte.

Lorsque je me retrouvai devant lui, complètement nue, je fus presque transportée à une époque antérieure à toute cette douleur et à cette déception, lorsque nous étions très jeunes et animés par notre passion et notre désir.

— C'est toi qui es terriblement sexy.

Il promena son regard brûlant sur moi ; mes mamelons se dressèrent en bourgeons tendus et ma peau se couvrit de chair de poule.

Mon corps avait toujours été assez galbé, et j'avais appris à l'aimer et à l'accepter après avoir quitté la maison de mon père. Mais, avant Kir, aucun homme ne m'avait touchée comme si des seins et des hanches plus généreux méritaient d'être vénérés.

— Kir, gémis-je. Faites quelque chose.

Il s'approcha de moi et prit mes seins douloureux dans ses mains.

— Ne devrais-tu pas commencer à m'appeler Antoni ? C'est lui qui te fera l'amour quand je serai à Miami.

— Le seul homme qui me touchera, c'est toi. Kir et Antoni sont la même personne. Tu l'as dit toi-même.

Je me cambrai lorsqu'il pinça les bourgeons de mes mamelons.

La pression s'accentua, me faisant haleter.

— En es-tu bien certaine ? Les gens vont croire le contraire, répliqua-t-il, passant une main autour de ma taille pour me soulever sur la surface dure de l'îlot. Tu es sur le point de devenir la femme d'Antoni Silva.

Je pris son visage entre mes mains, me plongeant dans les profondeurs sombres de ses yeux.

— Tu seras toujours Kir pour moi. Quand nous sommes ensemble, c'est Kiran et Jayna.

— Kiran et Jayna existent-ils encore ? demanda-t-il.

Il posa les doigts autour de ma gorge, ce qui fit grimper mon rythme cardiaque et inonda mon intimité.

— Ou est-ce juste une attirance sexuelle ?

Il me repoussa en arrière pour que je m'allonge sur le granit.

Au moment où j'ouvrais les lèvres pour répondre, il écarta mes genoux et son souffle chaud effleura l'intérieur de mes cuisses.

La douleur au creux de mon ventre augmenta et je gémis *Kir* en regardant notre reflet dans le verre de la lucarne. Il était totalement habillé, et j'étais complètement nue et ouverte à lui.

— Je ne t'ai pas goûtée depuis des années, dit-il en passant mes jambes autour de ses épaules, m'approchant de sa bouche. J'en ai rêvé. J'en avais tellement envie !

Les premiers frôlements de sa bouche étaient doux, trop doux pour le désir qui grandissait en moi. Mes doigts s'agrippèrent à ses cheveux, essayant de le guider vers l'endroit où j'avais besoin de lui.

— Pose les mains sur le comptoir, sinon j'arrête.

Il souffla sur mon clitoris une seconde avant de le lécher, puis il releva la tête, attendant que j'obtempère. Je relâchai ma prise sur ses cheveux et posai mes doigts sur le bord dur du comptoir en pierre.

— Tu n'as qu'une chose à faire : profiter. Laisse-moi te donner du plaisir, Princesa. Tu sais combien j'aime te faire jouir.

Ses lèvres se posèrent à nouveau sur mon clitoris, l'aspirant dans sa bouche, et toute pensée cohérente me quitta.

— Oh, mon Dieu ! m'écriai-je alors que mon dos se cambrait.

Il lécha, tourna et titilla avant de s'abaisser pour pénétrer mon intimité, faisant grimper mon niveau d'excitation. Mes muscles intimes frémirent et furent inondés de désir.

Il laissa échapper un soupir satisfait, croisant mon regard. Il savait ce qu'il me faisait, augmentant mon désir jusqu'à ce que je sois désespérée et que je le supplie.

Oh, oui, j'étais prête à supplier. Maudits soient Kir et sa bouche perverse. Comment avais-je pu l'oublier ?

— Kir, je t'en prie. J'ai besoin de jouir.

Il glissa un doigt en moi puis le recourba, touchant ce point qui me ferait basculer. Mon corps réagit aussitôt, et je rejetai la tête en arrière, hurlant mon extase. Kir continua à se délecter de mon sexe pendant je ne sais combien de temps, me maintenant en équilibre sur une succession de vagues de plaisir.

Lorsqu'il eut terminé de me dévorer, je n'étais plus qu'un tas de membres fondus et épuisés. Il me souleva dans ses bras, me porta à l'extérieur, puis m'allongea sur le gigantesque canapé d'extérieur, mon dos contre lui.

Je soupirai. J'aimais le bruit de l'eau et la brise chaude qui glissait sur ma peau.

— Dors, bébé, murmura-t-il contre mes cheveux, caressant mon bras du bout des doigts. Je crois que je t'ai arraché tous tes orgasmes pour ce soir.

La pression de son sexe contre mon dos m'indiquait qu'il avait désespérément besoin d'être soulagé. Pourquoi ne m'avait-il pas prise ?

Je soulevai la tête et me tournai pour le regarder.

— Et toi ?

— Nous avons tout notre temps. Pour l'instant, repose-toi.

Il ferma les yeux et leva un bras au-dessus de sa tête, qu'il laissa retomber contre l'accoudoir du canapé.

Je me calai contre son corps et tentai de me détendre, mais je n'y parvins pas à cause de la présence de son imposante érection entre nous. Une faible palpitation s'enflamma à nouveau au creux de mon ventre, et je sentis ma peau fourmiller de désir.

La respiration de Kir changea, comme s'il sentait ce qui m'arrivait.

Me tournant, je posai une main de chaque côté de lui et approchai mon visage à quelques centimètres du sien.

— Kir, dis-je.

Il souleva les paupières, le désir obscurcissant ses yeux presque noirs.

— Oui.

— Je veux te chevaucher.

Il posa les mains sur ma taille.

— Il n'était pas question de moi. C'était pour toi.

Je lui souris, faisant glisser mon sexe nu et moite le long de la couture de son pantalon. Son membre durcit et ses doigts fléchirent, s'enfonçant sur ma peau.

— Il est question de moi. Tu ne crois pas que j'aime te voir basculer ? J'aime regarder les muscles de ton visage se contracter et te sentir gonfler davantage juste avant de te vider en moi.

Il déglutit alors que ses pupilles avalaient ses iris, les rendant complètement noirs.

— Si nous le faisons, je serai brutal. Es-tu sûre de vouloir ça ?

Je passai la main entre nous et entourai son sexe, parcourant l'extrémité avec le bout de mes doigts.

— Ai-je l'air de m'y opposer ?

Il me fixa pendant quelques instants puis me dit :

— Fais-moi sortir, Jayna.

J'adorais quand sa voix devenait grave et impérieuse comme ça.

Ma peau se hérissa de chair de poule lorsque je me mis à

genoux et tirai sur le cordon de son pantalon avant de le baisser suffisamment pour libérer son membre dur et brûlant. Je le saisis à la base, le caressant de haut en bas.

Une goutte perla au bout, me donnant envie de me pencher et de la lécher.

— Non. Tu voulais me chevaucher. Alors, fais-le.

Oh, oui, j'allais le faire.

Je me mis en position et plaçai mon sexe ruisselant au-dessus de son membre. Lentement, centimètre par centimètre, je le fis entrer en moi. C'était une provocation pour nous deux.

Mon ventre se contractait à mesure que je descendais. Lorsqu'il fut enfin enfoncé jusqu'à la garde, je ne pus m'empêcher de rejeter la tête en arrière, savourant la sensation de l'avoir en moi. Cette plénitude. Elle m'avait manqué.

Kir posa les mains sur mes seins, attirant mon attention sur son visage.

— Sais-tu combien de fois je t'ai imaginée ainsi ? Tu es tellement magnifique !

— Sans doute le même nombre de fois où je t'ai imaginé sous moi.

Je posai les mains sur son torse, je ne voulais pas m'engager dans cette voie.

Au lieu de cela, je me soulevai de sorte que seul le bout de son membre se trouve en moi, puis je redescendis brutalement.

— *Putain* ! s'écria Kir, agrippant ma jambe d'une manière presque douloureuse. Si tu continues à faire ça, je vais jouir.

— Kir. Je dois bouger. Je... Je...

J'imprimai un rythme régulier, savourant l'incroyable sensation qu'il m'offrait.

— C'est si bon ! *Merde*, c'est tellement bon !

À chaque glissement, son membre touchait ce point sensible qui me ferait basculer. Je me balançai et fis onduler mes hanches, me rapprochant de plus en plus du sommet que j'étais maintenant si impatiente d'atteindre.

— Oh, Kir ! *Merde.* Je suis tellement proche. J'ai besoin...

Son pouce se posa sur mon clitoris.

— De quoi as-tu besoin, bébé ?

Je continuai mon mouvement, perdue dans le besoin de me libérer.

— Dis-le, et je t'aiderai.

Il appuya sur le faisceau de nerfs au sommet de mon sexe, déclenchant une vague de spasmes au creux de mon ventre.

— Oooh, mon Dieu !

— Non, ce n'est pas ça.

Je serrai les dents, puis, totalement désespérée, je criai :

— Kir, fais-moi jouir !

— Tes désirs sont des ordres, Princesa.

Il caressa mon clitoris comme lui seul savait le faire.

Mon rythme faiblit alors que tout mon corps se contractait et que mon intimité était inondée de désir.

— Oui, c'est ça.

Tout à coup, mon esprit devint trouble et je rejetai la tête en arrière tandis que mon sexe se resserrait sur Kir.

— Kir...

Je fis glisser mes ongles le long de ses bras.

J'entendis Kir siffler, mais il continua à jouer avec mon clitoris, prolongeant mon extase.

Alors que je commençais à redescendre, je sentis ses doigts s'enfoncer dans mes cuisses, et je sus qu'il était sur le point de prendre le contrôle.

— À mon tour.

Kir me souleva de lui et me poussa en avant sur le canapé.

J'eus à peine le temps de comprendre ce qui se passait qu'il saisissait mes deux poignets et les plaquait dans le creux de mon dos.

Mon pouls s'emballa et ma respiration devint saccadée. J'ignorais comment c'était possible après les orgasmes que j'avais déjà eus, mais les pulsations au creux de mon ventre reprirent de plus belle.

Écartant mes genoux avec les siens, il se plaça entre mes jambes et promena le bout de son sexe le long de mon inti-mité ruisselante.

Je jetai un coup d'œil par-dessus mon épaule, et la lueur dans ses yeux trahit le fait que ce serait dur et rapide.

— Tu es prête ? demanda-t-il en serrant les dents.

Avant que je puisse dire quoi que ce soit, Kir s'enfonça avec une telle force que le plaisir et la douleur mêlée en furent presque insupportables.

Oh, mon Dieu ! haletai-je, serrant mes doigts sous l'étau qui emprisonnait mes poignets.

— Je t'avais prévenue, dit-il en se retirant, avant de me pénétrer à nouveau. Maintenant, tu dois faire avec.

— Je ne t'aurais pas dit que j'en avais envie si je ne pouvais pas le faire.

Sa prise sur mes mains se raffermit et il se servit de mes bras pour me tirer vers l'arrière à sa rencontre tandis que ses hanches poussaient vers l'avant.

L'intensité, la sensation et la brutalité de ce moment enflammaient mon corps. Il me pilonnait avec son membre épais comme s'il cherchait à laisser son empreinte en moi, si fort qu'il ébranlait les meubles adjacents.

— Encore, gémis-je.

Je ne pouvais nier que Kir était le seul homme qui avait jamais compris ce dont mon corps avait besoin, ce qu'il voulait, ce qu'il désirait.

Il relâcha sa prise sur mes poignets et me serra à nouveau la gorge, me ramenant contre lui tandis qu'il continuait à me pénétrer. Mes muscles intimes se contractèrent, et mon esprit se troubla.

Oui. J'y étais presque.

— C'est ça que tu veux ? s'enquit-il, resserrant ses mains autour de mon cou.

— Oui ! m'écriai-je. Oui. Je ne veux pas de tendresse. J'ai besoin de ça.

Doux Jésus. C'était ce que je voulais. Le Kir brutal, sans retenue.

— Je ne peux pas tenir plus longtemps, dit-il, relâchant ma gorge pour agripper mes hanches. Tu es avec moi ?

— Je suis avec toi.

Je fermai les yeux alors que mon corps tout entier se contractait autour de lui.

— *Putain !* Tu me serres si fort... Oh ! Jayna...

Le rythme de Kir ralentit, et il se mit à jouir.

Le sentir gonfler en moi me fit basculer dans l'extase ; mon dos se cambra, et le plaisir me submergea.

11

J ayna

Un peu après dix heures du matin, j'arrivai sur un aérodrome privé où ma Mercedes était garée et m'attendait, exactement comme Kir me l'avait dit.

Nous avions passé la plus grande partie de la nuit à nous perdre l'un dans l'autre, à nous toucher, à nous goûter, à nous explorer. Nous savions que le temps nous était compté et nous l'avions mis à profit.

Je voyais encore son visage s'éloigner quand le bateau qu'il avait réservé me conduisait depuis notre île jusqu'au quai où une équipe de sécurité m'attendait pour m'emmener à ma voiture.

Un sentiment de panique m'avait saisi le ventre, comme si je n'allais plus revoir Kir. Comme si tout cela n'avait été qu'un rêve, une chose que j'avais inventée parce que je n'arrivais pas à oublier le passé.

Un homme noir très grand vêtu d'un costume sur mesure et dont les yeux étaient dissimulés par des lunettes de soleil à monture sombre, s'approcha de moi. Il se déplaçait avec assurance, comme s'il était capable d'éliminer tous ceux qui oseraient s'en prendre à lui. Il était bien plus qu'un simple agent de sécurité privé.

Ce devait être l'un des contacts de Kir chez Solon.

— Madame King. Voici vos clés. Votre voiture est ravitaillée en carburant et vos effets personnels sont cachés dans le compartiment dissimulé sous le siège du passager.

— Merci.

J'ouvris la paume et il y déposa mes clés, avec un porte-clés en forme de colibri.

Alors que je me retournais vers ma voiture, il me dit :

— Deux choses encore.

Je m'arrêtai et attendis.

— Tout d'abord, votre itinéraire se trouve avec vos affaires. Vous devrez le consulter et le suivre à la lettre.

Cela restait à voir.

Je hochai la tête.

— Et la deuxième chose ?

— M. Silva veut une transparence totale : il souhaitait que vous soyez informée qu'il y aura des yeux sur vous à tout moment lorsque vous serez en public.

Silva. Exact. À compter de ce moment, il n'était plus Kir King. Il était Antoni Silva.

— Je sais. Mon équipe de sécurité est avec moi.

— Non, en plus d'eux.

Je plissai les yeux.

— Vraiment ? Je suppose que c'est une autre faveur de son agence ?

— Oui, m'dame.

— Je te jure, Kir, que je vais te botter les fesses quand je te reverrai, marmonnai-je tout bas.

— Si cela peut vous rassurer, ajoute l'homme, M. Silva est soumis au même protocole.

— Eh bien, tant mieux.

Je me dirigeai vers ma voiture. Le besoin de Kir de me protéger n'avait pas de limites.

J'ouvris ma portière et me glissai sur le siège conducteur de ma Mercedes, prenant une profonde inspiration pour me recentrer. C'est alors que l'odeur de mon parfum à l'intérieur de la voiture me frappa.

Je regardai autour de moi. C'était impossible. Tout était exactement comme quelques jours plus tôt. Ce ne pouvait pas être la même voiture !

J'appuyai sur les boutons de la console pour voir si mes réglages étaient en place, et ouvris tous les compartiments. Tout était à sa place.

Soudain, je me rappelai une chose que Danika m'avait dite lorsque nous travaillions sur certains de nos projets pour Solon.

Une fois que vous deveniez l'un d'entre eux, ils vous soutenaient à tout moment et en tout lieu. Aucune tâche n'était trop petite ou trop impossible.

Je n'avais jamais officiellement travaillé pour eux, me contentant de participer aux projets confiés à Danika. Kir, en revanche, était un initié, et ils s'étaient mobilisés pour lui.

Je ne pouvais sans doute pas être contrariée que quelqu'un assure ses arrières, d'autant plus que j'avais Sylvia et toutes ses ressources. Je me servais de ces ressources pour un projet dont je voulais que tout le monde ignore l'existence jusqu'à ce qu'il soit mis en œuvre. Il faudrait que je passer quelques coups de fil une fois que j'aurais la certitude que personne ne pouvait me suivre.

Repoussant ces pensées, je pressai le bouton pour allumer le moteur de la voiture, réglai mon GPS sur la Ladai Room de Miami et commençai mon voyage.

Comment allais-je pouvoir prétendre que tout était pareil alors que tout était différent ?

Je n'étais plus la veuve éplorée. J'avais un mari vivant, qui respirait. Un homme avec qui j'avais passé les deux derniers jours. Un homme dont je devais prétendre qu'il était un autre.

Et puis, il y avait Luke. Qu'allais-je bien pouvoir lui dire ?

Ce n'était pas juste de lui donner de l'espoir. Il faudrait que je l'appelle. D'abord, je m'excuserais de lui avoir posé un lapin la veille, puis je lui dirais qu'il n'y avait aucune chance que nous soyons plus que des amis.

Je n'aurais pas dû accepter ce rendez-vous. Toute relation

avec moi aurait une limite de fin. Avec l'arrivée de Kir, je devais tout ajuster dans ma vie.

Bon sang ! Ma liste de choses à faire ne cessait de s'allonger. Heureusement, j'étais capable de faire plusieurs choses à la fois. Mais cela devrait attendre que je sois certaine que mon mari et son équipe d'espions n'avaient pas placé ma voiture sur écoute.

Pour l'instant, je me contenterai d'écouter le dernier livre audio de l'une de mes romancières préférées, de me concentrer sur la route et de composer avec les conducteurs fous de Miami.

UNE HEURE PLUS TARD, j'arrivais devant le grand bâtiment blanc et banal qui abritait la Ladai Room. À la lumière du jour, le club ressemblait à tous les autres bâtiments situés juste à l'extérieur du quartier de Coconut Grove à Miami, ou, comme les habitants l'appelaient, *The Grove*. Il s'agissait d'une zone en plein essor, prête à être restructurée, avec des biens immobiliers de premier ordre pour quiconque était prêt à prendre le temps d'investir.

En l'état, personne de l'extérieur n'aurait pu croire que cet immeuble de bureaux abritait vingt petits rings de boxe ainsi qu'un espace pour l'événement principal. Mais, d'un autre côté, nous étions au milieu de la matinée, et seuls ceux qui travaillaient dans les bâtiments alentour s'aventuraient dans ces parages.

Mais, ce soir, tout allait changer. Une aura de danger et de noirceur s'abattrait sur le lieu. C'était en fait une illusion pour les sens que j'avais apprise dans mes boîtes de nuit. Un éclairage et des odeurs appropriés pouvaient faire des merveilles pour créer l'ambiance d'un lieu.

Outre le changement d'apparence, le service de sécurité de la Ladai Room quadrillerait la propriété, n'autorisant l'accès qu'aux personnes ayant payé leur adhésion, sans aucune exception : pas de chauffeurs, pas de gardes du corps personnels, pas d'armes, pas d'appareils électroniques. Les seuls invités autorisés étaient ceux qui avaient été approuvés au préalable et dont les antécédents avaient été soigneusement vérifiés. Toute personne prise en flagrant délit de violation des règles se voyait interdire définitivement l'accès aux deux sites Ladai Room.

Je franchis le grand portail d'accès à la propriété et je ne pus m'empêcher de sourire.

J'avais fait une véritable affaire pour cet endroit, et cela grâce à Sam.

Lorsque j'avais eu l'idée des clubs, je lui avais demandé son aide pour repérer des lieux. Il n'avait peut-être pas eu l'occasion de jouer au grand frère avec moi pendant mon enfance, mais il était intervenu quand j'avais eu besoin de lui. Il avait repéré cet endroit particulier qui correspondait parfaitement à ce que je voulais. Il y avait de l'espace, de l'intimité et de l'ambiance.

Je ralentis la voiture et fronçai les sourcils, serrant le volant un peu plus fort.

Sam était une personne de plus à ajouter à ma liste de gens à qui je devais botter les fesses. Il était au courant pour Kir et me l'avait caché. C'était mon frère, *merde* ! Il était censé assurer mes arrières.

Et *merde* ! Techniquement, Sam était le frère de Kir.

Je ne pus réfréner un grognement intérieur. Foutus King.

Je respirai profondément, acceptant le fait que je ne pouvais rien faire à leur sujet pour le moment.

Alors que je me dirigeais vers l'arrière du bâtiment, je remarquai que des clôtures se dressaient entre certains des bâtiments les plus anciens. C'était le signe que des travaux de rénovation étaient sur le point de commencer. En tout cas, l'aspect plus urbain du chantier de construction ajouterait à l'ambiance que je voulais donner à mes éclairages et à mon décor.

Les clients que j'attirais à la Ladai Room avaient les poches bien garnies et avaient besoin de l'illusion de la brutalité sans le danger réel de la rue.

J'entrai dans le garage situé sous le bâtiment, j'attendis que mon équipe me donne le feu vert et je me garai à ma place réservée.

J'avais toujours eu une sécurité stricte, même si les événements de ces derniers jours avaient pu donner l'impression que je me promenais la tête en l'air.

Après avoir été agressée au couteau, je n'avais jamais considéré ma sécurité comme acquise. J'avais trop perdu, et je refusais de laisser qui que ce soit me prendre quoi que ce soit à nouveau.

C'était un autre sujet que Kir et moi allions devoir aborder. À un moment. Lorsque je serais prête. J'éprouvais encore du ressentiment à l'idée d'avoir dû endurer la douleur de tenir dans mes bras le corps sans vie de notre petite fille, puis de devoir l'enterrer sans savoir que je n'étais pas seule.

Une boule se forma dans ma gorge. *Non*. Je secouai la tête. Je n'irais pas par là. Ce n'était ni le moment ni le lieu pour ces émotions. J'avais travaillé trop dur pour arriver à faire taire ces sentiments.

Un jour, Kir et moi allions devoir les affronter. Mais d'abord, nous avions un tas d'autres choses à traiter.

Je sortis de la voiture et m'approchai de ce qui ressemblait à une boîte d'appel d'urgence. Lorsque je posai mon pouce sur le côté, elle s'ouvrit comme une armoire. À l'intérieur se trouvait une série d'appareils électroniques dont je me servais quand je travaillais sur des projets pour Danika. Je choisis un téléphone portable crypté et je refermai la boîte.

Personne ne pouvait traquer celui-ci, à part Danika, mais cela lui prendrait une minute ou deux. Il s'agissait d'un appareil développé par l'une des entreprises de Sylvia, et utilisé au sein de son organisation.

J'allumai le téléphone et appelai le numéro de Lilly Lennox.

Certes, c'était la nouvelle assistante de Danika dans sa galerie new-yorkaise, mais techniquement, Lilly avait été mon amie avant même leur rencontre. Elle était une autre des protégées de Sylvia. Nous nous étions rencontrées pendant mon séjour en Grèce, et nous avions sympathisé. Lilly comprenait ce que c'était que de voir son monde voler en éclats et d'essayer de le reconstruire.

— Jay, Dieu merci. Tu nous as inquiétées, dit-elle avec un accent plus britannique qu'allemand. Comment gères-tu la situation ?

Je m'appuyai contre le mur du garage.

— Aussi bien que possible. N'oublie pas d'appeler Sylvia pour lui donner des nouvelles. Je ne veux pas qu'elle cause des problèmes supplémentaires si elle découvre ce qui se passe.

— C'est déjà fait.

— Vous avez une piste ?

— Dani y travaille encore. Pour l'instant, elle remonte une boucle de serveurs à travers le monde jusqu'à la personne que ces enfoirés ont embauchée pour faire le coup. Elle s'intéresse davantage aux ordures qui ont accepté la mission qu'à ceux qui l'ont commanditée.

— Toi et moi savons déjà qui l'a commanditée.

— Nous le savons, mais pas Dani. Elle ignore ce que tu as fait pour lui forcer la main. Vas-tu lui dire ce que nous avons fait ?

— Non, répondis-je avant de prendre une grande respiration. Ce n'est pas son combat. C'est le mien.

— Mais c'est ma patronne maintenant. Et c'est ta cousine.

— Tu as plus d'un patron, et il se trouve que Dani est l'une d'entre elles.

— Elle pourrait nous aider.

— Elle ne doit rien savoir de tout ça. Elle essaierait de m'arrêter. Dani estime qu'elle est la seule à pouvoir prendre des risques. Elle a sa manière de gérer mon père. Je fais à ma manière. Je ne serai plus jamais sa victime.

— Nous avons élaboré ce plan avant que tu n'apprennes que Kir était toujours en vie. Je ne veux plus que tu le fasses. La fin ne justifie pas les moyens.

Je fermai les yeux une seconde.

— Nous allons modifier le plan, mais pas l'arrêter.

— Jay, s'il te plaît.

— Nous devons toujours veiller sur ma mère. Et cela ne ramènera pas ma petite fille. D'ailleurs, mon père ne devrait pas faire de choses illégales s'il ne veut pas qu'elles lui retombent dessus.

— Ce que nous faisons pourrait être jugé discutable.

— Oui, eh bien, ce qui est discutable est normal dans notre monde. Et, pour mémoire, sur le papier, tout ce que nous avons fait est légal.

— Si c'est ainsi que tu veux voir les choses, je vais faire comme toi.

— Lilly, réponds à cette question.

— Vas-y.

Je réfléchis une seconde, et je sus qu'il fallait que je demande.

— Savais-tu pour Kir ?

— Non ! s'exclama-t-elle. Je l'ai découvert quand Dani a débarqué en trombe dans mon bureau et m'a dit que Kir était avec toi et que nous devions trouver les personnes qui avaient lancé des contrats pour ton enlèvement. Les frères sont toujours en train de rôder autour de la galerie et ils n'ont jamais rien dit.

— Je te crois. Tout ça, c'est peu accablant.

— Je comprends. Lilly resta silencieuse pendant un long moment. Si je suis licenciée pour t'avoir aidée, tu ferais bien de m'offrir un boulot dans l'un de tes clubs.

— Tu es une héritière. Tu n'as pas besoin d'argent.

— Je ne toucherai pas à cet argent et je ne donnerai pas à mes parents l'espoir de me voir revenir. J'ai fait assez de mal à la famille. C'est mieux que je reste à l'écart.

La douleur que j'entendais toujours dans sa voix lorsqu'elle parlait des conséquences de sa relation me donnait envie de tirer une balle dans la tête de son ex. Heureusement, quelqu'un s'en était déjà occupé.

— Tu sais aussi bien que moi que ce n'était pas ta faute. Il s'est servi de toi.

— À cause de moi, ma meilleure amie a failli mourir, et mon père doit faire face à des gens qui remettent sa loyauté en cause. C'est moi qui ai amené cette ordure dans nos vies.

— Et j'ai amené mon père dans celle de Kir.

— En parlant de Kir... Vas-tu le lui dire ?

— Il n'a pas gagné mes secrets.

— Et s'il le découvre ? Les frères sont très curieux,

surtout Rey. Cet homme pense qu'il a un droit à l'information juste parce qu'il est curieux. Abruti.

L'animosité qu'elle éprouvait envers Rey me donnait envie de rire.

Dès leur rencontre, ils avaient ressenti une aversion réciproque. Ils ne pouvaient pas se trouver dans la même pièce sans s'irriter mutuellement. Danika et moi aimions plaisanter en disant qu'il s'agissait de préliminaires, mais l'idée de les voir ensemble était un peu effrayante. Si cela se produisait, je ne doutais pas que le sang coulerait.

— Je gèrerai la situation Kir si elle se présente. Tout ce dont tu dois te préoccuper, c'est de t'assurer que les fonds que j'ai transférés restent cachés. Une fois que ce sera fait, plus personne ne pourra intervenir. Mon père ne pourra plus jamais faire de mal à ma mère, et il devrait trouver un autre moyen de financer sa campagne.

— C'est un jeu dangereux auquel tu joues.

— Il a déjà essayé de me faire enlever. Et avec les changements que j'apporte à notre plan, j'ai plus de valeur pour lui en bonne santé et en vie que morte. Si je meurs, tout ce que je possède ira aux King. Et la dernière chose qu'Ashok Shah souhaite, c'est que ses actifs leur reviennent.

— Jay, laisse-moi le dire à Dani. Je te promets qu'elle ne nous arrêtera pas. Elle est plus douée pour ces conneries que nous deux.

— Nous l'inclurons quand nous n'aurons plus le choix.

— Tu es toujours fâchée parce qu'elle était au courant pour Kir.

— Peut-être. Je ne suis pas sûre. C'est juste douloureux de savoir que tant de gens l'ont gardé éloigné de moi.

— Elle est de notre côté. Mais je comprends. Tu sais qu'avec le retour de Kir, les espoirs de ton père de te forcer à épouser le bon garçon sont anéantis.

— Tout d'abord, personne ne peut me forcer à faire quoi que ce soit. Ensuite, Kir n'est pas de retour. C'est Antoni Silva.

— Je voudrais te demander encore une fois d'impliquer Dani dans cette histoire. Elle dispose de ressources que nous n'avons pas. Non, en fait, c'est *elle* la ressource.

— Très bien, dis-le-lui. Ensuite, demande-lui de m'appeler. Je suis sûre que je vais me prendre un savon.

Lilly soupira, soulagée.

— Tu veux dire, après qu'elle m'en aura passé un ?

— Un pour tous et tous pour un et toutes ces conneries.

— Tu es une véritable abrutie. Et, pour info, ce n'est pas ce qu'on dit.

Je ne pus m'empêcher de sourire en jetant un coup d'œil à ma montre.

— Il faut que j'y aille. Pense à effacer les infos de cette conversation.

— Je connais mon boulot. Ne te fais pas enlever une nouvelle fois.

— Je ferai de mon mieux.

Je mis fin à l'appel et je glissai le téléphone dans mon sac à main avant de me diriger vers l'entrée du personnel.

Une pression rapide de mon pouce sur le scanner fit

s'ouvrir les portes. À peine étais-je arrivée à mon bureau que je vis Dillon s'approcher de moi, l'air agacé et prêt à étrangler quelqu'un.

— Jay. Je suis tellement content que tu sois là ! Le téléphone n'a pas cessé de sonner.

Je le scrutai pendant un moment.

Il avait la même carrure et la même taille que Kir, mais les similitudes s'arrêtaient là. Dillon avait hérité des yeux verts des Silva et de leur peau olivâtre, tandis que Kir tenait son physique sombre et époustouflant de sa mère indienne.

J'avais confiance en Dillon. Il était le plus jeune des sept enfants de *Tia* Martha et le seul, et le seul à ne pas avoir choisi de se lancer dans le business qu'elle avait créé. Il avait emprunté la voie des arts martiaux mixtes professionnels et était devenu un champion reconnu internationalement pour ses compétences. Ce n'était qu'après une blessure à l'épaule qu'il avait décidé de prendre sa retraite.

À la même époque, j'avais pour projet d'ouvrir mes clubs et je l'avais appelé pour voir s'il voulait s'associer à moi ; le reste appartenait à l'histoire. Dillon et moi travaillions bien ensemble. Nous avions une relation de grande sœur et de petit frère.

— Qu'est-ce qui se passe ?

Il me tendit un porte-bloc avec une liste de noms et de messages. En les parcourant, je fronçai les sourcils.

— C'est impossible. Pourquoi faire appel à nous ? Nous sommes un club privé, pas le lieu pour un match profession-nel, même s'ils sont membres.

Deux boxeurs professionnels demandaient le ring principal de la Ladai Room pour régler un différend. La prime était à huit chiffres et les combattants voulaient que je la garde jusqu'à la fin du match, un pourcentage nous revenant une fois que les arbitres auraient déclaré le combat terminé.

— Je leur ai dit. Mais ils ont insisté sur le fait qu'il s'agirait d'un événement sur invitation réservé à une clientèle privée. Ils n'ont pas l'intention d'en faire la publicité. C'est une histoire de fille, apparemment.

Je levai les yeux au ciel.

— Ce n'est pas l'endroit pour faire un match de boxe à propos d'une petite amie.

— En fait, je crois qu'il est question d'obtenir la permission d'épouser la sœur.

Je soufflai.

— Dillon, je ne peux pas gérer ça avant même d'avoir atteint mon bureau. Laisse-moi d'abord prendre un café.

— Ce n'est pas moi qui ai décidé de prendre quelques jours de congé impromptus.

Voilà donc ce que Danika avait raconté à tout le monde. Personne n'aurait soupçonné quoi que ce soit, vu que je venais de terminer une semaine de quatre-vingt-dix heures, et que j'avais du sommeil à rattraper.

— Peu importe.

J'entrai dans l'arène principale du club.

À ce moment-là, une cage était aménagée dans l'espace, le ring central étant entouré d'une clôture métallique. C'était le décor habituel des combats de MMA. Autour du ring se trouvaient des sièges identiques à ceux d'un stade. La salle pouvait facilement accueillir un millier de personnes, mais nous ne dépassions jamais les cinq cents.

Les seuls membres autorisés à monter sur le ring devaient avoir remporté d'autres matches mineurs et avoir passé un examen médical auprès du médecin de notre choix, attestant qu'ils étaient en état de combattre. La seule chose que je ne voulais pas risquer, c'était le bien-être de ma clientèle d'élite. Beaucoup d'entre eux se croyaient des athlètes de haut niveau, alors qu'ils étaient au mieux médiocres.

Les vrais athlètes qui utilisaient mes installations ne montraient jamais leur visage en public. Pour eux, la discrétion était de mise. Ils utilisaient la partie privée du bâtiment, dont la sécurité et l'accès étaient réservés. Je mettais à disposition des installations d'entraînement privées dotées de tout l'équipement de pointe nécessaire, sans que l'athlète ait à en supporter le coût. Cet autre aspect de mon activité me permettrait de me reconvertir rapidement si j'en avais assez de traiter avec les abrutis qui ne supportaient pas que je sois une femme à la tête d'un club comme le mien.

Conneries misogynes !

— Est-ce que tu vas bien, Jay ? Tu sembles agitée, constata Dillon, attirant mon attention sur lui.

— Je vais bien. J'ai juste passé quelques journées mouvementées.

J'ajustai mon sac en bandoulière et repoussai mes cheveux derrière mon oreille.

Il posa une main sur mon bras, et je m'arrêtai. Il plissa le regard, inclina la tête sur le côté, puis une grimace se dessina sur son visage.

— Est-ce que c'est un bleu sur le côté de ton visage ? Qui t'a frappée ?

Bon sang ! J'avais oublié que le maquillage n'avait pas tout recouvert.

Je n'avais jamais vu une telle rage sur le visage de Dillon, et il me faisait presque penser à son cousin.

Je soufflai. Kir m'avait prévenue que je devrais le mettre au courant du plan. J'avais cru pouvoir prendre au moins une tasse de café avant.

Eh bien, ce moment était aussi bien qu'un autre.

— Allons dans mon bureau. J'ai une chose à te dire, et ensuite tu devras traverser la ville pour une réunion à l'entrepôt de ta mère.

— Bon sang, mais dans quoi tu t'es fourrée, Jay ?

— Dans un sacré foutoir, comme toujours. Mais cette histoire, quand je te la raconterai, tu ne voudras pas y croire.

12

K iran

Deux heures après le départ de Jayna de l'île, je contournais le port de Miami en hors-bord pour me rendre au quai où Rey m'attendait pour retrouver ma *Tia* Martha et toute ma famille paternelle. Je pouvais presque voir le choc, la douleur et la colère envahir le visage de ma tante avant qu'elle ne s'approche de moi, me gifle, puis me prenne dans ses bras en pleurant.

Elle était ce qui se rapprochait le plus d'une mère pour moi, et j'étais conscient de l'avoir laissée tomber elle aussi.

J'avais trahi bon nombre de gens.

C'était terminé. J'allais réparer le gâchis que j'avais créé et m'assurer que personne, ni Hector, ni Ashok Shah, ni aucun autre ne puisse faire du mal à quelqu'un que j'aimais.

Cette ruse avec Antoni Silva ne durerait pas bien longtemps. Avec un peu de chance, suffisamment longtemps pour que je puisse déclencher mes pièges et mettre à l'abri ce que j'avais de plus précieux au monde.

Jayna voulait que je voie la femme qu'elle était devenue. Ce qu'elle ignorait, c'était que je l'avais toujours vue.

Elle était toujours la Jayna d'il y a des années, mais maintenant elle reconnaissait en elle-même la femme que j'avais remarquée dès le début. La force et la résilience avaient toujours été présentes, sinon, elle n'aurait pas survécu à son enfance.

Je me cramponnai la nuque et respirai l'air salé de la mer.

Le sexe avait comblé un besoin physique et mis en lumière le vide gigantesque qui nous séparait. Peut-être qu'à la fin de tout cela, Jayna pourrait me pardonner ma stupidité de ces dernières années.

En arrivant sur le quai, j'aperçus la silhouette familière de mon frère, Sam, qui m'attendait. Les plans avaient sûrement changé au cours de la dernière heure.

— Alors, tu as décidé de rejoindre le monde des vivants, me dit-il alors que je lui lançais une corde pour qu'il attache le bateau.

Je sautai sur le ponton.

— C'est ce qu'on dirait.

Me servant de ma main pour protéger mes yeux de

l'éblouissement du soleil, je regardai mon frère. Il portait un pantalon de costume et une chemise dont les manches étaient retroussées. Une traînée de sueur coulait sur le côté de son visage, ce qui contrastait complètement avec son allure digne de *GQ*.

J'avais envie de lui demander si la chaleur de Miami était trop dure à supporter pour lui, mais je m'abstins.

— Pour de bon, ou vas-tu retourner dans l'ombre ?

— L'ombre, c'est terminé.

— Je veux dire, après cette mascarade.

— Moi aussi.

— Il était temps, *merde*. Nous avons besoin de toi pour faire tomber quelques têtes et garder les gens dans le droit chemin.

Sam me serra dans ses bras, puis se retourna tout aussi vite. Il prit la direction du parking.

— Viens ! Je dois te faire un briefing.

Je secouai la tête : c'était Sam tout craché. Peu de temps pour les émotions. Tout pour les affaires.

Nous le considérions comme le plus jeune des quatre frères King, même s'il y avait à peine un an et demi d'écart entre nous tous. Nik était l'aîné, j'arrivais ensuite, suivi de Rey et de Sam.

Ce dernier dirigeait ce que nous appelions les aspects publics et légitimes de King Holdings. Il avait un sens de l'immobilier et du développement qui dépassait l'entendement. Il possédait le don de trouver les propriétés les plus minables et de les transformer en mine d'or. Il savait également jouer avec le marché, ce qui nous avait poussés à lui confier nos portefeuilles et à voir nos investissements atteindre des niveaux insensés.

— Je croyais que Rey venait.

— Il a été appelé pour une mission

Je hochai la tête.

Rey était le collecteur d'informations des frères. Il n'y avait rien que ses contacts ou lui ne puissent trouver sur quelqu'un. En plus de ses compétences de hackeur, il était également agent de la CIA. Tout comme Sam, Rey était intelligent, et, pour cette raison, Arin avait décidé qu'il valait mieux pousser les deux plus jeunes King à aller à l'université. Pour Rey, cela incluait également d'être recruté pour la CIA, et pour Sam, c'était l'école de commerce.

Nous approchâmes d'une Porsche 918 Spyder noire.

J'étudiai la voiture à près d'un million de dollars. C'était un peu exagéré pour me récupérer en toute discrétion.

— À qui appartient cette voiture ?

— À Antoni Silva, répondit-il en ouvrant la portière du conducteur.

— Alors, n'est-ce pas moi qui devrais conduire ?

— Probablement, mais d'abord, nous devons clarifier certaines choses. Monte.

Je pris place du côté passager, attendant que Sam prenne la parole.

Comme il restait trop silencieux à mon goût, je lui dis :

— Dis-moi ce qui te tracasse, pour qu'on puisse passer aux choses sérieuses.

— Je vais te donner un seul avertissement, dit Sam, tournant la tête pour me regarder dans les yeux. Si tu déconnes encore une fois avec les sentiments de ma sœur, je terminerai ce que le crash n'a pas fait.

Je ne lui avais jamais vu cette détermination dans le regard, sauf lorsqu'il s'attaquait à un bien que Shah avait l'intention d'acheter.

Sam et moi étions frères en tout sauf par le sang. Nous avions partagé une vie dans les rues d'un quartier malfamé de New York qu'aucun enfant n'aurait dû fréquenter, et nous avions survécu ensemble à plus d'épreuves que de jeunes garçons n'auraient jamais dû voir, alors je savais qu'il ne s'agissait pas de nous.

Il s'agissait de sa loyauté envers une sœur qu'il n'avait pas pu protéger lorsqu'elle était plus jeune et à qui il avait dû mentir pendant des années à cause de moi.

Sam était le fils de la femme qu'Ashok Shah avait séduite et fait semblant d'aimer jusqu'à ce que la famille et l'argent de Monica Shah fassent leur apparition. Il avait séduit la jeune femme de dix-neuf ans et l'avait abandonnée enceinte sans jamais se retourner ni penser au garçon qu'il avait jeté.

— J'entends ce que tu dis.

— Je suis sérieux. Jayna a assez souffert.

— Je ne vais pas déconner.

Du moins, j'espérais ne pas le faire.

— Assurez-toi de ne pas le faire.

— Maintenant que nous avons clarifié les choses, quelles sont les nouvelles ?

— J'ai dit à *Tia* Martha de rassembler tout le monde à l'entrepôt. Ils pensent que nous nous voyons au sujet de certaines propriétés qu'elle voulait que j'examine, expliqua-t-il, agrippant sa nuque. Je te jure que si elle me gifle, je te balance un coup de poing en retour. La main de cette femme est douloureuse.

Je ne pus m'empêcher de rire. *Tia* Martha était une maîtresse-femme. Mais, d'un autre côté, elle n'avait pas eu d'autre choix que de le devenir. Aînée de la fratrie, lorsqu'elle était venue avec mon père et leur sœur, elle était allée travailler dans une usine de pâtisserie, faisant des journées doubles et renonçant à ses rêves personnels. Elle avait fini par ouvrir une petite boulangerie avec ses économies, et, au fil des ans, elle en avait créé d'autres à divers endroits de Miami. Grâce à ses efforts, de nombreux membres de notre famille élargie avaient un emploi, et leurs enfants étaient allés à l'université.

Lors de notre rencontre, j'avais investi dans ses boulangeries et veillé à ce que sa petite entreprise se développe à l'échelle nationale. Il ne faisait aucun doute qu'elle m'aurait adopté après la mort de mes parents si je n'étais pas passé entre les mailles du filet du système de protection de l'enfance et si je n'avais pas fini dans la rue.

— C'est moi qu'elle va gifler. D'abord, elle se mettra à pleurer, ensuite, elle me mettra une claque derrière la tête.

— Tu le mérites.

— Je sais, répondis-je en regardant par la vitre. Crois-tu qu'elle acceptera le plan ?

— Elle ne va pas l'aimer. La dernière chose qu'elle veut, c'est se lier à quoi que ce soit en rapport avec Victor Silva.

— Si elle ne fait pas passer le mot, ça ne marchera pas.

— Elle va te faire la misère, mais tu sais qu'elle le fera.

Sam se pencha en avant et ouvrit un compartiment caché sous le siège, dont il sortit un dossier.

— Tiens.

— Qu'est-ce que c'est ?

— Tout pour que tu deviennes Antoni Silva, magnat de l'immobilier, adepte des arts martiaux mixtes et associé de la Ladai Room. Pour les prochaines semaines, tu devras suivre l'itinéraire établi par Danika et faire des apparitions dans ces endroits, aux heures indiquées.

Je jetai un œil aux détails. Je n'en revenais pas de la minutie de tout cela.

— Est-ce Danika ou Devani qui a créé tout ça ?

Devani Patel était une mondaine de New York avec laquelle Sam entretenait une relation intermittente du genre *sex friends*. Elle faisait également partie de Solon. En fait, c'était elle qui m'avait recruté, mais c'étaient des secrets que je n'avais pas le droit de divulguer, même à mes frères. Inutile de préciser que j'avais été surpris d'apprendre que Sam et Devani sortaient ensemble après une partie de poker deux ans plus tôt.

— Est-ce important ?

— Je suppose que non.

— Alors, pourquoi en parler ?

L'irritation dans sa voix me donna envie de sourire.

C'était presque trop facile de l'agacer quand il était question de Devani. Elle était la seule personne que Sam ne pouvait pas embobiner. C'était elle qui le faisait marcher, et ça l'énervait de voir que les choses se retournaient contre lui.

Je passai à la dernière page de l'emploi du temps.

— Six semaines ?

— Tu savais déjà que ça pouvait prendre beaucoup de temps. Pourquoi est-ce que ça te surprend ? En plus, vous avez été séparés pendant près de trois ans. Quelques semaines de plus ne devraient pas poser trop de problèmes.

Cela ne servait à rien d'essayer de lui expliquer. À présent que j'étais de retour dans la vie de Jayna, vraiment de retour, quand je pensais à ce que j'avais fait, je me disais que c'était la décision la plus stupide que j'avais jamais prise.

En l'espace de quelques heures, elle avait accepté ma vérité et moi, mon plan, et la façon dont les choses allaient se dérouler pour que nous puissions nous retrouver.

Je ne commettrais pas cette erreur une deuxième fois.

— Veille à la tenir au courant.

— Elle le saura. Danika lui a envoyé un paquet similaire, m'informa Sam, m'étudiant pendant une seconde. Elle t'a assommé, ou quoi ? Tu es le type qui vit dans l'ombre. Maintenant, tu es prêt à attirer l'attention de tous ceux qui osent regarder dans sa direction. Tu es sur le point d'inciter tous les joueurs à s'en prendre à toi.

Je me rappelai la façon dont Jayna m'avait fait basculer sur le dos et était entrée dans la maison, et je faillis sourire.

— On pourrait dire ça comme ça. La première fois, Jayna

m'a poursuivi. Cette fois, c'est moi qui dois la poursuivre et espérer qu'elle décide de me garder.

La voiture s'arrêta devant un ensemble d'entrepôts portant le nom de *Martha's Bakeries and Distribution*. Une fois que nous eûmes franchi la sécurité, je pris une profonde inspiration et me préparai à affronter la seule autre femme que Jayna que j'aimais inconditionnellement.

— Calme-toi, abruti. On dirait que tu es sur le point de vomir. Si tu as survécu à Jayna, je suis sûr que la petite *Tia* Martha sera un jeu d'enfant.

Je jetai un regard noir à Sam.

— Ne m'oblige pas à te frapper.

— Comme le dit Nik, un jour ou l'autre, il faut payer les pots cassés, dit Sam en ouvrant sa portière. Allons-y. Ils attendent.

13

J ayna

DEUX SEMAINES après avoir repris une vie normale, en tout cas aussi normale que pouvait l'être la vie de Jayna King, j'arrivais au *Cameli*, un restaurant étoilé au Michelin caché dans l'un des hôtels de Luke à South Beach.

Il était grand temps que je déjeune avec lui, et après avoir discuté de nos emplois du temps respectifs, nous avions finalement décidé de nous voir ce jour-là.

Je me sentais obligée d'expliquer plus en détail pourquoi je lui avais posé un lapin pour notre rendez-vous. Il n'avait rien trouvé à redire au texto que j'avais envoyé pour expliquer que j'avais eu une réunion en urgence avec un associé, mais je me sentais encore très mal à l'aise à cause de la tournure des événements.

Je n'avais pas l'habitude de faire faux bond aux gens, à l'exception d'Ashok Shah.

En ce qui le concernait, j'en avais fait une forme d'art. Même avant que Kir ne disparaisse de ma vie, personne n'aurait pu me convaincre de faire quelque chose que je refusais catégoriquement sans une raison solide.

Je soupirai en m'approchant de l'hôtesse. Tout ce que j'espérais, c'était qu'à la fin de ce déjeuner, Luke et moi serions amis.

C'était un homme agréable, parfois autoritaire, mais sympathique.

— Puis-je vous aider ? me demanda l'hôtesse aux longs cheveux blonds, aux yeux verts brillants et au sourire chaleureux.

— Oui. Je crois que M. Joshi m'attend.

Elle fit un geste vers sa droite.

— C'est par ici. Il m'a demandé de vous accompagner.

Alors que je la suivais, je sentis un léger picotement le long de ma colonne vertébrale.

Kir.

Il n'était pas censé être ici.

Je balayai la salle du regard, mais ne vis aucun visage familier.

Je respirai profondément et reportai mon attention droit devant moi. Ce n'était que mon esprit qui me jouait des tours.

J'avais passé presque trois ans sans cet homme, et maintenant, deux semaines me paraissaient insupportables. Même lorsqu'il serait de retour en ville, nous n'aurions pas la même relation.

Il reviendrait sous le nom d'Antoni Silva, pas sous celui de Kir.

Grâce aux informations que Danika m'avait envoyées, j'avais appris qu'Antoni avait fait des apparitions à Vegas, à Los Angeles et à New York. Il avait acheté de grandes parcelles de terrain, allant d'un espace portuaire à des espaces de construction de luxe.

Il devait y avoir une raison derrière ces acquisitions. Il faudrait que je pose la question à Sam, il saurait.

Enfin, pour cela, il aurait fallu communiquer avec lui, et, pour le moment, le seul King à qui je parlais, c'était Danika. J'étais encore trop blessée.

Par ailleurs, si je restais en dehors des affaires King/Silva, Kir n'aurait pas besoin de mettre son nez dans les miennes.

Quand Lilly avait fait part de mon plan à Danika et que j'avais reçu le savon attendu, elle s'était lancée tête la première, prête à s'assurer qu'il y avait une couche supplémentaire de protection entre ce que je mettais en œuvre et mon père.

Je n'allais pas me mentir et dire que ce n'était pas un soulagement d'avoir les ressources d'un hackeur du dark web à mes côtés. L'argent de ma mère était désormais à l'abri de mon père, et les sociétés que ce dernier avait illégalement enregistrées à mon nom et qu'il avait tenté de céder à Arun Joshi par le biais d'un mariage forcé étaient désormais détenues par une société fiduciaire basée en Suisse.

Alors que j'arrivai dans la salle et que je vis Luke assis dans le coin arrière du restaurant, je chassai toutes pensées concernant mon père.

Il se leva quand il me vit, un grand sourire sur le visage. Il était vêtu de son habituel costume élégant qui lui donnait l'air de sortir des pages d'un magazine de mode.

C'était sans conteste un bel homme.

Et je ne ressentais rien. Pas de picotement. Pas d'étincelle. Rien du tout.

Tout cela à cause d'un gamin des rues peu raffiné devenu un homme possessif qui était déterminé à me protéger, que je le veuille ou non.

Alors que je m'approchais, Luke me prit la main et dit :

— Tu m'as posé un lapin.

— Je peux t'expliquer, répondis-je.

Il m'attira plus près de lui pour m'embrasser.

Je croyais qu'il visait ma joue, mais je réalisai soudain qu'il regardait mes lèvres, et je tournai la tête. Il effleura ma joue, et je faillis soupirer de soulagement.

M'écartant, j'ignorai son froncement de sourcils et je me glissai sur ma chaise.

Un serveur vint à notre table, nous servit de l'eau et prit ma commande de boisson avant de repartir.

— Alors, qui est cet associé ? Est-ce que je le connais ?

— Probablement pas. Il aime faire profil bas.

— Est-ce qu'il investit dans les boîtes de nuit ou dans les Ladai Rooms ?

Je plissai les yeux.

— Est-ce important ? Nous devions juste régler certaines choses.

— Et, sont-elles réglées ?

— Pour la plus grande partie, oui. Comme dans tout partenariat, il y a des hauts et des bas.

— Pourquoi as-tu besoin d'un investisseur, si tu as ton héritage et le portefeuille des King ?

— Pourquoi toutes ces questions ? Je connais mon métier. Tu connais le tien. Dis-moi, pourquoi as-tu fait appel à des investisseurs dans tes hôtels alors que tu peux financer tes projets tout seul ?

Un éclair d'irritation traversa son visage avant qu'il ne maîtrise son expression.

— Tu marques un point. C'est juste que je m'inquiète pour toi.

C'était la première fois qu'il cherchait à en savoir autant sur mon entreprise. Pourtant, au cours des derniers mois, je lui avais proposé de lui montrer mes clubs à plusieurs reprises, mais il avait refusé, et maintenant il voulait savoir pourquoi j'avais pris un associé !

Je refoulai mon agacement, car je réalisai qu'il pensait que je l'avais planté pour un rendez-vous avec mon associé.

— Tu n'as pas besoin de t'inquiéter pour moi. Je contrôle la situation.

Je pris mon verre et je bus une gorgée d'eau.

— S'appuyer sur d'autres personnes n'est pas une faiblesse, tu sais ? J'ai une grande expérience des relations avec les entreprises et les associés.

Bon sang, mais d'où ça sortait ?

Inspirant profondément pour me calmer, je lui répondis sur le ton le plus direct possible.

— Luke, comme je te l'ai déjà dit, je contrôle la situation. Je comprends ce que tu essaies de dire, mais tu ne connais rien aux secteurs d'activité qui se cachent derrière mes deux entreprises. Si j'avais un problème, je consulterais les conseillers que j'ai déjà.

— D'accord. D'accord, dit-il, levant les mains en signe de reddition. Je t'entends. Laissons tomber le sujet.

Son geste indiquait qu'il était prêt à passer à autre chose, mais la rigidité de son visage me disait qu'il n'était pas satisfait de ma réponse.

— Qu'est-ce qui te préoccupe encore ? Ce ne peut pas être seulement à cause d'un rendez-vous manqué.

Il secoua la tête.

— Je m'excuse. J'ai eu une matinée difficile et j'ai apporté ma mauvaise humeur avec moi.

— Tu veux en parler ?

— Disons qu'il s'agit des mêmes types de problèmes que ceux que nous avons avec nos pères.

Aussitôt, toute la contrariété que j'avais ressentie quelques instants plus tôt disparut. Arun Joshi, tout comme mon père, se servait de son argent et de ses privilèges pour contrôler sa famille. Contrairement à moi, Luke n'avait pas adopté l'approche *va te faire voir* avec son propre père. Au lieu de cela, il avait essayé de devenir le fils parfait, faisant tout ce que l'homme attendait de lui.

Jusqu'à la mort de sa fiancée Seema. À ce moment-là, quelque chose en lui avait craqué, et il avait décidé de mettre une distance respectable entre lui et son père, laissant son jeune frère prendre la place de l'héritier présomptif.

Il s'était rebellé à sa manière, et je le respectais pour cela. Je comprenais à quel point il était difficile de se battre contre les contraintes de la société dans laquelle nous avions grandi.

— Je t'ai assez parlé de mes problèmes avec mon père. Tu peux tout me dire.

Il ouvrit la bouche pour répondre, mais à ce moment-là, le serveur revint avec nos boissons et prit notre commande.

Une fois seuls à nouveau, je dis :

— Allez, vas-y.

Il but la moitié de son cocktail avant de répondre.

— Il n'y a rien de plus que lui me disant de faire mon devoir, d'arrêter de m'amuser et de faire le boulot pour la famille.

— À savoir, te marier, avoir quelques enfants, et te conformer aux plans que ton père a établis pour vous.

— Exactement, dit-il, posant le regard sur ma main gauche posée sur la table. Je peux te poser une question ?

J'avais le sentiment de déjà savoir ce qu'il allait demander.

— Vas-y.

Je portai mon verre de vin à mes lèvres pour en boire une gorgée.

— Est-ce qu'un homme a une vraie chance avec toi, en dehors de la réincarnation de Kiran King ?

Je toussai, manquant de m'étouffer avec mon vin ; je me couvris la bouche pour ne pas cracher le liquide sur la table.

— Qu-qu'est-ce qui te fait poser une telle question ?

— Tu n'as toujours pas retiré ces anneaux. Je ne suis pas certain que tu le feras un jour.

Je songeai à la manière dont Kir m'avait regardée alors que je quittais l'île, et à l'amour et à la détermination dans son regard.

C'était un homme qui avait toujours vécu dans les coulisses, il n'avait jamais aimé les grands événements ou les fêtes. Il se sentait plus à l'aise dans des groupes plus restreints, ou en se servant de ses poings sur le ring.

Pour nous, il allait devenir un personnage public, quelqu'un qui attirerait beaucoup d'attention.

Je levai les yeux sur le visage de Luke.

— Je ne sais pas quelle réponse tu attends de moi. Ces anneaux représentent mon passé, mon présent et mon avenir. C'est dur d'imaginer un avenir sans lui.

— Alors je suppose que toi et moi resterons toujours dans la *friend zone.*

Je faillis soupirer de soulagement. Luke m'offrait l'ouverture dont j'avais besoin.

— Je ne veux pas te donner de faux espoirs. Je n'aurais pas dû accepter ce rendez-vous, Je te présente mes excuses.

— Ne t'excuse pas. Ce que tu avais avec King était diffé-rent. C'est dur pour tout le monde de rivaliser avec ça. Main-tenant, je ne vais pas te mentir et dire que je ne suis pas déçu. Mais je comprends.

— Tu es un bon ami, Luke, dis-je, posant ma main sur la sienne, la serrant.

— Alors, nous serons amis.

Une fois le repas arrivé, nous mangeâmes et nous nous lançâmes dans des discussions amusantes sur des sujets variés, allant des films et des séries aux dernières nouvelles de nos amis restés à New York.

Alors que j'étais sur le point de partir à la fin de notre déjeuner, Luke me fit un sourire qui me rappelait le Luke de nos jeunes années lorsqu'il voulait quelque chose, et il me dit :

— Donc, puisqu'on est amis et tout ça...

— Oui ?

— Tu te souviens quand tu m'as invité à jeter un coup d'œil à l'intérieur de la Ladai Room ?

— Oui. Je me souviens aussi que tu m'as répondu que la boxe et le MMA n'étaient pas ton truc.

— J'ai décidé d'être plus ouvert d'esprit, et de voir les choses à ta manière. Enfin, si tu veux toujours me montrer.

J'hésitai une fraction de seconde, me demandant de quoi cela aurait l'air aux yeux de Kir, puis je me rappelai que nous étions amis avec Luke, rien de plus. S'il avait des problèmes avec ça, il devrait les surmonter.

— Bien sûr. Je suis fière de ce que j'ai créé. Envoie-moi

un message avec des dates qui te conviendraient, et je verrai notre planning. Tant que nous n'avons pas d'événements privés dans l'arène principale, je pourrai te laisser entrer.

Le voiturier arriva avec ma voiture et ouvrit la portière.

— C'est un rencard, dit Luke, se penchant pour m'embrasser sur la joue.

— En amis, lui rappelai-je en me glissant sur mon siège.

— Oui, je sais. En amis.

Au moment où la portière se refermait, je vis la silhouette d'un homme dont je savais qu'il n'était plus un fantôme.

Il se tenait dans l'ombre d'un hôtel un peu plus loin. La foule des gens qui déambulaient sur le trottoir contribuait à le dissimuler, mais je n'avais aucun doute sur le fait qu'il s'agissait bien de lui.

Mon rythme cardiaque s'emballa.

Je savais que j'imaginais pas cette impression.

Il n'était pas censé être à Miami avant au moins quelques semaines.

Je pouvais presque sentir le poids de son regard sur moi.

Très bien. Il allait gérer.

La voiture devant moi avança, et je n'eus d'autre choix que de faire de même. Je passai ma vitesse, sortis de l'allée et m'engageai sur la route, dans la direction opposée à celle de l'homme qui me regardait d'un air renfrogné.

14

K iran

JE MARCHAI jusqu'au siège de *Martin Imports* à Miami, avec l'envie de frapper quelque chose. Il m'avait fallu toute ma volonté pour ne pas me rendre à l'hôtel appartenant à Joshi et pour me retenir d'attraper Jayna, de la jeter sur mon épaule et de m'assurer que tout le monde savait qu'elle était à moi.

Ouais. C'était complètement dingue, et légèrement barbare, mais cet enfoiré avait les mains sur ma femme.

— Bon sang, mais où étais-tu passé ?

Joel, mon chef de la sécurité, se dirigea vers moi, l'air aussi furieux que je l'étais intérieurement.

C'était un grand Noir qui me dépassait d'au moins quinze centimètres, et je mesurais déjà un mètre quatre-vingt-sept. Il était bâti comme un char d'assaut, solide comme un mur de briques renforcé. C'était également un agent de Solon, qui avait quinze ans de formation à son actif.

Nous nous étions entraînés ensemble de nombreuses fois et j'avais gagné autant de rounds que j'en avais perdus. Là où il avait des muscles, j'avais la rapidité, et l'élément de surprise. C'était aussi l'une des rares personnes, en dehors de mes frères, à avoir maintenu le contact entre moi et le monde extérieur au cours des dernières années. En fait, c'était lui qui m'avait poussé à consulter un psychiatre. Il avait été confronté à sa part de sordide dans son travail et savait que cela m'aiderait.

À cet instant, son expression indiquait qu'il était prêt à m'infliger une raclée.

Je n'aurais sans doute pas dû semer mon équipe de sécurité. Ma seule excuse était que je trouvais cela étouffant et que je n'en avais plus l'habitude. L'idée que quelqu'un puisse connaître mes moindres faits et gestes m'agaçait au plus haut point.

Ensuite, l'abruti que j'étais avait décidé d'aller voir comment allait Jayna.

Comment avait-elle pu savoir que j'étais là ?

— J'avais un truc à faire.

— Comment veux-tu que nous surveillions tes arrières si tu continues à t'éclipser comme ça ? *Merde.* Tu le sais, pourtant !

— Je sais. Je sais.

— Comment était-elle ?

Évidemment, il savait que j'étais allé voir Jayna. C'était Joel qui lui avait livré sa Mercedes deux semaines plus tôt.

— Bien, dis-je, presque en souriant. Elle m'a vu.

— Tu te rouilles ?

Joel m'emboîta le pas alors que nous nous approchions des portes vitrées du bâtiment.

— C'est ce qu'on dirait.

Il ouvrit les portes, et nous nous dirigeâmes vers les ascenseurs.

— Tu devrais peut-être prendre ta retraite.

— Mon ancien job s'est libéré, c'est donc une possibilité, dis-je, consultant, ma montre. Tout le monde est en position ?

— L'équipe est déjà à l'intérieur

Je hochai la tête.

— Tu as les contrats ?

— Oui. Tout est à l'étage. Es-tu prêt à jouer ton rôle ?

— Tu veux dire le rôle d'un abruti ? demandai-je alors que nous entrions dans la cabine ouverte d'un ascenseur. D'après mes frères, je suis né comme ça, donc ça ne devrait pas poser de problème. En plus, je n'ai rien fait d'autre depuis mon adolescence. Là, je vais juste le faire sous un autre nom.

— C'est vrai, l'exécuteur des King. J'avais oublié. Je ne t'ai vu faire que la négociation.

La dernière mission sur laquelle Joel et moi avions

travaillé consistait à négocier la vente de diamants convoités afin d'infiltrer un réseau de trafiquants d'êtres humains. J'avais fait les présentations, et fait passer Joel comme le vendeur desdits diamants. En fin de compte, mon rôle avait permis de sauver quatre cents hommes, femmes et enfants d'une existence innommable.

— Ce n'est pas aussi dramatique que tu le penses. En tout cas, pas pour moi. Il s'agit plutôt d'effrayer l'abruti qui n'a pas respecté un accord. J'ai rarement eu à me salir vraiment les mains, voire même jamais.

En tant qu'exécuteur des King, j'étais censé inspirer la peur sans faire de mal à personne. Grâce à l'entraînement d'Arin, j'avais appris que la menace d'un mal potentiel était aussi efficace que l'exécution. En particulier avec les gars de Wall Street et les politiciens. La possibilité que leurs finances ou leur réputation soient ruinées les incitait à rembourser les faveurs qu'ils avaient échangées avec nous.

— Ne tue personne. On n'a pas le temps de faire le ménage.

— Dès que l'un d'eux commencera à renifler, c'est toi qui pointeras ton arme dans leur direction.

— Sans doute.

Les portes de l'ascenseur s'ouvrirent.

Nous arrivâmes à l'étage de la direction de Martin Imports, où une femme latino d'une cinquantaine d'années était assise derrière un grand bureau de réception. Le reste de l'étage était vide, à l'exception d'elle.

Nous avions planifié cette rencontre un jour où le

personnel était en retraite de team-building. Une retraite à laquelle les dirigeants de l'entreprise n'avaient pas jugé bon de participer.

Les yeux de la jeune femme s'écarquillèrent lorsqu'elle me regarda. Je n'étais pas sûr de m'habituer un jour à la première réaction de la plupart des gens après avoir vu mes cicatrices.

Une fois qu'elle se fut reprise, elle dit :

— Bonjour. Puis-je vous aider ?

— Oui, je suis M. Silva. J'ai rendez-vous avec M. Martin.

— Un instant, fit-elle en regardant l'écran de son ordinateur. Laissez-moi le prévenir que vous êtes arrivé en avance.

À ce moment-là, mon équipe déboucha de la cage d'escalier. Je fis un signe de tête, et ils se sont dirigés vers le bureau du propriétaire et directeur général.

— Il ne sera pas nécessaire de l'appeler. Nous allons entrer et commencer notre réunion le plus tôt possible.

Joel et moi contournâmes le bureau et nous avançâmes vers la porte fermée.

— M-Mais... bégaya-t-elle, puis elle haleta en voyant le groupe d'hommes et de femmes qui nous attendaient.

Elle avait dû bouger, car j'entendis quelqu'un l'avertir.

— À votre place, je ne ferais pas ça. Je vous suggère de rester ici jusqu'à ce que nous nous en allions.

Joel ouvrit la porte, et Jonathan Martin Senior et Junior se figèrent. Ils donnaient l'impression de vouloir s'en aller. Intéressant.

— Vous allez quelque part ?

J'entrai avec mon équipe sur les talons, qui s'aligna le long des murs de la pièce.

La peur s'infiltra dans les yeux de Martin Junior et, sans doute possible, je sus que son père n'avait aucune idée de ce que son petit garçon avait fait avec les biens de sa famille.

Heureusement pour moi, le double jeu de Junior s'inscrivait parfaitement dans le plan du jour.

— En fait, c'était le cas, dit Senior, dont l'agacement transparaissait dans sa réponse sèche et dans le regard distant qu'il me lançait. Qui êtes-vous ?

Mon respect pour cet homme s'accrut. Il n'était pas du genre à se laisser faire.

— Votre rendez-vous de quinze heures.

— Je n'ai rien d'inscrit à mon agenda. En fait, je serais avec mon équipe à leur retraite si je n'avais un fichu rendez-vous chez le médecin.

Cet homme me plaisait de plus en plus. C'était Junior, l'abruti des deux, qui ne pouvait pas se mêler aux abeilles ouvrières.

— Mais Junior, lui, si.

Je regardai Martin Junior dans les yeux. Il détourna le regard, et la sueur perla sur son visage. Une semaine plus tôt, Nik avait envoyé un message à Martin, l'informant que toutes les dettes devaient être réglées avant quinze heures aujourd'hui. Il savait très bien que s'il ne faisait pas la livraison, quelqu'un viendrait réclamer.

En réalité, nous savions qu'il n'aurait jamais les moyens de remplir sa part du marché. Il s'était lancé dans des entreprises risquées et avait promis à trop de gens les mêmes choses que celles qu'il avait utilisées comme levier avec nous.

— Jon, de quoi parle-t-il ?

Joel s'avança vers Senior et le guida jusqu'à une chaise. Au même moment, un autre membre de l'équipe attrapa Junior par la nuque et l'amena vers moi.

— Voulez-vous le lui dire, ou dois-je le faire moi-même ? demandai-je.

Junior se mit à gémir lorsqu'il vit le holster sous ma veste.

Joel leva les yeux au ciel et je faillis sourire, sachant qu'il était prêt à frapper l'homme rien que parce que c'était une mauviette.

— Je suppose que l'honneur me revient. Dites-moi, monsieur Martin, dis-je en tournant le dos à Junior pour m'avancer vers Senior, que savez-vous des frères King ?

— Tu n'as pas fait ça ! Pourquoi n'es-tu pas venu me voir d'abord ? demanda ce dernier, regardant son fils par-devers moi.

— Je... Je n'avais pas le choix. C'était le seul moyen de terminer le projet dans les délais et à moindre coût.

Je songeai à Jayna et à tous les choix que je faisais pour que nos vies se rejoignent à nouveau.

— Nous avons toujours le choix. Vous êtes simplement

devenu trop gourmand. Je suis ici pour que vous honoriez votre part du marché.

— Quel était le marché ?

Martin Senior sortit un mouchoir de sa poche pour se tamponner le visage.

Merde. J'espérais que le vieil homme ne ferait pas de crise cardiaque sous nos yeux.

Comme si elle avait songé à la même chose, Stephanie, l'un des agents de l'équipe, médecin de formation, alla se placer près de lui.

— Votre fils a demandé l'aide des King pour la construction et le lancement réussi de votre centre de congrès et votre centre commercial de Las Vegas. Il était censé fournir des conteneurs de stockage et l'accès à vos navires à l'une des filiales minières de King en échange. Rien de tout cela ne s'est produit.

— Cela fait des mois que nous avons vendu cette partie de l'entreprise afin d'acheter le port et les entrepôts de marchandises pour la nouvelle division, répondit Martin Senior, l'air totalement incrédule.

D'où la visite de ce jour. Nous savions que Junior avait vendu l'activité de transport maritime long-courrier, mais nous gardions cette information jusqu'à ce qu'elle nous soit utile.

Il s'avérait que nous avions besoin de l'entrepôt et du port.

Contrôler les ports signifiait que moi, Antoni Silva,

j'avais les moyens et l'accès pour importer et exporter le produit que j'étais censé vendre dans et hors des États-Unis.

Une couverture aussi solide que possible était la clé pour garantir un face-à-face entre Hector Estefan et moi.

— Nous le savons. Par conséquent, vous renoncez à ce que vous avez acheté en ma faveur.

— Vous voulez dire en faveur des King, intervint Junior.

— Non, c'est à moi. J'ai racheté aux King les faveurs que vous leur deviez.

— Que voulez-vous dire par là ? Ce n'est pas ainsi que cela fonctionne !

— C'est exactement ainsi que cela fonctionne lorsque vous ne payez pas.

— Qui êtes-vous ?

— Je suis Antoni Silva.

Une véritable peur se lut dans ses yeux, et je me retins de sourire. Je suppose que les rumeurs que tout le monde répandait à mon sujet étaient parvenues aux oreilles de Junior.

— Mais vous pouvez m'appeler l'agent de recouvrement.

Aussitôt, un dossier et un stylo furent posés devant les deux hommes. Je jetai un coup d'œil sur le côté.

— Sur cette table se trouve un contrat. Signez-le.

— Quoi ? s'exclama Junior, comme s'il ne comprenait pas ce que je disais.

— Vous avez vendu quelque chose qui ne vous appartenait pas et vous avez acheté une denrée rare avec le produit de la vente. À présent, elle est à moi.

— Je ne signe rien. Je n'ai pas conclu d'accord pour les navires ou la compagnie.

— C'est là que vous faites erreur. Lorsque vous revenez sur votre parole, c'est l'agent de recouvrement qui fixe le prix.

— Vous n'êtes pas sérieux au sujet du quai de chargement ! Je... je... c'est... J'ai des contrats sur cet espace. Je dois les honorer.

— Et qu'en est-il du respect de votre accord avec les King ? demandai-je, empoignant les cheveux de Junior, le tirant vers l'avant. Signez.

Je le maintins au-dessus de la table tandis qu'il s'agrippait à mes mains. Je réalisai à cet instant à quel point Junior était jeune. Il ne devait pas avoir plus de vingt-cinq ans, et encore.

Abruti.

Il aurait dû savoir qu'il ne fallait pas traiter avec des gens comme mes frères et moi. Surtout s'il était conscient de n'avoir pas les moyens de payer. Nik ne se privait jamais de rappeler aux gens les conséquences du non-respect de leurs engagements. Chacun avait toujours le choix de s'en aller, sans préjudice, avant que des faveurs ne soient échangées.

Imbécile.

Derrière nous, j'entendis quelqu'un armer un pistolet. Aussitôt, Junior cessa de se débattre.

— Jon, signe ce foutu truc ! ordonna Martin Senior d'une voix rauque. Les Martin honorent toujours leurs dettes.

— Pops, je suis désolé, dit Junior, qui prit le stylo et ouvrit le dossier.

Je continuai à tenir fermement ses cheveux pendant qu'il apposait sa signature à chaque endroit où il y avait un auto-collant. Lorsqu'il eut terminé, je le relâchai, et il s'écroula sur le sol.

— Merci pour votre temps.

Après avoir ajusté ma veste, je franchis la porte et entrai dans la zone de réception de la direction. La réceptionniste m'observa d'un œil méfiant, mais ne dit rien.

Je jetai un regard par-dessus mon épaule, et je vis le père et le fils hébétés. Tous deux fixaient la copie des documents qu'ils venaient de signer.

Joel et moi entrâmes dans l'ascenseur qui nous attendait, et, au moment où les portes de la cabine se refermèrent, j'entendis :

— Jon, tu es viré !

J'avais presque de la peine pour le gamin.

Merde, je me ramollissais. Il fallait que je me reprenne.

— Quand tout sera terminé, tu vas rendre la propriété à l'idiot ? demanda Joel lorsque nous sortîmes de l'immeuble de bureaux.

— Très probablement. J'aime bien le vieil homme. Il ne méritait pas ça.

— Mais tu vas faire en sorte que le gamin en bave un moment.

— Ouais. On fait tous des conneries. J'en suis l'exemple même. Junior est simplement trop jeune et il a besoin de prendre un peu de bouteille avant d'aller nager avec les requins.

Joel secoua la tête.

— Vous, les King, vous jouez les types effrayants et vous faites croire à tout le monde que tu es le croque-mitaine qui fait payer aux gens le prix d'une faveur. Et après, tu dis des conneries comme ça. Tu agis comme si tu te souciais de l'avenir d'un riche abruti pourri gâté. C'est méchamment déroutant.

— Je n'ai pas dit que je me préoccupais du gamin. J'ai dit qu'il avait merdé. Il doit grandir.

— C'est pareil.

— Tu es juste énervé parce que tu n'as pas pu le frapper.

— Il l'aurait mérité.

Je n'allais pas le nier. Au lieu de cela, je demandai :

— Quelle est la prochaine étape ?

— Un voyage à Houston. Tu as une réunion avec *Lightwheel Development*. Ils doivent une faveur aux King, qui appartient désormais à Antoni Silva.

Dès qu'il mentionna *Lightwheel Development*, le sourire me vint aux lèvres. Il s'agissait d'un groupe de développement hôtelier qui souhaitait s'associer à Ashok Shah pour agrandir son empire d'hôtels de charme.

— Voilà qui sera le point culminant de ma journée. Allons foutre en l'air les plans d'Ashok Shah.

Un peu après minuit, j'entrai dans la chambre de mon hôtel au centre de Houston, après une longue douche, prêt à dormir. La réunion avec *Lightwheel Development* s'était déroulée mieux que je ne l'aurais imaginé.

Avant même que Nik ne contacte Dustan Marks, le chef du groupe qui gérait la société, pour lui réclamer la faveur qu'il lui devait, celui-ci était prêt à se retirer des négociations avec Shah et ses hôtels. Il avait entendu des rumeurs selon lesquelles Shah s'était surendetté pour financer certains de ses projets, et un partenariat pouvait conduire à un désastre.

Lorsque mon avion s'était posé à l'aéroport international George Bush, il était prêt à travailler avec moi pour développer son entreprise.

Je détestais l'aspect « magouilles » des affaires. Sous l'égide de King Holdings, Nik ou Sam aurait pris les rênes de ce projet. Et lorsqu'il s'agissait de m'aventurer à l'écart de mes frères, c'était Jayna qui gérait. Mais, en tant que Silva, je devais jouer mon rôle.

Au final, le jeu en vaudrait la chandelle.

Je m'approchai de la fenêtre qui s'étendait du sol au plafond et je contemplai la ville. Cet endroit était tellement différent de chez moi. Ici, tout semblait devenir plus silencieux la nuit. À New York l'agitation ne cessait jamais.

Mon téléphone sonna sur la table, et je fronçai les sourcils. Personne n'était censé avoir ce numéro en dehors de Joel et de mes frères, et nous avions terminé notre débriefing une demi-heure plus tôt.

Je me suis approché du téléphone portable, je l'ai décroché et j'ai lu l'identification de l'appelant.

Le numéro de portable de Jayna était affiché. Mais, comment... ? Je répondis avant que la sonnerie ne s'arrête.

— Est-ce que tout va bien ?

— Oui. Tout va bien.

J'en fus immédiatement soulagé. Puis je fronçai les sourcils.

— Comment as-tu eu ce numéro ?

— J'ai ma façon de faire.

Sa manière de parler, légèrement chantante, me fit sourire.

— Danika a piraté le téléphone de Nik et te l'a donné.

— Non. Je n'ai pas besoin de son aide pour pirater un téléphone, répondit-elle, l'air offensé. Je sais me servir d'un ordinateur, Kir.

— Antoni, la corrigeai-je.

Elle soupira.

— C'est vrai. Antoni.

— Alors, lequel de mes frères as-tu piraté ?

— Sam. Il a décidé de me tendre une embuscade puisque j'évitais ses appels et s'est présenté à mon penthouse.

— Tu lui as mis une raclée ?

— On pourrait dire ça.

— Est-ce que ça va mieux, maintenant ?

— Je suppose. Sam est mon frère. Il va me falloir un peu

de temps pour surmonter le fait qu'il m'ait menti pendant des années. Mais, d'un autre côté, c'est aussi *ton* frère.

— Comment l'as-tu éloigné de son téléphone ? Il y est littéralement collé.

— Une fois les choses réglées, je lui ai préparé à dîner.

— Donc, entre le plat principal et le dessert, tu as trouvé le temps de hackeur son téléphone.

— Ce n'est pas si difficile. En plus, j'ai eu des années d'entraînement, pendant que je travaillais avec Danika.

— Tu ne cesseras jamais de me surprendre, Princesa.

J'attendais qu'elle me réprimande pour l'avoir appelée ainsi, mais elle n'en fit rien.

— Es-tu toujours à Miami ?

— Non, je suis à Houston.

— Est-ce qu'il fait chaud là-bas ?

— À peu près comme là où tu es, dis-je en retournant près de la fenêtre. Tu sais que nous ne sommes pas censés communiquer avant quelques semaines. Ça faisait partie du plan.

— Tu as enfreint les règles plus tôt dans la journée en te présentant à mon déjeuner.

— Comment as-tu su que c'était moi ?

— Je le savais, c'est tout. Ensuite, quand le soleil a tourné, j'ai vu ton visage.

— Il aime te toucher, dis-je en serrant les dents. Je n'aime pas ça.

— Nous sommes amis. Tu vas devoir t'habituer, j'ai des

amis hommes. Dans mon secteur d'activité, j'en ai même beaucoup.

— Je me fiche des autres. Tu n'as pas accepté de sortir avec eux.

— Pourquoi es-tu jaloux ?

J'y réfléchis une seconde. Pourquoi étais-je jaloux ? *Merde.* Je savais pourquoi.

— Parce qu'il était celui avec qui tu étais censée être. Celui qui était parfait pour toi. Celui qui avait été choisi pour ta vie parfaite.

— Manifestement, il n'était pas parfait pour moi, puisque c'est toi que j'ai choisi.

— Vraiment ?

Au cours des deux dernières semaines, j'avais eu beaucoup de temps pour réfléchir. Et je m'étais rendu compte que tout ce que je faisais n'avait pas pour but d'ouvrir la voie à une vie commune, mais de voir si Jayna et moi avions un avenir. Si elle pouvait me pardonner pour ces trois années. Et, dans le cas contraire, je devrais trouver un moyen de vivre sans elle.

— Kir... Antoni. Je t'ai choisi il y a longtemps. Voilà pourquoi...

Elle s'interrompit comme pour rassembler ses idées, avant de reprendre.

— Voilà pourquoi j'ai appelé. Je voulais te parler, apprendre à te connaître tel que tu es maintenant.

— Tu ne crois pas que nous pouvons faire ça quand nous sommes ensemble ?

— Nous sommes restés ensemble moins de quarante-huit heures, et nous avons eu du mal à ne pas nous toucher. Le sexe, ce n'est pas ce dont nous avons besoin maintenant.

— Nous rattrapions le temps perdu.

— Et quelle excuse vas-tu utiliser lorsque nous nous reverrons ?

— Une attirance magnétique.

— Tu es incorrigible.

J'entendais son sourire dans ses mots, et mes lèvres s'étirèrent aussi.

Nous gardâmes le silence un moment, puis elle demanda :

— Est-ce que tu vas le faire ? Discuter avec moi ? Apprendre à nous connaître, et voir à quel point nous avons changé au cours des dernières années ?

J'étais prêt à faire n'importe quoi pour elle. Elle devait le savoir.

— Oui.

Elle inspira profondément, comme si elle avait cru que je refuserais. Bon sang ! Nous avions vraiment besoin d'apprendre à nous connaître à nouveau.

— Alors, nous allons sortir virtuellement ensemble pendant les quatre prochaines semaines ?

— On pourrait appeler ça comme ça.

Cela pourrait être amusant. Techniquement, Jayna et moi n'étions jamais sortis ensemble. Nous étions passés de rien à inséparables.

— Une dernière question.

J'allai vers mon lit, tirai les couvertures et m'y allongeai.

— Quoi ?

— Est-ce que ça signifie que le sexe par téléphone est exclu ?

— Tout dépendra de la qualité de ce rendez-vous virtuel, monsieur Silva.

— Alors je ferais mieux de faire en sorte de vous garder captivée, madame King.

15

J ayna

— VIENS PAR ICI, dis-je à Luke alors que nous entrions dans la Ladai Room.

C'était le seul soir depuis notre déjeuner où nos deux emplois du temps étaient suffisamment compatibles pour qu'il puisse visiter le club. Comme j'avais cédé à la demande de Dillon pour l'événement privé et que d'autres clients aux poches bien garnies voulaient organiser des manifestations similaires, j'avais dû imposer plus de restrictions que d'habitude à l'accès des invités au club.

— Je ne m'attendais pas du tout à ça, dit Luke.

Il observa les sièges ultramodernes façon théâtre, ainsi que l'atmosphère lounge des loges VIP.

— On dirait un club de sport haut de gamme.

Je plissai les yeux. À quoi pensait-il que mon club ressemblait ?

Une adhésion à cent mille dollars et une redevance mensuelle de dix mille donnaient droit à beaucoup d'avantages et nécessitaient des installations à la hauteur.

— C'est exactement ça. Pourquoi crois-tu que les matches de boxe à Vegas rapportent des primes aussi astronomiques ? C'est une grosse affaire.

Il continua à regarder autour de lui, s'avançant vers le pont qui surplombait l'arène principale où un combat avait lieu.

— Les deux me semblent familiers. Qui sont-ils ?

Je regardai le duo sur le ring, qui se déplaçait et se balançait tout en boxant. Tous deux étaient d'un niveau comparable et étaient à la tête de grandes églises locales. Il y avait une sorte de rivalité amicale entre eux.

— C'est une information que je ne peux pas divulguer. Si tu les connais, tu les connais. Nous ne citons pas de noms. C'est l'avantage du club : l'intimité.

— Même pour moi ?

— Même pour toi.

Ma réponse avait dû l'agacer, car un pli se forma entre ses sourcils. C'était quoi son problème ? Nous traînions ensemble depuis longtemps, mais il n'agissait de cette manière que depuis peu.

Laisse tomber, Jayna. Tu as suffisamment de choses en tête.

Plus précisément, un autre homme qui n'était pas content après moi à cet instant. Kir et moi avions parlé presque tous les jours au cours des trois dernières semaines. Nous le gardions pour nous, sachant que Joel et Danika seraient probablement furieux s'ils l'apprenaient. Techniquement, il ne devait y avoir aucune trace de contact entre Kir et moi. Comme nous parlions sur des lignes cryptées, je n'étais pas trop inquiète.

La plupart des conversations que j'avais avec Kir étaient très faciles. Nous n'étions jamais à court de sujets de discussion, ou plus souvent de débat, car nous avions tous les deux une forte personnalité et des opinions passionnées, autant l'un que l'autre. C'était la raison pour laquelle il n'était pas content après moi.

Kir voulait axer nos conversations sur des sujets que je n'étais pas prête à aborder, notamment l'agression au couteau, la fausse couche et tout ce qui s'était passé par la suite. Moi, je voulais éviter ces discussions. Elles faisaient remonter trop de souvenirs et trop de douleur.

Je savais que nous aurions à les aborder tôt ou tard, mais ce n'était pas au téléphone que cette conversation devait avoir lieu. De plus, au fond de moi, je craignais qu'en laissant tout sortir, nous fassions marche arrière dans tous les progrès que nous avions accomplis. Par conséquent, fermer le dialogue à ce sujet avait abouti à un Kir très énervé.

Jayna et Antoni avaient eu leur première dispute officielle au téléphone.

Reportant mon attention sur Luke, je lui dis :

— Suis-moi. Il y a un combat en cours dans l'une des plus petites arènes et je pense que tu vas apprécier.

— Tu as piqué ma curiosité.

Nous empruntâmes un couloir qui menait à un bâtiment adjacent et nous pénétrâmes les installations d'entraînement de la Ladai Room.

— *Merde alors !* Est-ce que c'est...

— Oui.

— Qui s'entraîne contre...

— Oui.

Sur le ring se trouvaient deux stars de Bollywood qui s'entraînaient pour un film dans lequel ils jouaient des boxeurs professionnels. Leur entraîneur, un ancien médaillé d'or olympique, se tenait à l'écart et leur donnait des instructions.

— *Merde.* J'aurais aimé que tu ne m'obliges pas à mettre mon téléphone dans la corbeille. Ma sœur adorerait avoir une photo de ça.

— Souviens-toi des règles. Ce que tu vois ici reste ici.

— Je sais.

Son attention restait concentrée sur ce qui se passait dans le ring en dessous de nous.

À ce moment-là, Benny, l'un de mes coordinateurs, s'approcha de moi.

— Boss, vous pouvez jeter un œil à ça ? Je voulais m'assurer que vous étiez d'accord avec les changements que nous avons dû faire, vu que Dillon est entré dans la cage ce soir.

Quoi ?

— Comment ça, Dillon est entré dans la cage ?

— Mmmh. Je pensais qu'il avait vu ça avec vous. Il a dit qu'il avait une raclée à donner à quelqu'un et a pris l'une des salles VIP.

— Non, il ne m'en a pas parlé lors de notre réunion de ce matin.

Je pris le porte-bloc et je parcourus les noms de la liste. Dillon savait qu'il ne fallait pas modifier les plans.

Et pourquoi se battait-il un soir où il était censé travailler ? J'allais lui botter le derrière si son adversaire ne le faisait pas pour moi.

Alors que je regardai les noms sur la liste de la salle, mon cœur manqua un battement.

Impossible. Street Viper contre Shadow Man ?

— Il n'oserait pas, marmonnai-je.

— Qui est Shadow Man ? s'enquit Benny. Je ne l'ai jamais vu sur la liste.

Je savais que Dillon était Street Viper. C'était son surnom lorsqu'il était un combattant professionnel, mais Shadow Man ? Je n'avais connu qu'une seule personne portant ce nom. Il l'utilisait depuis son adolescence, participant à des combats illégaux pour gagner rapidement de l'argent dans les clubs clandestins de New York.

— Quelqu'un qui ne sievrait pas être ici.

Kir, je te jure que je vais te mettre une raclée à toi aussi.

— Il y a un problème ? demanda Luke en se rapprochant de moi.

Je secouai la tête.

— Non. Pourquoi tu ne continuerais pas à regarder le spectacle ici pendant que je m'occupe de certaines choses pour le club ?

— Je veux te voir à l'œuvre. Pourquoi tu ne m'emmènerais pas avec toi ?

Il l'avait formulé comme une demande, mais je sentis que c'était un ordre. Je pris une grande inspiration et refoulai mon agacement.

— Impossible. Tu es un invité, et tu dois donc t'en tenir à certaines zones. Je t'ai expliqué les règles avant que tu viennes ici.

— Tu agis comme si j'allais parler ailleurs de ce que je vois ici.

— Si j'attends de mes membres qu'ils respectent les règles, alors tous ceux que je fais entrer dans le club doivent le faire aussi.

Mais pourquoi perdais-je mon temps à m'expliquer ?

— Alors, fais de moi un membre.

— Ce n'est pas comme ça que ça marche. Si tu veux adhérer, tu devras suivre la même procédure que tout le monde.

— Est-ce à cause de ton partenaire, Antoni Silva ?

Je me figeai.

— Comment connais-tu son nom ?

— Lorsque tu as dit que tu avais réglé les choses avec ton associé, j'ai voulu en savoir le plus possible sur les gens avec qui tu es en affaires.

— Et pourquoi ferais-tu une chose pareille ? m'écriai-je alors que la colère bouillonnait en moi.

— Je te protégeais. Je ne voulais pas que quelqu'un profite de toi.

— Que les choses soient bien claires. Tu as enquêté sur moi ?

— Eh bien, apparemment, tes beaux-frères ne faisaient pas leur travail.

Je résistai à l'envie de serrer le poing et de le frapper.

— Luke, toutes ces années, j'ai réussi sans toi. Nous sommes amis. C'est tout. Je t'ai amené ici parce que tu voulais voir mon club. Cela ne te donne pas le droit de mettre ton nez dans des choses dont tu ignores tout.

— As-tu la moindre idée de l'identité de l'homme avec lequel tu es en affaires ? Il est dangereux, et t'associer avec lui pourrait ruiner ta réputation, encore plus que le fait d'être une King.

Il ignorait tout ce que je venais de dire. Et qu'insinuait-il par *ruiner ta réputation, encore plus que le fait d'être une King* ?

— J'ignore d'où ça sort, mais apparemment, il faut que je t'explique les choses. Je n'ai jamais laissé mon père me dire ce que je devais faire, et Kir savait très bien qu'il ne devait pas me dicter ma façon d'agir quand il était question de business. Ne t'attends dont pas à ce que je te laisse m'influencer, lui dis-je, pinçant l'arête de mon nez. Je pense qu'il vaut mieux que nous en restions là pour ce soir.

Je lui tournai le dos, enragée. Benny se rapprocha de

moi ; il avait entendu tout ce qui venait de se passer. Luke m'attrapa le bras pour m'arrêter.

— Je suis désolé. J'ai dépassé les bornes.

C'était un foutu euphémisme.

— Luke, regarde le combat, puis rentre chez toi. J'ai une entreprise à gérer.

Sa prise se desserra.

— Je me suis excusé. Cela ne se reproduira pas. Termine ce que tu as à faire, et nous irons dîner.

Ce fut la goutte d'eau qui fit déborder le vase. Il ne comprenait tout simplement pas. Toute ma vie, j'avais eu affaire à des hommes autoritaires. Même Kir savait quand se retirer. Je n'aurais pas dû accepter cela.

Luke se comportait de manière bien trop possessive pour un ami.

Croyait-il que, parce que j'avais accepté de lui montrer le club, je ne pensais pas ce que j'ai dit au déjeuner ?

Non, je ne m'en attribuerais pas la responsabilité. J'avais été claire sur le fait que nous étions amis ; s'il pensait pouvoir me faire changer d'avis, c'était son problème.

Eh merde !

— À bien y réfléchir, Benny, raccompagnez M. Joshi à la sortie. J'ai des choses à gérer dans le club. Je m'arrachai à la prise de Luke et m'éloignai.

Cet homme avait un culot ! L'avais-je mal jugé pendant tout ce temps ?

La dernière chose que je souhaitais, c'était d'admettre

que Kir avait raison, mais Luke me montrait une facette de lui qui ne me mettait pas à l'aise et que je ne tolérerais pas.

Je m'engageai dans la longue allée menant à la section VIP du club, avec les salles de combat privées, puis m'arrêtai devant un panneau. Je levai les yeux vers les caméras de sécurité et fis un signe de tête à la personne chargée de surveiller ce couloir, puis je plaçai mon pouce sur le pavé d'identification. Quand le voyant passa au vert, je tapai mon code et ouvris les portes.

Certes, ma sécurité était démente, mais les personnes qui utilisaient mes installations l'étaient aussi.

Je m'approchai d'une série de portes et j'entendis des cris et des acclamations. C'était comme si la salle dans laquelle je m'apprêtais à entrer était pleine à craquer.

Ethan, le responsable du personnel du club, grimaça en me voyant arriver vers lui. Il était appuyé contre le mur, gardant l'accès à la salle.

Il leva les mains en l'air.

— J'ai dit à tout le monde de rentrer chez eux après le service, mais comme Viper était dans la cage, ils sont tous restés pour regarder le combat.

— Combien de personnes y a-t-il ?

— Mmmh. Moins d'une centaine.

— Il vaudrait mieux qu'il n'y ait pas autant de monde là-dedans, l'avertis-je, tapant le code pour déverrouiller avant de tirer la porte.

Aussitôt, le chaos et l'énergie d'un vrai combat d'athlètes bombardèrent mes sens.

Alors que j'avançai dans l'arène, je compris qu'Ethan se trompait lourdement : il y avait au moins cent personnes ici, voire plus.

C'était comme si tout le personnel qui ne devait pas travailler était venu assister au combat.

Je tapai sur quelques épaules pour leur faire savoir que je voulais passer, et dès qu'ils me virent, ils s'écartèrent brusquement de mon chemin. Oui, ils auraient tous de mes nouvelles à la réunion du matin.

Lentement, je me frayai un chemin dans la foule et pour arriver devant. Mes yeux se posèrent sur les hommes qui se tournaient autour sur le ring. L'un d'entre eux en particulier.

Kir.

Il esquivait et se déplaçait, bloquant les coups de poing et les coups de pied de Dillon. Son corps luisait de sueur, de son visage à ses orteils nus.

Mon ventre se contracta, et mon rythme cardiaque s'emballa.

Je m'humectai les lèvres.

Doux Jésus. C'était toujours ainsi, ce besoin viscéral de lui.

Je l'avais ressenti ce premier soir, quand j'avais à peine vingt ans et que j'étais entrée dans un club de combat clandestin, et c'était plus fort encore aujourd'hui.

Kir pivota et porta un coup de pied circulaire sur l'épaule de Dillon. Celui-ci répliqua en le frappant au visage, me faisant grimacer.

Merde, ça avait l'air douloureux !

Ils se déplaçaient sur toute la surface du ring. C'était brutal, empreint de violence, et terriblement intense.

Kir ignorait à quel point il était beau. Les cicatrices sur son corps ne faisaient qu'ajouter au danger pur et à la fascination des arts martiaux mixtes.

J'avais tellement envie de le toucher, le goûter, m'envoyer en l'air avec lui comme je l'avais fait d'innombrables fois après un combat. L'adrénaline le rendait sauvage et totalement indomptable. Cela durait presque toute la nuit.

Mes mamelons se dressèrent, mon clitoris se mit à palpiter, et l'excitation s'accumula entre mes jambes. J'étais dans de beaux draps.

La cloche sonna la fin du round. Et, comme s'il avait senti ma présence et mes pensées, Kir posa les yeux sur moi. Je lus dans son regard la même faim intense que je ressentais.

Cette attirance envers lui était un besoin désespéré que je ne pouvais contrôler. Elle me submergeait. J'avais tant besoin qu'il me touche !

Dillon dit quelque chose et Kir reporta son attention sur lui, rompant le charme qu'il exerçait sur moi.

Je soupirai longuement.

Il fallait que je sorte d'ici, sans quoi je ferais quelque chose qui, j'en étais sûre, me mettrait dans un méchant pétrin.

Me retournant, je quittai la petite arène et décidai qu'un rendez-vous avec mon vibromasseur était le seul moyen de remédier à la situation dans laquelle je me trouvais.

K iran

Vers une heure du matin, j'entrai dans le manoir en bord de mer que j'utiliserais sous le nom d'Antoni Silva, dans le quartier de Key Biscayne à Miami. Cet endroit était tout ce que je détestais, ultramoderne, vide de tout, sauf de tons gris, noirs et blancs, et froid. Je n'imaginais pas comment quelqu'un pouvait vouloir vivre dans un endroit aussi stérile.

Je me dirigeai vers le bar, me versai à boire et sortis sur le patio qui donnait sur le canal derrière la maison. Levant mon verre pour prendre une gorgée, je ne pus m'empêcher de grimacer lorsqu'il toucha mes lèvres.

Presque tous mes muscles me faisaient souffrir, mais je

n'avais aucun regret. Cela faisait des mois que je n'avais pas déployé une telle énergie sur le ring et des années que je n'avais pas eu droit à un combat sans merci contre quelqu'un qui n'y allait pas de main morte. Dillon avait à cœur de me faire comprendre que je ne devais pas laisser ma famille dans l'ignorance, et j'avais besoin de me défouler après ma conversation avec Jayna plus tôt ce jour-là. Oui, j'avais pris une raclée, mais cela valait la peine, surtout quand j'avais vu la façon dont Jayna m'avait dévoré des yeux. Je ne comprenais pas pourquoi elle aimait me regarder me battre. Le MMA était un sport violent et sale, ce n'était pas pour une femme comme elle.

J'avais su qu'elle était dans la salle dès le début du dernier round. C'était comme si mon corps le sentait. Puis, lorsqu'elle était arrivée sur le devant, vêtue de sa tenue sur mesure, j'avais eu l'impression d'être transporté onze ans en arrière.

Elle était élégante et classe, alors que je représentais la rue et le manque de raffinement. Et elle me voulait. Je l'avais vu à l'époque comme je l'avais vu ce soir.

Toute la contrariété que j'avais éprouvée à son égard dans la journée avait disparu, laissant place à un besoin primitif de la prendre sans ménagement.

Merde. Je devais arrêter de penser au sexe.

Je descendis le reste de ma boisson d'un trait, laissant le liquide brûler ma gorge et engourdir mes sens.

Posant mon verre sur une table voisine, je remontai mes manches de chemise et m'appuyai sur la balustrade. Qu'était-elle en train de faire à cet instant ? Était-elle dans l'une de ses boîtes de nuit, ou chez elle ?

Par réflexe, je sortis mon téléphone de ma poche et composai son numéro.

— Bonjour, répondit-elle à la deuxième sonnerie.

— Tu es chez toi ?

— Je viens d'arriver.

Je contemplai l'eau, et je décidai de faire une chose que j'imaginais depuis trois semaines.

— Va dans ta chambre et déshabille-toi.

Elle resta silencieuse un instant ; je n'étais pas certain qu'elle accepterait.

— D'accord, répondit-elle d'une voix rauque. J'ai juste besoin de savoir... avec qui suis-je en ce moment ?

— Avec qui veux-tu être, Princesa ?

— L'homme dans la cage ce soir. Celui qui me prenait si fort que j'avais du mal à marcher dans les vestiaires après un combat.

Merde. Cette femme allait me tuer.

— Mets-toi nue, Jayna, lui ordonnai-je en m'installant sur une méridienne.

Je m'adossai et ajustai mon érection dans mon pantalon.

— Oui, Kir, dit-elle alors même que j'entendais le bruissement de ses vêtements. Et maintenant ?

— Allonge-toi sur ton lit, passe le téléphone en mode vidéo et place-le à côté de toi, selon un angle où je pourrai te voir.

Elle apparut, son magnifique visage rougi par l'excitation

à la simple idée de ce que nous étions sur le point de faire. Après avoir rassemblé quelques oreillers, elle positionna le téléphone de manière à ce que j'aie une vue complète de son corps longiligne et plantureux.

— Mets tes doigts dans ta bouche. Oui, comme ça. Maintenant, imagine que c'est ma bouche, et montre-moi ce que je te ferais.

Elle prit le bout de ses doigts mouillés, les passa sur sa lèvre inférieure, dans le creux de son cou et dans la vallée entre ses seins. Elle saisit un mamelon qu'elle pinça fort avant de faire le tour de l'aréole.

— Kir ! s'écria-t-elle. J'ai mal.

— Je sais, bébé. Montre-moi où.

Elle serra son autre sein, puis fit glisser ses mains plus bas, le long de son ventre plat, puis de ses lèvres intimes enflées.

— Ici. J'ai mal ici.

— Joue avec toi. Montre-moi ce que tu fais quand tu imagines que c'est ma bouche et que tu prends ton pied.

Son excitation luisait sur ses doigts qui glissaient entre ses replis, faisaient le tour de son clitoris. Elle tourna autour et se titilla, se tordant sous le jeu du rythme qu'elle créait.

Je remuai ; il fallait que je m'empoigne pour ne pas jouir dans mon pantalon comme un foutu adolescent.

— Oh, mon Dieu ! Kir ! C'est tellement bon !

Elle se caressait d'avant en arrière, excitant le faisceau de nerfs tendus. Elle pressa son sein douloureux avec son autre main, pinçant fort le mamelon froncé, bien plus fort que je ne m'y attendais.

— Écarte davantage les jambes. Je veux te voir humide pour moi. Maintenant, plonge deux doigts en toi.

Lorsqu'elle suivit mon ordre et se cambra, je faillis gémir. Elle était un foutu fantasme vivant.

— Oui, comme ça, la félicitai-je d'une voix rauque, emplie de désir. Fais des va-et-vient. C'est ça. Donne-toi du plaisir. Plus fort, Princesa. Amène-toi au bord de l'extase.

— Oh, mon Dieu ! Kir, je vais jouir. J'ai besoin de jouir, répéta-t-elle, tournant les yeux vers la caméra.

— Non, pas encore. Laisse ton plaisir monter.

— Je t'en prie, laisse-moi jouir.

— Non. Continue à plonger tes doigts en toi. Tu dois te rendre humide au point que si ma bouche était entre tes jambes, je pourrais m'abreuver de ton désir.

Elle se mordit les lèvres et rejeta la tête en arrière en se cambrant. Elle se cabra alors que ses doigts continuaient à entrer et sortir de son intimité. Bon sang ! Elle était tellement magnifique avec son visage et son corps rougis par le désir et le manque, les mamelons durs, le sexe gonflé et ruisselant.

Je n'allais pas pouvoir continuer sans jouir dans mon pantalon. Je débouclai ma ceinture et baissai ma fermeture éclair.

— Kir. Oh, *putain.* Je ne peux plus tenir. Je ne peux pas ! s'exclama-t-elle.

Elle ferma les yeux et se cambra contre ses doigts qui la

pénétraient.

— Oh, mon Dieu ! Oh, mon Dieu ! Kir !

Je libérai mon sexe dont j'empoignai la base, et je me caressai. Il n'y avait rien de tel que la perfection de ma femme perdue dans son plaisir.

— C'est ça, bébé. Fais durer le plaisir, grognai-je entre mes dents serrées.

Je la voyais chevaucher sa propre main en quête de son extase, et je sentais la mienne arriver.

Ses yeux s'ouvrirent et se concentrèrent sur l'écran à côté d'elle. Sa respiration se bloqua lorsqu'elle comprit ce que j'étais en train de faire, et elle se lécha les lèvres, une lueur diabolique dans le regard. Elle retira ses doigts de son sexe, les lécha, puis déplaça son corps pour que l'angle de la caméra se retrouve directement entre ses jambes, avec une vue sur son buste.

— Tu essaies de me tuer.

J'avais la voix rauque, et ma capacité à me concentrer sur autre chose que le besoin de jouir m'échappait rapidement.

Je serrai mon membre plus fort, faisant glisser ma paume de haut en bas, et j'imaginai que c'était le sexe humide et parfait de l'autre côté de l'écran qui se contractait autour de moi. Les doigts de Jayna plongèrent à nouveau en elle tandis que son pouce caressait le faisceau de nerfs au sommet de son intimité.

— *Putain*, Kir. Je jouis encore ! s'écria-t-elle, plantant ses talons dans le matelas, soulevant légèrement les fesses, m'offrant une meilleure vue.

Et il n'en fallut pas plus. Mes testicules se contractèrent, et le premier spasme se répandit dans mon aine.

— Regarde, Jayna.

Aussitôt, elle releva la tête et se lécha les lèvres tandis que ma semence jaillissait de mon sexe. Je serrai les dents et continuai à me caresser jusqu'à la dernière goutte, puis je m'effondrai sur la méridienne. Lorsque je pus respirer à nouveau, je dis :

— Bientôt, je jouirai en toi et pas dans ma main.

— Tout dépend de la capacité d'Antoni Silva à me séduire.

— Bébé, te séduire sera la partie la plus facile de tout ce plan.

— Nous verrons, marmonna-t-elle en bâillant.

Je regardai l'écran et la vis allongée sur le flanc. Ses épais cheveux noirs retombaient sur son oreiller, et ses yeux commençaient à se fermer.

Mon Dieu ! Elle était tellement belle !

Une brise se leva, et je sentis ma semence sécher sur moi. Je tendis le bras sur le côté, attrapant une serviette sur une pile près de la piscine. Une fois propre, je me rajustai dans mon pantalon et je me levai. J'attrapai mon téléphone et rentrai dans la maison, puis je me rendis dans ma chambre.

— Kir ?

— Oui ?

— Est-ce que tu aimes celle que je suis maintenant ?

— Tu es toujours la même.

— Je suis plus forte aujourd'hui. Je peux faire les choses par moi-même.

— Tu as toujours été forte. Tu as toujours fait les choses par toi-même. Moi, je me contentais de suivre le mouvement.

Elle secoua la tête.

— Non. Je dépendais trop de toi. Je me servais de toi comme d'un bouclier.

— Pourquoi serait-ce une mauvaise chose ? Je voulais te protéger.

— Parce que je ne savais pas comment faire quand tu n'étais pas là. Aujourd'hui, je peux me débrouiller sans dépendre de personne.

Une larme glissa sur sa joue, et mon cœur se serra.

J'étais resté à l'écart en pensant la protéger, et je lui avais fait davantage de mal en n'étant pas là pour elle. Maintenant, elle maintenait une barrière au beau milieu de notre relation, que je n'arrivais pas à franchir.

— Je ne vais nulle part cette fois.

— Je n'aimerais pas ça, mais je le supporterai si tu le fais.

— Jayna, je suis sincère. Je te le jure.

— Nous verrons.

Elle se tut, se contentant de regarder l'écran, le souffle doux et régulier. Au bout de quelques instants, elle dit :

— Je ne veux pas que tu sois Antoni Silva.

— Je ne veux pas non plus être lui. Il est un peu trop m'as-tu-vu à mon goût.

— Au mien aussi, dit Jayna avec un sourire, et le sommeil

envahit ses traits. Antoni n'est pas mon genre.

— Vraiment ? Dis-moi qui est ton genre.

Elle bâilla à nouveau, puis elle murmura :

— J'aime le type grincheux, sombre et qui se cache dans l'ombre, celui qui se faufile dans mon club et me fait jouir par chat vidéo.

— C'est bon à savoir.

— Je crois que je devrais raccrocher maintenant.

— Bonne nuit, mon amour.

Elle marmonna quelque chose et ses paupières se fermèrent. Je la regardai dormir quelques instants, puis je mis fin à l'appel.

Posant le téléphone sur le comptoir de la salle de bains, j'empoignai mes cheveux. : Je devais réparer ce gâchis avec Jayna. J'avais perdu sa confiance et je devais lui prouver que je ne la laisserais plus jamais tomber.

Elle me voulait, mais pas sous un autre nom. Nik pensait qu'il me suffisait de retourner à mon ancienne vie, mais je savais que ce n'était pas si simple.

Mais j'étais prêt à payer ce qu'il en coûterait pour que cela se produise.

Après une douche rapide, j'envoyai un message à mes frères.

KIR : Une fois que le plan aura abouti, préparez-vous. Je reviens.

Nik réagit presque aussitôt.

NIK : C'est déjà en cours. Comme je l'ai dit, tu n'as qu'une chose à faire : marcher au soleil.

17

Jayna

SIX SEMAINES JOUR pour jour après avoir quitté Kir sur l'île, j'empruntai l'allée du magnifique manoir de ma mère, en bord de mer. Elle était arrivée tard la nuit précédente avec Danika, pour reprendre sa vie à Miami. Pour les gens d'ici, ma mère avait annulé son voyage avec ses amis pour passer du temps avec Danika à New York et renouer avec les quelques personnes restées en contact avec elle après l'horrible divorce d'avec mon père.

Son retour signifiait officiellement que le simulacre serait bientôt terminé.

Enfin, en quelque sorte. *Merde.*

De qui me moquais-je ? Le simulacre ne faisait que commencer. Une pointe de nervosité me saisit le ventre.

C'était peut-être ce temps passé à l'écart sans l'être vraiment qui me faisait voir les choses différemment avec Kir. Il voulait vraiment que cela fonctionne entre nous. Chaque fois qu'il parlait de l'avenir, il accentuait son propos.

Il avait brisé ma confiance en lui en me laissant croire qu'il était mort.

Je ne pouvais pas nier que j'étais effrayée, mais au fond de moi, je voulais de plus en plus que nous ayons à nouveau une vie ensemble.

Mais serions-nous Kir et Jayna ou Antoni et Jayna ?

C'était tellement étrange de savoir que la prochaine fois que je le verrais, nous devrions faire comme si nous étions des étrangers, que nous ne nous étions pas touchés ni goûtés, que nous n'avions pas tout partagé de nous, ou que nous ne nous étions pas récemment regardés jouir sur un chat vidéo.

Je n'arrivais pas à croire que nous l'ayons fait. C'était peut-être l'excitation de le voir se battre qui m'a rendue qui m'avait rendue si complaisante lorsqu'il m'avait ordonné de me mettre nue. Ensuite, lorsque j'avais ouvert les yeux au moment de mon orgasme et que je l'avais vu se caresser avec son poing, j'avais été prise d'une folle envie de le prendre dans ma bouche.

Merde. Il fallait que je mette ces pensées de côté.

J'arrêtai ma voiture et coupai le contact, respirant profondément pour calmer mon corps. Une fois que je me fus maîtrisée, je sortis dans la douce chaleur de l'été. J'adressai un signe de tête à mon équipe de sécurité qui s'arrêta près de la maison des invités, où la gouvernante avait sûrement préparé de la nourriture pour eux.

Protégeant mes yeux du soleil avec mes mains, j'observai la magnifique maison et le paysage. Des palmiers verdoyants bordaient les côtés de la propriété, et des fleurs et de la végétation épaisse ornaient le chemin menant à la porte d'entrée.

Oh, comme j'aimais cet endroit !

C'était sans doute le seul lieu de mon enfance où je m'étais un jour sentie chez moi. La maison avait appartenu à mes grands-parents maternels, et avait été léguée à ma mère et à ses sœurs après leur décès.

Ici, il n'y avait pas de souvenirs de coups ou de cris, pas d'ombres de la gamine qui s'était rebellée contre l'oppression d'un père qui s'acharnait à façonner son unique fille pour en faire la parfaite débutante de la société. Dans ce lieu, il y avait l'histoire d'un grand-père indulgent et d'une grand-mère aimante, des étés remplis de rires, de grandes réunions de famille, des amis qui étaient les bienvenus et une mère qui souriait tout le temps.

C'était fou de voir comme deux familles très aisées pouvaient être si différentes. Mon grand-père avait dû regretter d'avoir présenté sa fille à Ashok Shah.

Non ! Je n'avais pas l'intention de laisser mon père entrer dans ma tête, pas ici.

Je grognai, pris mon sac de voyage sur la banquette arrière et me dirigeai vers l'entrée de la cuisine. À la seconde où j'ouvris la porte, toute l'irritation que j'éprouvais envers moi-même disparut. J'entendis ma mère discuter avec Danika pendant qu'elle s'affairait à cuisiner, ce qui me fit sourire.

— *Entre, Jayna*, me cria ma mère depuis l'autre bout de la pièce en gujarati, la langue maternelle de ma famille. *J'ai préparé le dîner. Je veux que tu manges avant de sortir ce soir.*

— J'arrive, répondis-je, posant mon sac avant d'entrer dans l'immense cuisine ouverte.

Je trouvai Danika penchée sur l'îlot, se tenant sur la pointe des pieds alors qu'elle goûtait quelque chose à la cuillère, pendant que ma mère remuait la casserole.

Elles étaient toutes les deux si belles...

Danika portait une robe bleu ciel à manches courtes qui lui arrivait aux genoux et qui était parfaite pour sa petite taille d'un mètre cinquante-cinq, et ma mère était toujours aussi élégante dans sa tunique verte brodée d'argent et son pantalon noir.

— Ça sent bon ici. Qu'est-ce que vous avez préparé ?

— C'est un plat fusion que j'ai créé chez Danika. Goûte, et dis-moi ce que tu en penses.

Alors que je m'approchai, je ne pus m'empêcher de secouer intérieurement la tête devant l'immensité de cette cuisine.

Dans cet espace, tout indiquait qu'un chef cuisinier était à l'œuvre. Ma mère aimait cuisiner, et elle adorait ses gadgets ; elle avait donc besoin d'espace pour les ranger. La maison d'origine n'était pas conçue pour répondre à ses besoins, alors elle l'avait rénovée selon ses goûts. Avec ses deux îlots gigantesques, ses trois éviers et ses quatre fours, cet endroit n'avait rien à envier à un grand restaurant.

Bon sang ! Mais qui avait besoin de quatre fours ?

Ma mère. Mais, d'un autre côté, cette femme adorait nourrir les gens et recevait régulièrement ses amis à Miami.

Je m'approchai d'elle et me penchai pendant qu'elle prélevait un peu de ce qui ressemblait à une sorte de ragoût de légumes dans une casserole, soufflait dessus pour le refroidir, puis le portait à mes lèvres. Le goût était incroyable. On y retrouvait les saveurs traditionnelles de la cuisine indienne avec l'ail, la coriandre et la cardamome, mais aussi les notes d'épices que l'on trouvait dans les plats d'Asie du Sud-Est.

— Oh, mon Dieu ! C'est bon !

— Tu vois, je te l'ai dit, Tantine. C'est incroyable.

— Vous êtes partielles, toutes les deux.

Danika vint auprès de moi, passa un bras autour de ma taille et posa la tête contre mon épaule.

C'était toujours ainsi entre nous. Nous étions cousines, mais elle était plus une petite sœur pour moi. Depuis que mon père avait ramené cette jeune fille effrayée de quatorze ans à la maison après la mort de son propre père, j'avais quelqu'un qui comprenait notre famille et ce que c'était que de ne pas être tout à fait à sa place.

Mais pendant longtemps, j'avais cru qu'elle avait subi une greffe de cerveau et qu'elle était devenue la marionnette de mon père. J'avais appris plus tard qu'elle s'était rendue indispensable à ses yeux dans le but d'élaborer un plan visant à le détruire. Un plan qu'elle avait abandonné pour protéger Nik. Il était plus important pour elle que son désir de vengeance.

Les choses que l'amour nous poussait à faire étaient étonnantes.

— J'essaie de la convaincre d'écrire un livre de cuisine, dit Danika en levant les yeux. Tu auras peut-être plus de chance.

— J'en doute. Tu n'arrêtes pas de me dire que je suis têtue ; à ton avis, de qui est-ce que je tiens ?

— Très drôle. Toutes les deux, asseyez-vous. Mangez. Je sais que vous allez boire ce soir. Je ne veux pas que vous tombiez dans les pommes.

Je faillis éclater de rire. C'était tout ma mère, elle ne jugeait jamais. Elle m'acceptait, tout comme elle acceptait mon travail et ma vie. Elle avait su ce qu'était Kir dès le début et l'avait accepté aussi. D'un autre côté, elle avait épousé un monstre enrobé de civilité et d'un bon pedigree.

— Tu es sûre de ne pas vouloir venir danser avec nous pour fêter l'ouverture du club ?

— Oui. Je suis trop vieille pour les boîtes de nuit.

— Crois-moi, tu n'es pas trop vieille. Allez ! Nous pourrions passer une soirée amusante.

Elle me regarda comme si c'était l'idée la plus stupide qu'elle avait jamais entendue.

— Ce soir, tu as d'autres choses à faire. Amène-le ici une

fois que tout sera terminé. Je ferai connaître le fond de ma pensée à mon gendre.

Danika et moi grimaçâmes en même temps. Kir allait se prendre un savon de la part de ma mère quand elle mettrait la main sur lui. Elle l'avait pleuré autant que tout le monde.

J'aurais aimé lui apprendre moi-même la nouvelle à propos de Kir, mais la charge en était revenue à Danika. Et, à l'en croire, ma mère l'avait plutôt bien accepté, se contentant de marmonner à propos de ces imbéciles d'hommes pendant quelques jours.

— Tu devrais appeler les *masis* et organiser une soirée entre femmes, suggérai-je.

En gujarati, *masi* signifiait tante, et plus précisément tante maternelle. Ma mère avait deux sœurs et cinq cousines germaines. Toutes vivaient dans la région de Miami, alors je les appelais *les masis.* Toute la famille élargie de ma mère vivait en Floride ou quelque part dans le sud-est des États-Unis.

— C'est exactement ce que nous allons faire. Elles seront là plus tard.

— Ne faites rien de dingue, l'avertit Danika en fronçant les sourcils. Tu ne voudrais pas que les voisins pensent que Jayna a encore amené son club à la maison.

Lorsque les femmes se réunissaient, on avait l'impression de voir un groupe déjanté de quinquagénaires qui riaient, buvaient et racontaient des blagues salaces. La moitié du temps, je ne savais pas si je devais être mortifiée ou me joindre à elles.

Au fond de moi, j'étais très heureuse que ma mère ait enfin trouvé la paix et la joie après la vie qu'elle avait vécue à New York.

— Oui, évitons de faire croire aux voisins que j'ai organisé une fête dans ton quartier huppé. J'ai déjà une réputation.

— Je me fiche de ce que les gens pensent, que ce soit à propos de toi ou de moi. Qu'ils aillent se faire voir, pour ce que j'en ai à faire.

Je regardai ma mère, bouche bée. Elle venait de jurer. Ma douce maman, celle qui ne disait jamais rien de méchant, avait juré.

Je jetai un coup d'œil à Danika, qui semblait aussi stupéfaite que je l'étais.

— Arrête de me fixer comme ça. Quand je suis retournée à New York, j'ai réalisé que j'avais quitté cette vie stupide et moralisatrice pour de bon, et que je ne laisserai plus jamais personne me donner l'impression que j'étais inutile. Ces gens qui ont choisi ton père plutôt que moi, tout en sachant qu'il me maltraitait, et tout ça à cause de son argent et de son statut... ils ne méritent pas que je pense à eux.

— Et tous ceux qui voudront faire des commentaires à ce sujet peuvent aussi aller se faire voir. De plus, ma fille est mariée à l'héritier d'une famille de la mafia portoricaine. Si ça ne leur fait assez peur pour qu'ils se taisent, alors rien d'autre n'y parviendra.

— Mmmh, Maman, dis-je, m'approchant d'elle pour

prendre ses mains dans les miennes. Est-ce qu'il s'est passé quelque chose que tu ne m'as pas dit ?

Elle secoua la tête.

— Ça n'a pas d'importance. Sache simplement que je me fiche de ce que les médias ou qui que ce soit disent sur moi. Et je ne veux pas que ça te préoccupe non plus.

C'est là que je compris. Mon père avait dû finir par se rendre compte qu'il ne pourrait pas imposer une renégociation de l'accord, puisque ma mère n'avait pas d'actifs tangibles aux États-Unis.

Le divorce de mes parents avait été l'un des plus grands scandales dans les communautés indo-américaines aisées de la région de New York. Mon père avait sali le nom de ma mère, l'accusant de tous les maux, du vol à la tromperie, sans jamais admettre qu'il l'avait maltraitée quasiment chaque jour de leurs plus de vingt ans de mariage. En fin de compte, il avait fallu deux ans et la destruction de la réputation de ma mère pour obtenir le divorce et deux années de plus pour le règlement définitif.

— Fais la fête, et fais autant de bruit que tu le veux. Mais assure-toi que les gardes savent ce qui se passe.

Elle hocha la tête.

— Aussi, ne laissez personne savoir que Kir est en vie, et ne parle pas de la mafia. Tout ça, c'est une couverture. Tu te souviens ?

— Je le sais, dit-elle, levant les yeux au ciel avec un sourire en coin, avant de reprendre une expression plus sérieuse. Je dois te demander quelque chose.

— Quoi ?

— Luke. Qu'est-il pour toi ?

J'avais envie de dire qu'il ne représentait rien, surtout après ses conneries au club, mais je gardai ces pensées pour moi. Même s'il avait appelé plusieurs fois pour s'excuser et que nous nous étions mis d'accord pour qu'il ne se mêle pas de mes affaires, je ne pouvais pas m'empêcher de me sentir un peu amère après cet incident.

J'étais persuadée que si j'avais été un homme, il n'aurait jamais fait ce qu'il avait fait avec moi.

Kir avait ses défauts, mais il avait toujours respecté mon intelligence et mon savoir-faire en affaires. Lorsque j'avais raconté l'incident à Danika, elle m'avait dit que Luke était un abruti et qu'il le resterait toujours. D'un autre côté, leur inimitié remontait à l'adolescence, quand Luke s'en prenait à elle parce qu'elle était la parente pauvre de la famille. Je lui répétais dit qu'il s'agissait du comportement d'un adolescent stupide et non pas du type qu'il était aujourd'hui. Cependant, lorsque Dani éprouvait de la rancune, elle s'y tenait.

— C'est un ami. Pourquoi ?

— Eh bien, son père a laissé entendre que c'était plus.

Ce devait être lui qui avait fâché ma mère lors de son séjour à New York. Le père de Luke était un con dans ses bons jours, et il détestait ma mère. Il pensait que c'était à cause d'elle que j'avais fui la maison et refusé le contrat de mariage. Cela ne m'étonnerait pas de lui qu'il ait dit quelque chose de blessant à ma mère ou qu'il ait commencé à répandre des mensonges.

— C'est tout à fait platonique. Je me suis montrée très claire avec Luke.

— Est-ce qu'il vient avec vous ce soir ?

— Il fait partie de notre cercle d'amis, alors il retrouvera notre groupe. Nous serons au moins une douzaine.

— Sois prudente. Je ne fais pas confiance à cette famille.

Je soupirai. Je comprenais les réserves de ma mère. En dépit du comportement récent de Luke, il n'était pas comme son père.

— Tu n'as pas à t'inquiéter à propos de Luke. Je peux le gérer.

— Il veut plus que ton amitié.

— C'est vrai, mais il sait que je ne suis pas ouverte à quoi que ce soit de plus. Il l'a accepté.

Je savais qu'elle n'était pas convaincue, mais elle acquiesça.

— D'accord. Mange. Tu as besoin d'avoir le ventre plein pour absorber tout cet alcool. Je vais appeler vos *masis* et voir quand elles arrivent.

Ma mère s'en alla, nous laissant seules, Danika et moi.

— C'était intense, commenta Danika une fois qu'elle fut assurée que ma mère n'était plus à portée de voix.

— Ouais. Tu peux m'expliquer ce qui s'est passé entre hier et aujourd'hui ?

— Honnêtement, je n'en ai aucune idée. J'ai passé la majeure partie de ma journée à travailler sur un projet, et Tantine m'a dit qu'elle irait faire quelques courses. Lorsqu'elle est revenue, elle était silencieuse, mais semblait aller bien. Eh bien... dit Danika avant de s'interrompre pour réfléchir un instant. Non, elle semblait déterminée, comme si elle avait accepté quelque chose. Comme j'essayais d'empêcher Nik de venir avec nous et de se mêler de nos projets, je ne me suis pas trop occupée de Tantine.

— Je suppose que c'est une chose que les frères ont en commun.

— Ils peuvent essayer tant qu'ils veulent, c'est dans leur nature de s'assurer que nous sommes protégées. Tant qu'on ne le les laisse pas nous marcher dessus, ce n'est pas un problème.

— C'est ça, la clé ?

— Oui. Kir pense que tu es en danger à cause de lui. Pour quelqu'un qui passe sa vie à protéger les autres, il a l'impression de t'avoir laissée tomber.

— Ce n'est pas vrai. S'il ne m'avait pas rencontrée, il n'aurait jamais eu d'accident. C'était ma faute.

— Il ne voit pas les choses de cette façon.

— Kir et moi avons quelques problèmes à régler. Ce n'est pas l'un d'entre eux.

— Lui as-tu parlé de...

Elle ne termina pas sa phrase, sachant que j'allais comprendre.

Au cours des conversations que nous avions eues ces dernières semaines, nous avions abordé tous les sujets possibles et imaginables. Enfin, à l'exception d'un seul.

Je secouai la tête.

— Je ne suis pas sûre de pouvoir rouvrir cette blessure.

— Jay, tu n'es pas du genre à éviter les choses. D'ailleurs la blessure n'est pas cicatrisée, quoi que tu en penses. C'est pour ça que tu ne lui as pas dit.

Je gardai le silence, sachant qu'elle avait raison. Danika avait été présente pendant la majeure partie de cette période, même lorsque le pire m'avait submergée.

— Et si je lui dis et que ça empire les choses ?

Dani s'approcha de moi et passa un bras autour de ma taille.

— Tu connais déjà la réponse à cette question.

Nous nous séparerions lorsque cette mascarade prendrait fin.

— Je l'aime toujours, Dani, lui dis-je, appuyant mon menton sur sa tête.

— Tu n'aurais pas fait tout ça si ce n'était pas le cas.

— Parfois, je déteste être une adulte.

— Notre enfance n'a pas été une promenade de santé. Si on me donne le choix, je préfère être adulte. Moi je peux gagner ma vie en accédant aux informations privées des gens, et toi tu les fais boire les gens et tu les laisses se battre.

Je ris alors que le poids de la conversation précédente se dissipait.

— C'est vrai, mais pas exactement dans cet ordre, répondis-je.

Je m'approchai de la cuisinière et remplis un bol avec le ragoût fusion de ma mère.

— Mangeons. Ensuite, je te montrerai le joyau de la vie nocturne de Miami.

18

K iran

— C'est un bel endroit qu'elle a là, constata Joel alors que nous étions assis dans la section VIP du Hira, la boîte de nuit de Jayna située dans la partie la plus industrielle de Miami Beach. Mais elle s'est aussi créé une niche avec ces clubs.

— Elle connaît le marché, et elle offre aux gens les fantasmes qu'ils désirent, répondis-je.

Je secouai la tête en le voyant sourire à la grande serveuse brune qui déposait nos boissons devant nous.

— Oh, que oui !

— Tu travailles, tu te souviens ?

— Ça ne veut pas dire que je ne peux pas apprécier une

belle femme quand j'en vois une. D'ailleurs, à la seconde où tu verras ta belle femme, tu oublieras l'existence de tout le monde.

— Je ne le nierai pas.

Je ne l'avais pas touchée depuis six semaines et je me sentais comme un homme mourant de soif.

Comment avais-je pu passer des années sans elle ?

Joel jeta un coup d'œil à sa montre.

— Elle sera là d'ici quelques minutes. Je te suggère de te mettre en position. Veille à ce que nos gars aient toujours un œil sur toi, et garde ton visage dans l'ombre.

On sentait un avertissement dans sa voix, qui semblait indiquer qu'il me frapperait si je disparaissais avec Jayna.

— C'est compris.

Je bus mon verre d'une traite et me levai, ajustant ma chemise.

Je traversai le salon et me dirigeai vers la partie centrale du club, puis j'empruntai un escalier menant au deuxième niveau. J'arrivai près d'un bar niché dans un coin, commandai une boisson et continuai à faire le tour de la pièce jusqu'à atteindre la position qui m'avait été indiquée.

C'était incroyable de voir à quel point ce satané plan m'avait permis d'accepter de plus en plus facilement que mes cicatrices faisaient simplement partie de qui j'étais maintenant. J'avais remarqué le regard de la barmaid, mais cela ne m'avait pas dérangé comme cela aurait pu être le cas quelques semaines plus tôt.

Il y avait au moins un avantage à être le très voyant

Antoni Silva. Les personnes qui entraient en contact avec lui devaient le voir comme quelqu'un d'impitoyable et de parfaitement à l'aise avec lui-même, ce qui était exactement mon cas à l'époque. Apparemment, cela me revenait.

Je bus une gorgée de mon verre et m'appuyai contre la balustrade.

De là, je voyais directement le cœur du club et le couloir menant à l'entrée des employés.

Les lumières passèrent du rouge profond au blanc et à l'or, et au même moment, un célèbre DJ apparut sur la scène. La foule applaudit et cria, se perdant dans les sons hip-hop latins qui emplissaient la salle.

Bon sang ! Cet endroit était vraiment incroyable. Il ne faisait aucun doute que Jayna connaissait parfaitement ce secteur d'activité.

Elle avait toujours eu le don de repérer les endroits parfaits et les plus rentables pour chacun de ses clubs. En général, il s'agissait d'un endroit où les experts lui auraient dit que ça ne marcherait jamais. Et, à chaque fois, elle leur avait prouvé qu'ils avaient tort et avait réalisé des bénéfices en l'espace d'un an ou deux.

En matière d'affaires, je savais qu'il ne fallait pas se frotter à Jayna. Peu de gens voulaient voir l'intelligence qui se cachait derrière le visage époustouflant et le corps de déesse. Les gens croyaient que Danika était la plus intelligente de la famille, avec son esprit de hackeur, mais lorsqu'il était question de chiffres, de calculs et de statistiques, Jayna remportait la palme.

Elle était capable d'effectuer les calculs de profit ou de perte en quelques secondes sur la base d'un minimum d'informations. Elle pouvait également se souvenir des statistiques sur les combattants et me dire s'ils étaient susceptibles de gagner un match ou non. Elle s'était révélée utile une fois ou deux lors de paris sur des combats à Las Vegas.

J'étais stupéfait de voir qu'elle avait fait de mon club de combat clandestin une entreprise avec des primes élevées, des sponsors et des combattants qui étaient de véritables athlètes.

Elle avait repris ce concept et l'avait transformé en clubs Ladai Room.

Mon téléphone vibra pour marquer l'arrivée d'un texto, et je le sortis.

JOEL : Leur voiture vient d'arriver. À toi de jouer. Ne fous pas tout en l'air.

KIR : Merci pour tes encouragements.

JOEL : Je t'en prie.

La dernière chose que je voulais, c'était de tout gâcher plus que je ne l'avais déjà fait.

Au cours des dernières semaines, Jayna et moi nous étions rapprochés, mais il restait un mur que je n'arrivais pas à franchir en dépit de mes efforts. Je ne pouvais pas réparer les erreurs du passé si elle refusait d'en parler.

C'était frustrant, mais je comprenais aussi son appréhension.

Elle avait peur.

J'espérais que les étapes que je franchissais seraient suffisantes pour qu'elle comprenne que je ne la laisserais pas tomber une nouvelle fois.

Buvant d'une traite le reste de mon verre, je sentis le liquide ambré glisser dans ma gorge et me préparai à retrouver ma princesse.

JAYNA

Un peu avant vingt-trois heures, Danika et moi arrivâmes à l'entrée du Hira. Niché dans un coin de Miami Beach considéré comme « bas de gamme » par les autres établissements, il m'offrait l'emplacement idéal pour développer mon club unique.

— Maintenant, je comprends ce que tu entendais par *le joyau de tes boîtes de nuit*, dit Danika en voyant le nom écrit avec un éclairage laser sur le bâtiment en briques.

Hira, traduit du gujarati, signifiait *diamant*. Je donnais à tous mes clubs des noms de pierres précieuses. Cela avait commencé par une blague entre Kir et moi, à cause du surnom qu'il me donnait. Et comme les princesses avaient beaucoup de pierres précieuses, le nom de mes clubs était tout trouvé.

Dillon s'approcha de la voiture et ouvrit la portière.

— Bonjour, mesdames. La plupart de nos invités sont déjà à l'intérieur.

Lorsque nous descendîmes de la voiture, je balayai les environs du regard. La sécurité organisait la circulation tout autour de la zone, l'éloignant des parkings débordants, et la file d'attente pour entrer dans le club faisait le tour du bâtiment.

— Wouah. Je ne m'attendais pas à un tel niveau de folie.

— Sois réaliste, me dit Danika. Tout le monde sait que l'ouverture de tes clubs ressemble à une production de Las Vegas.

— Peu importe, dis-je avec un regard vers Dillon. Tout le monde est en place à l'intérieur ?

Il se pencha pour murmurer à mon oreille :

— Tu n'as pas de souci à te faire.

Je soufflai, passai mon bras sous celui de Danika et me dirigeai vers le garde qui nous attendait.

Je ne pus éviter la pointe d'anxiété qui me tenaillait l'estomac, surtout en sachant que ce soir, Kir et moi serions vus ensemble en public pour la première fois depuis des années.

Non, pas Kir. Antoni Silva.

Refoulant toute ma nervosité, je m'engageai dans le couloir faiblement éclairé qui menait à la salle de repos des employés.

Danika fit glisser ses doigts le long du papier peint texturé.

— J'adore cette sensation.

Je lui souris. Tout dans mes clubs faisait appel aux cinq sens : la vue, l'ouïe, l'odorat, le goût et le toucher.

Des boissons à base de spiritueux exclusifs aux senteurs de l'air en passant par la musique, l'éclairage et les murs, je voulais que toute personne entrant dans mon établissement se perde dans l'expérience.

Mes boîtes de nuit étaient les premières choses que j'avais créées sans l'aide de quiconque. J'avais constaté qu'il y avait un besoin sur le marché et décidé d'utiliser l'héritage de mes grands-parents maternels pour répondre à ce besoin. Il n'avait pas été facile de faire démarrer le premier, mais j'y étais parvenue.

Dans ma communauté indo-américaine, tout le monde pensait que j'avais perdu la tête et que je me rebellais contre mon père. Une fille d'Ashok Shah digne de ce nom n'aurait jamais ouvert une série de boîtes de nuit pourvoyeuses de décadence et de péché.

Alors qu'en réalité, cela n'avait rien à voir avec lui. Je n'avais même pas pensé à lui pendant tout le processus de planification. J'avais créé une entreprise que j'aimais. J'avais même créé plusieurs entreprises qui n'avaient rien à voir avec l'ordure qui m'avait donné une partie de mon patrimoine génétique.

De tous mes clubs, celui-ci était mon préféré. Travailler à la construction de cet endroit m'avait donné le souffle dont j'avais besoin pour aller de l'avant dans ma vie. Faire la navette depuis New York m'avait permis de me concentrer sur autre chose que sur tout ce que j'avais perdu. En outre, j'avais pu développer mon plan, puis la construction de la Ladai Room que j'avais aujourd'hui.

Alors que nous entrions dans la zone principale du club, Danika s'arrêta, découvrant les images et les sons qui l'entouraient.

— *Bordel de merde !*

Je ne pus m'empêcher de sourire.

— Est-ce que les lustres bougent ?

— Oui.

Tout dans le club avait une raison d'être, de la multitude de lustres aux poutres apparentes en passant par les échafaudages. L'éclairage adéquat et la modification des différents aspects de la salle pouvaient changer l'ambiance de manière radicale.

Ce club disposait de quatre salles. Je sortais tout juste de l'une d'entre elles, le salon VIP, où des clients aux poches bien garnies et ayant besoin d'intimité pouvaient profiter du club, mais dans une atmosphère plus détendue. Ensuite, il y avait la salle principale : un espace immense sur deux niveaux comprenant huit bars, une piste de danse géante au fond et des scènes flottantes pour les DJ et les artistes. C'était une véritable féerie visuelle. Les deux salles restantes comprenaient un espace rave avec sa propre musique, ses éclairages et sa propre production, ainsi qu'une terrasse en plein air avec vue sur South Beach.

— Dites-moi pourquoi je n'ai pas investi dans cet endroit lorsque tu m'en as offert l'opportunité ?

— Parce que jusqu'à il y a huit mois, tu jouais les potiches pour mon père.

Elle grimaça.

— Oh oui. J'essaie de faire abstraction de cette partie de mes souvenirs.

— Oui, c'était assez traumatisant pour beaucoup d'entre nous. Pendant une courte période, j'ai cru qu'un extraterrestre avait pris possession de ton corps.

— Imbécile.

Dillon entendit notre échange et se mit à rire.

— Mesdames, j'ai un coup de fil rapide à passer, et je vous retrouve à notre table.

Alors que Dillon disparaissait dans la foule, je me tournai vers Danika.

— Veux-tu boire ou danser ?

— Danser. Ça fait une éternité que nous n'avons pas profité d'une soirée.

Je lui tendis la main.

— Suis-moi.

Elle posa sa paume sur la mienne et je la guidai autour de la salle principale jusqu'à la piste de danse centrale. L'un de mes videurs inclina la tête en me voyant approcher, et il dégagea un passage dans la foule pour Danika et moi.

— Ce doit être agréable d'être la boss, dit-elle alors que nous dansions jusqu'à l'endroit idéal, sous l'une des scènes surélevées.

Je souris.

— Ça a ses avantages.

La musique passa à une chanson populaire diffusée sur les stations locales, et la piste se remplit progressivement. J'adorais ça, quand le tempo entraînait la foule et que tout le monde voulait se perdre dans le rythme.

Danika et moi dansions et riions comme nous ne l'avions pas fait depuis une éternité. Lorsque la chanson s'acheva, ma peau était couverte de sueur, et je n'étais absolument pas prête à quitter la piste. Les lumières changèrent et je poussai Danika pour qu'elle regarde les artistes à l'œuvre. Des acrobates sautaient de diverses plates-formes tandis que des danseurs passaient d'une scène à l'autre.

— C'est de la folie ! C'est super cool, mais complètement dingue !

— Je sais.

— C'est comme je le disais, tout à fait Vegas.

À la fin du spectacle, tout le monde se remit à danser et je me retrouvai face à un homme grand, bien habillé et bien bâti.

— Je m'appelle James. Vous voulez danser ? Il me tendit la main.

James était exactement le type d'homme que j'aurais choisi à l'époque, élégant et raffiné. C'était avant que j'assiste à un combat clandestin sur un coup de tête et que je pénètre dans un monde où les hommes vivaient sur le fil du rasoir et n'hésitaient pas à se servir de leurs poings pour gagner leur vie.

Alors que je m'apprêtais à décliner l'offre de James, je

ressentis un picotement le long de ma colonne vertébrale et je sus sans l'ombre d'un doute que Kir était derrière moi.

James jeta un coup d'œil par-dessus ma tête et quelque chose passa dans ses yeux bleus, qui ressemblait presque à de la peur, mais qui disparut ensuite.

— Pardon. Je n'avais pas vu qu'elle était prise.

James s'en alla, donnant l'impression de s'enfuir de la piste de danse.

Kir n'avait pas pu l'effrayer à ce point ! Ensuite, j'y réfléchis. Il n'était pas petit et, avec ses cicatrices, il avait un petit côté effrayant pour certaines personnes.

— Madame King. Je crois qu'il est grand temps pour nous de danser.

Comme je restais immobile, la grande main de Kir glissa sur mon ventre, à la fois possessive et réconfortante, me rappelant un peu trop ce que je ressentais lorsqu'il me faisait l'amour.

Ma peau se hérissa de chair de poule lorsqu'il se rapprocha, effleurant du bout des doigts un de mes bras, mon épaule et mon cou. Je retins un gémissement.

Seul cet homme avait ce genre d'effet sur moi.

— Je crois que je vais aller à la table. Profitez de votre danse, me dit Danika avec un clin d'œil avant de disparaître dans la foule.

— Jayna.

Le timbre profond de mon nom sur sa langue provoqua un spasme au creux de mon ventre.

— Tourne-toi.

Lentement, je me tournai face à lui. Mon Dieu ! Il était magnifique.

Il portait une chemise noire dont les manches étaient retroussées et un jean foncé. Les tatouages sur son cou et son bras étaient bien visibles, ce qui lui donnait ce côté dangereux que j'aimais tant.

— Quelle allure !

— Je ferais n'importe quoi pour vous, madame King.

Il me prit la main et m'entraîna au milieu de la foule. J'entendais à peine la musique. La seule chose sur laquelle je pouvais me concentrer, c'était cet homme dont la présence dominait mes sens mieux que tout ce que je pouvais faire avec mes clubs.

Alors que nous nous noyions au milieu des corps en mouvement, là où personne ne pouvait nous reconnaître, il me rapprocha de lui, me plaquant contre son corps.

Son regard était d'une telle intensité que je la ressentis jusqu'au plus profond de mon être.

— Ça fait un moment, mais je crois que je suis toujours bon à ça.

Il se mit à remuer les hanches à sa manière perverse qui me surprenait toujours et suscitait en moi des pensées obscènes.

Il savait comment bouger, comment mener, comment faire en sorte qu'une femme se sente consumée par sa présence. Il m'excitait tellement que j'aurais presque pu le traîner dans un coin caché de mon club pour qu'il me fasse jouir.

Je mourais d'envie de passer le bout de mes doigts sur sa mâchoire couverte de barbe et de le rapprocher pour l'embrasser. À la place, je posai les mains sur ses épaules musclées et le suivis au rythme de la musique. Les mains de Kir se posèrent sur mes hanches et firent le tour de mes courbes, ravivant tous les souvenirs de la façon dont nous avions dansé au fil des ans dans mes autres clubs.

Nous connaissions le corps de l'autre, notre façon de bouger. Nous étions en phase.

Mes doigts glissèrent dans ses cheveux, et je me cambrai en arrière. Il appuya sa main sur la peau nue dévoilée par le décolleté de ma robe, puis remonta jusqu'à prendre ma gorge dans sa main.

Je ressentis son étreinte possessive jusqu'entre mes jambes, ma respiration devint saccadée, et je ne pus cacher l'excitation que je ressentais. Il me fit remonter tout en maintenant la pression sur mon cou. Nous nous regardâmes dans les yeux, poussés par la luxure et le désir.

Avant que je puisse faire une bêtise comme le supplier de me sauter dans l'une des arrière-salles, le rythme de la musique changea et nous nous adaptâmes immédiatement au tempo sans manquer une seule mesure.

J'avais l'impression que tous mes nerfs prenaient vie. J'avais déjà dansé avec d'autres types dans mes clubs, mais ce n'était jamais comme ça, totalement dévorant, alors que je ne voyais que cet homme envoûtant.

— C'est aussi intense que ça l'a toujours été, dit Kir en me faisant tourner pour que mon dos soit contre lui.

— Oui, c'est vrai, répondis-je.

Je remontai la main pour agripper sa nuque, balançant mes fesses contre son érection confinée dans son jean.

— C'est parce que la danse est comme le sexe. Et le sexe entre nous a toujours été intense.

— Nous n'aurions sans doute pas dû danser. Quiconque nous verra saura que nous sommes plus que des étrangers, voire des amants.

Ses mots me ramenèrent à la réalité, et je me raidis.

— *Oh, merde !*

Kir me fit pivoter face à lui, glissant une main autour de ma taille tout en continuant à danser alors que la musique adoptait un rythme plus lent.

— Ne t'inquiète pas. Ça joue en faveur de notre couverture.

— Comment ?

J'agrippai ses épaules et je fronçai les sourcils.

— Eh bien, tu es censée avoir une liaison avec Antoni Silva, dit-il, se penchant jusqu'à ce que ses lèvres soient à un souffle des miennes. Nous pouvons simplement accélérer le calendrier.

J'avais envie de combler la distance entre nous et de le goûter, mais je résistai à cette impulsion. Si j'allais jusqu'au bout, cela signifierait plus que ce que je pouvais assumer en ce moment, et nous n'avions pas encore abordé certaines de mes souffrances les plus profondes.

— Alors, on oublie la partie rencards ? demandai-je, plongeant dans ses yeux sombres.

Nous avons eu un rencard presque tous les soirs depuis un mois.

— C'était Kir et Jayna, pas Antoni et Jayna.

— Nous ne faisons qu'un. Pour ce qui nous concerne, il te suffit d'y penser comme à une liaison avec mon alter ego.

— Et quand cette liaison a-t-elle commencé ?

— Il y a six semaines, sur une île des Keys.

— Une liaison n'implique-t-elle pas que nous couchions ensemble ?

Ses lèvres se retroussèrent légèrement.

— Comment appellerais-tu ce qui s'est passé par chat vidéo l'autre soir ?

Bon sang ! Il était si beau !

— Des préliminaires.

— Dans ce cas, pourquoi ne pas maintenir la tension sexuelle ?

Il se pencha en avant, frotta sa barbe contre ma joue, puis le long de ma mâchoire, tandis que sa main remontait jusque sous mon sein.

Ma peau se couvrit aussitôt de chair de poule, et je retins un gémissement.

J'étais dans un tel pétrin !

— Tu es vraiment doué pour ça.

— Doué pour quoi ? demanda-t-il, sachant pertinemment ce qu'il faisait à mon corps.

— Pour la séduction.

— Seulement avec toi. Je te connais, bébé. Peut-être que bientôt tu croiras que je t'ai toujours vue, me dit-il avant de se retirer et me relâcher, rompant le charme qu'il exerçait sur moi. Dîne avec moi.

— Quand ?

— Tous les soirs pour le reste de ma vie.

Il sourit, conscient d'avoir lancé une réplique ringarde.

— Tu es ridicule, dis-je en riant, secouant la tête. Commençons par dimanche soir et je verrai pour le reste.

Cela me donnerait suffisamment de temps pour gérer l'ouverture du Hira et me donner le courage d'entamer la discussion que je devais avoir avec lui.

— C'est un rencard. Un vrai.

Il me prit la main et la porta à sa bouche, embrassant mes jointures avant de se retourner et disparaître dans la foule des danseurs.

Je restai là quelques instants, tâchant d'apaiser mes émotions et mon corps. Je ne pouvais pas me rendre à ma table sans trahir ce que je ressentais.

À ce moment-là, je jetai un œil en direction du salon VIP et j'aperçus quelques-unes de mes amies. Elles me firent signe et se mirent à crier. Puis je vis Luke qui se tenait sur le côté, appuyé sur la balustrade, buvant un verre.

Mon rythme cardiaque s'emballa.

Avait-il vu le visage de Kir ?

Je laissai échapper un soupir de soulagement lorsque je me rendis compte qu'il fait trop sombre pour distinguer les visages, à moins de savoir qui chercher. De plus, Kir avait eu le dos tourné vers le salon pendant toute la durée de la danse.

Sachant qu'il était temps d'y aller, je me frayai un chemin à travers la foule et gravis les escaliers menant au palier où mon groupe m'attendait.

Alors que je m'approchais, Luke passa à côté de moi en disant :

— C'était une sacrée danse. C'est une bonne chose que tu n'aies pas envie de sortir avec quelqu'un.

Et il descendit les escaliers.

Eh bien, *merde*.

J'avais dit à Luke que je n'étais intéressée par personne, et je me retrouvais là, tellement perdue dans ma danse que quiconque m'aurait vue aurait su que je ne dansais pas avec un étranger, mais avec un amant.

Danika s'approcha de moi avec un cocktail.

— Ne t'inquiète pas pour lui. Il est d'une humeur massacrante depuis que les filles lui ont dit que tu dansais avec un beau gosse.

— C'est vraiment génial.

Je pris le verre dont je bus une gorgée, et je fermai les yeux, savourant le parfait mélange de saveurs.

Honnêtement, j'avais les meilleurs barmans. Ils ne se loupaient jamais.

— Il avait l'occasion de danser avec de belles filles lui aussi. Il aurait pu descendre avec les gars quand ils sont descendus pêcher, mais il est resté là, expliqua Danika, posant une main sur mon bras. Il y a quelque chose qui cloche chez lui.

— Qu'est-ce que tu veux dire ?

— Il a posé bien trop de questions aux filles à ton sujet pour un ami qui traîne avec toi tout le temps.

— Je pense que tu as trop d'imagination.

— Si tu le dis. Je pense qu'il est trop curieux.

— C'est parce que tu as un parti pris.

— Je ne peux pas le nier, répondit Danika en vidant son verre d'un trait avant de faire signe au barman pour une tournée de shots. Très bien, fini les discussions sérieuses. Je veux m'amuser. Il est temps de se saouler.

Elle commença à danser avec mes autres amies autour de nous.

— Nik va me tuer pour avoir contribué à ta débauche.

— Ce qu'il ne sait pas ne lui fera pas de mal.

J'adorais cette femme.

Je ris et décidai d'imiter ma cousine, et de me laisser aller pour le restant de la soirée.

Je pris un shot sur un plateau qu'un serveur déposa sur notre table, et le levai en l'air.

— Cul sec !

19

UNE HEURE après avoir laissé Jayna au club, je me rendis en voiture aux grilles de ce que j'appelais désormais « l'enceinte de Silva ». L'endroit n'était pas laid, loin de là, mais il n'avait rien à voir avec la belle maison que j'avais construite pour Jayna sur notre île. La maison ultramoderne en béton blanc avec ses murs géants entourant la propriété d'un hectare et demi s'intégrait parfaitement dans le quartier aisé aux demeures de plusieurs millions de dollars, mais ne correspondait pas du tout à mon style.

J'ignorais comment Sam avait pu trouver cet endroit en si

peu de temps, mais, en même temps, il avait un sens de l'immobilier à faire pâlir d'envie.

Au moment d'appuyer sur le bouton de la console de ma voiture pour ouvrir le portail, une sensation de malaise me saisit.

Quelque chose clochait. J'avais l'impression que quelqu'un me tendrait une embuscade dès que j'entrerais dans la maison.

Je jetai un coup d'œil autour de la propriété en remontant l'allée, et mon agitation s'accrut.

Je passai une main sous mon siège, ouvris le compartiment caché, et je sortis l'arme que j'y avais placée pour des situations comme celle-ci. Des années de travail en tant qu'homme de main des King m'avaient appris à être prêt à ce que la situation dégénère à tout moment.

Arin m'avait appris à toujours suivre mon instinct.

La seule fois où je ne l'avais pas fait, j'avais eu un accident qui avait changé le cours de ma vie.

Cela n'arriverait plus.

J'entrai dans le garage, coupai le contact et j'envoyai un message d'alerte à Joel et à mon équipe de sécurité. Nous avions prévu des scénarios de ce type et ils savaient ce qu'il fallait faire.

Je glissai l'arme dans mon dos, dans la ceinture de mon jean, et j'ouvris la portière, me dirigeant vers la maison.

C'était trop calme.

L'équipe qui patrouillait au rez-de-chaussée, près des docks, aurait dû faire un peu de bruit. Avec un peu de chance, ils n'avaient été qu'assommés, et il ne leur était rien arrivé de grave.

Il n'y avait qu'une seule personne capable de se donner autant de mal pour m'atteindre.

Hector.

Je m'attendais à une rencontre. D'ailleurs, j'avais tout mis en œuvre pour provoquer une forme de confrontation.

Mais pas ce soir.

J'allais botter le derrière de mes frères pour ne pas m'avoir dit que cet abruti avait quitté Porto Rico.

Cette nuit allait être très longue.

En pénétrant dans le salon sombre et ouvert, j'aperçus une silhouette, qui ne pouvait être que celle d'Hector, assise sur l'un de mes fauteuils Je sortis aussitôt mon arme et la pointai dans sa direction. Au même instant, six hommes braquèrent la leur sur moi.

Hector alluma une lumière et apparut sous mes yeux. La ressemblance entre nous était frappante. Sans nos teintes de peau et nos couleurs d'yeux différentes, nous aurions eu l'air de frères. Il n'y avait aucun doute sur notre lien de parenté.

— *Bonjour, cousin*, me dit Hector en espagnol avant de passer à l'anglais. Je vois que tu es revenu d'entre les morts.

Je gardais mon arme pointée sur lui, me fichant que six autres me visent.

— Je ne suis pas mort.

— Je sais. Je ne suis pas idiot. Pas de corps, pas de mort. Les cours de Victor Silva pour les débutants. Mais tu n'en sais rien, puisque tu n'as pas connu *Abuelo*. Alors que moi, j'ai été élevé avec lui depuis ma plus tendre enfance, et que j'ai appris tout ce qu'il savait.

— Et pourtant, c'est quand même moi qu'il a choisi comme héritier.

J'avançai lentement vers lui, gardant mon arme pointée sur sa tête.

Hector ne manifesta aucune réaction extérieure à mon coup bas, en dehors d'une légère crispation de la mâchoire.

— Alors, tu revendiques ce statut ? Tu as l'intention de prendre le contrôle de la Silva Familia ?

— Ça dépend.

Les hommes d'Hector se rapprochèrent de moi, mais il les fit s'arrêter d'un geste du doigt.

— De quoi ? s'enquit-il, plissant les yeux.

J'inclinai le menton vers lui.

— De toi. Reste loin de ma femme et de ma famille, c'est-à-dire hors des États-Unis.

— Ce sont tes exigences ?

— Oui.

— Es-tu en train de me dire que tu n'es pas en train d'établir un territoire ici ?

— Je prendrai la décision une fois que j'aurais eu ta réponse.

— J'ai du mal à le croire. Pourquoi créer Antoni Silva ? Pourquoi acheter le port où mon produit est livré ?

— Pour attirer ton attention.

— Eh bien, tu l'as.

— Avons-nous un accord ?

— Loin de là. Tout d'abord, je n'ai plus besoin de ta femme. Ce premier contrat a rempli son office.

Je plissai les yeux.

— Tu ne l'as pas eue.

— Il a quand même rempli son office. Tu es là, dit-il en se penchant en avant. Ensuite, crois-tu vraiment que je vais te laisser prendre le contrôle du continent ?

— Il n'est pas question de me « laisser » faire quoi que ce soit. Je l'ai déjà fait. Il suffit que mes frères et moi réclamions quelques faveurs qui nous sont dues, et toute ton opération tombe à l'eau. Plus d'Hector Estefan. Le seul nom qu'on entendra sera celui d'Antoni Silva. L'ensemble de tes acti-vités à travers le monde prendra fin.

— Serais-tu en train de me menacer ?

Hector bougea comme pour venir vers moi, mais il resta sur le canapé.

— Je dirais plutôt que c'est un fait.

— Tu me sembles très confiant pour un homme qui se cache dans l'ombre.

— Quand on est dans l'ombre, on a le temps d'observer.

— Alors comment se fait-il que tu ne m'aies pas vu venir après ta femme ?

Je serrai les dents.

— Parce que les règles de notre monde exigent que les femmes et les enfants soient intouchables. Je pensais que tu t'en tiendrais au protocole.

— Dans quel genre de monde merdique vis-tu ? Il ne s'agit pas d'un club de gentlemen ! s'exclama Hector en secouant la tête. Lorsque quelqu'un menace mon statut, ces « règles », comme tu les appelles, passent à la trappe.

— Tu n'as aucun statut sur le continent. Antoni Silva mène la danse.

— C'est moi qui ai l'avantage ici, cousin. Je pourrais te tirer dessus ici et maintenant, et tous mes problèmes seraient résolus. Plus d'Antoni Silva, plus de Kiran King.

— C'est ce que tu crois ? lui demandai-je, soutenant son regard. Regarde ta chemise.

À cet instant, une série de points rouges apparut sur ladite chemise, et je savais qu'il en était de même pour les hommes d'Hector.

Heureusement pour moi, Joel n'avait pas pris de risques. C'était par pur hasard que je m'étais souvenu que *Tia* Martha avait mentionné le fait qu'Hector aimait parler. Cela avait donné à Joel suffisamment de temps pour faire venir l'équipe de secours.

— Eh bien, *merde alors* ! s'exclama Hector, rejetant la tête en arrière, riant comme s'il s'en fichait. Au final, tu as un peu d'*Abuelo* en toi.

Ce type était carrément dément.

— La roue a tourné. Ordonne à tes hommes de se retirer, et je ferai de même avec les miens.

Hector acquiesça et les six hommes baissèrent leurs armes.

Dans les secondes qui suivirent, Joel et mon équipe de sécurité franchirent les portes du balcon, gardant leurs armes pointées sur Hector.

— Il me semblait que tu avais dit que tu demanderais à tes hommes de se retirer, remarqua Hector, me regardant fixement.

Je baissai mon arme, et Joel et l'équipe firent de même, mais ils restèrent près des hommes de mon cousin.

Rangeant mon pistolet dans ma ceinture, je pris place en face d'Hector.

— Avant d'entamer nos négociations, je vais te raconter une histoire. Lorsque j'aurai terminé, écoute mon offre. Le pouvoir que je possède en tant que Kiran King est dix fois supérieur à celui d'Antoni Silva.

— *Abuelo* détestait Arin King. Il pensait que c'était à cause de lui que tu avais tourné le dos à la famille.

— Non. C'est grâce à Arin que j'ai une famille. Je ne veux pas de ta vie, Hector. Elle te convient, mais pas à moi. Tu es le véritable héritier des Silva.

Quelque chose passa dans ses yeux, que je ne compris pas totalement. Peut-être était-ce qu'il acceptait enfin que j'étais un King, pas un Silva.

Après tout ?

— Raconte-moi ton histoire, cousin. Ensuite, nous discuterons de qui dirige la Silva Familia.

Au cours des vingt minutes suivantes, je lui racontai mon histoire, pas celle que le public connaissait grâce aux médias qu'Arin avait autorisés lorsqu'il nous avait adoptés, mais la vérité. Je lui dis que je m'étais enfui d'une famille d'accueil après que mon dernier père m'avait battu parce que j'avais renversé du soda dans la cuisine. Que Nik m'avait retrouvé dans une ruelle, et m'avait aidé à rejoindre son gang. Que nous organisions des escroqueries dans notre quartier. Que le soir où nous avions tenté de voler Arin King, au lieu de nous tuer, il nous avait pris sous son aile et avait fait de nous ses fils. Ensuite, je lui parlai de Jayna, de son parcours et de ce qu'elle représentait pour moi.

— Laisse-moi résumer. Plus que retrouver ta vie en tant que Kiran King des frères King, tu veux reprendre ton existence avec ta femme. Tout ça, c'est pour ta femme, constata Hector, secouant la tête. Pour une *foutue bonne femme* ?

— Pour la femme de ma vie.

— Écoute, je comprends que tu veuilles te venger de ceux qui t'ont pris ta vie. Ça paraît même logique de le faire parce qu'ils ont tué ton enfant, mais toute cette merde pour une femme ?

Ignorant son indignation, je dis :

— Passons à notre accord. Je ne veux rien avoir à faire avec la famille. Elle est à toi, à quelques conditions.

— Oui, je sais, tu veux le continent.

— En plus de l'assurance que ni toi ni tes alliés ne ciblerez aucun des King ou de la famille aux États-Unis.

— Tu veux que nous vous protégions ?

— Appelons cela un échange de faveurs. Si tu acceptes mes conditions, tu auras le contrôle total de la Silva Familia. Je ne revendiquerais plus l'héritage de Victor Silva. Tu pourras même prendre le nom d'Antoni Silva, je m'en balance. Tu auras également accès à certains des partenaires

King en Amérique du Sud et en Asie. Nous savons que tu projettes de te développer dans cette direction.

Une lueur de surprise brilla dans ses yeux verts.

— C'est donc vrai.

— Qu'est-ce qui est vrai ?

— *Abuelo* disait toujours qu'Arin King jouait les durs, mais qu'il reculait quand il était question de se salir les mains. Apparemment, les frères King sont pareils.

— Nous ne prétendons pas être autre chose que ce que nous sommes. Nous sommes des hommes d'affaires impitoyables. Pourquoi dépenser de l'énergie inutilement alors que demander une faveur nous permet de rassembler une armée ? Au final, les résultats sont les mêmes.

Un sourire calculateur se dessina sur les lèvres d'Hector.

— Comment puis-je savoir que tu ne vas pas changer d'avis et nous refaire le coup d'Antoni Silva ?

— Tu ne peux pas. C'est là que notre accord entre en jeu. Les King ne reviennent jamais sur leur parole. Voilà pourquoi ceux qui le font paient le prix fort.

— Oui, j'ai entendu parler de votre façon de faire. Ma méthode est plus propre. J'abats les cons et on n'en parle plus. Vous, les King, vous faites durer le plaisir et vous les laissez souffrir au vu et au su de tout le monde.

— Au moins, ils sont vivants.

Hector regarda par-dessus son épaule et fit un geste vers le bar situé le long du mur intérieur de la maison. Aussitôt, l'un de ses hommes alla remplir deux verres de scotch et nous les apporta.

Hector prit le sien et but une grande gorgée, savourant le goût de l'alcool, puis poursuivit :

— Avant d'accepter quoi que ce soit, j'ai une condition à ajouter.

— Je t'écoute.

— Je veux que tu fasses en sorte que personne ne puisse contester mes droits sur la famille. Tu ne peux pas te contenter de dire qu'elle est à moi.

— Comment veux-tu que je procède ?

— Trouve un moyen de me rendre légitime. Mes parents étaient fiancés lorsque ma mère est décédée. Fais en sorte qu'ils aient été mariés. Le testament d'*Abuelo* mentionne l'héritier mâle légitime le plus âgé. Il ne te désigne pas par ton nom. Je suis l'aîné.

— Qu'est-ce qui te fait croire que j'ai les moyens de rendre cela possible ?

— Tout comme j'ai mes sources, tu as les tiennes. Fais de mes conditions une réalité, et nous aurons un accord.

20

Jayna

— Veux-tu monter ? demandai-je à Kir alors que sa voiture s'arrêtait devant mon immeuble de Miami Beach un peu avant minuit.

Il m'avait emmenée au rendez-vous dont nous avions parlé au club. Cependant, au lieu d'un simple dîner comme je m'y attendais, il avait réservé toutes les tables dans l'un des restaurants les plus select de Miami, et il avait demandé au chef cuisinier de nous donner un cours de cuisine particulier.

Nous aimions tous les deux cuisiner, et je ne l'avais pratiquement pas fait depuis l'accident de Kir. Dès que je passais un peu trop de temps en cuisine, des souvenirs douloureux remontaient toujours. Mais, ce soir, c'était comme si un poids avait été retiré de mes épaules.

C'était la première fois depuis trois ans que je riais vraiment et que je m'amusais. Kir avait choisi la bonne chose à faire pour que notre rendez-vous soit parfait.

Il gara la voiture et se tourna face à moi.

— Tu es sûre de vouloir te retrouver seule avec moi ? N'est-ce pas toi qui as dit que nous ne pouvions pas nous empêcher de nous toucher quand nous sommes seuls ?

— Je l'ai dit, confirmai-je en souriant. Cela te pose-t-il un problème ?

Ses yeux se réchauffèrent, et un frisson me parcourut l'échine.

— Absolument aucun. Mais sache que si tu franchis cette étape, ta réputation de veuve King sera complètement ruinée.

— N'était-ce pas le plan depuis le début, monsieur Silva ?

Kir posa une main sur ma cuisse.

— Jayna, si tu veux trouver une autre façon de faire, c'est possible.

— Jusqu'à ce que tu sortes en public en tant que Kiran King, c'est le seul choix possible, répliquai-je en le regardant droit dans les yeux. D'ailleurs, Jayna Shah ne s'est pas souciée de sa réputation lorsqu'elle a choisi un frère King comme amant. Pourquoi devrait-elle commencer maintenant ?

Kir prit mon visage entre ses mains et se pencha en avant. Je retins mon souffle, pensant qu'il allait m'embrasser. Mon Dieu ! J'en avais tellement envie ! Au lieu de cela, il effleura mon front de ses lèvres.

— Tu me donnes une vraie leçon d'humilité. Je ne te mérite pas, mais je ne t'abandonnerai jamais.

— Kir, murmurai-je.

Il avait prononcé ces mots qu'une voix si possessive que mon cœur se serra. Je savais que si je décidais que je ne pouvais pas le faire, il me laisserait partir.

Mieux valait garder enfermée toute cette douleur plutôt que de risquer de perdre les progrès que nous avions accomplis. Je craignais que Kir ne me pousse trop loin et que je ne craque.

Il recula.

Quelque chose d'indéchiffrable passa dans son regard, mais disparut aussi vite.

— Montrez-moi comment entrer dans ce jardin vertical.

Alors que je guidai Kir dans le garage, j'observai l'architecture, et je me rendis compte que sa description était très pertinente. La tour dans laquelle se trouvait mon penthouse ressemblait à un immeuble de verre et de bois sortant d'une forêt tropicale. J'avais choisi cet endroit en raison de ses vues spectaculaires sur l'océan et l'horizon de la ville et parce qu'il était très différent de tout ce que j'avais à New York.

Dès que nous entrâmes dans la zone de mon ascenseur privé, trois membres de mon équipe de sécurité en sortirent.

Je faillais rire devant les regards qu'ils lançaient à la voiture de Kir quand il se gara à côté de la mienne.

— Es-tu prêt à saluer des visages familiers ? lui demandai-je.

— Comment ton équipe de Miami pourrait-elle savoir qui je suis ?

— C'est notre équipe de la maison. Ils sont venus avec Danika pour remplacer mon équipe locale pendant quelques semaines.

— *Merde*, marmonna Kir, serrant les poings sur le volant. Il y a quelque chose que tu dois savoir à leur sujet.

— Je le sais déjà. J'ai vu la vidéo, tu te souviens ? Je sais qui était là lors de ton accident.

C'était douloureux pour moi de savoir qu'autant de gens étaient au courant que Kir était vivant alors que j'étais en deuil. L'équipe avait aidé Nik à déplacer le corps de Kir et à mettre en scène l'accident pour faire croire qu'il était mort.

C'était aussi sans doute la raison pour laquelle l'équipe se montrait si protectrice envers moi depuis l'agression au couteau. Ils n'avaient pas été présents pendant mon attaque parce qu'ils étaient auprès de Kir, à le protéger pendant sa convalescence. Durant cette période, j'avais eu une autre équipe, qui s'habituait à ma routine.

Lorsqu'ils étaient arrivés avec Danika, je leur avais clairement exprimé mon opinion sur le passé. Chacun d'entre eux avait accepté mon point de vue et ils m'avaient ensuite informée qu'ils prendraient en charge ma sécurité pour une durée indéterminée. Ils avaient l'impression d'avoir encore échoué à cause de l'incident qui avait eu lieu quelques semaines plus tôt.

Bon sang ! J'étais entourée de personnes surprotectrices.

— Es-tu en colère contre eux ?

— Non. Ils faisaient leur boulot.

— Et contre moi, alors ?

— Une petite partie de moi est contrariée que tu n'aies pas cru que j'aurais déjà rassemblé les pièces du puzzle, dis-je en le regardant. J'ai comme l'impression qu'il y a beaucoup de paramètres dans cette situation foireuse que je ne découvrirai que lorsque je tomberai dessus.

— Donc, en d'autres termes, oui.

Je le regardai fixement. J'allais sans doute devoir m'habituer à vivre avec l'idée que j'avais vécu dans l'obscurité alors que des personnes proches de moi connaissaient la vérité sur Kir.

C'était douloureux.

D'un autre côté, la partie logique de mon esprit me disait qu'il y avait trop de facteurs indépendants de la volonté de chacun.

Parfois, je n'avais qu'une envie, envoyer paître la logique. J'avais besoin d'un verre.

— Montons. Nous pourrons en discuter chez moi. J'ouvris ma portière et sortis dans le garage.

Kiran sortit de son côté, les yeux rivés sur moi. Je me dirigeai vers l'ascenseur menant à mon penthouse.

— Madame King, avez-vous besoin d'une escorte pour monter ? me demanda Fox, mon chef de la sécurité.

Je l'étudiai et je fis la méfiance dans son regard lorsque Kir s'avança derrière moi. J'avais presque envie de rire à l'idée que ce géant de presque deux mètres avait peur de moi.

— Arrêtez de vous inquiéter. Nous en avons discuté ensemble. Je ne vais pas encore vous passer un savon.

Fox se détendit et regarda par-dessus mon épaule.

— Je suppose que M. Silva va vous escorter en haut.

— Oui, nous avons quelques points à régler.

— Compris.

Fox appuya sur le bouton de l'ascenseur et les portes s'ouvrirent.

Kir et moi entrâmes, et aucun de nous ne prononça le moindre mot. Il s'appuya contre la paroi de la cabine, les yeux posés sur moi. Je savais qu'il s'attendait à ce que j'explose. Au lieu de cela, je pris une pose similaire contre la barre de mon côté, et je soutins son regard.

— Tu as l'air de vouloir me frapper.

— L'idée m'a traversé l'esprit, mais tu croirais sûrement que ce sont des préliminaires.

— C'est toi qui aimes quand c'est brutal. Le coin de ses lèvres se retroussa légèrement, déclenchant un frémissement dans mon ventre, me faisant oublier un instant l'irritation que j'éprouvais à son égard.

Rien qu'un instant.

— Vu mon état d'esprit, j'ai envie de faire couler le sang. Tu es partant pour ce genre de jeu ?

Il se rapprocha de moi, me saisit à la gorge et serra de

cette manière qui rendait mon esprit embrumé par la lubricité.

— Ce ne serait pas la première fois que je porterais tes marques.

Mon pouls s'emballa et je plaquai mes mains contre son torse, prête à le repousser. Mais mes doigts s'enroulèrent dans le tissu de sa chemise, l'attirant plus près.

Je retins un gémissement lorsque la pression de son érection massive se frotta contre mon sexe douloureux.

— C'est ça que tu veux ? Porter mes marques ?

Il frotta son menton contre le côté de mon cou.

— Tu as posé ta marque sur mon âme il y a dix ans.

Je fermai les yeux ; j'aimais le sentir contre ma peau.

— J'ai une question pour toi, dit Kir, levant le nez pour me regarder droit dans les yeux. Que veux-tu faire en premier ? Te battre, ou faire l'amour ?

Je me léchai les lèvres et vis ses pupilles se dilater, le noir engloutissant le brun de ses iris.

La chose la plus intelligente à faire aurait été de mettre à plat tout ce qui restait en suspens entre nous, toutes ses choses que nous n'avions pas encore libérées. Mais, apparemment, l'intelligence semblait être un concept qui disparaissait lorsque cet homme était si près de moi, à me toucher et me séduire comme lui seul l'avait jamais fait.

La main qui était posée sur ma gorge glissa le long de mon cou et entre mes seins tandis que l'autre saisissait ma hanche, remontant l'ourlet de ma minirobe.

— As-tu une réponse pour moi, Princesa ?

À cet instant, l'ascenseur s'ouvrit sur l'entrée de mon appartement.

Je glissai mes doigts dans ses cheveux épais.

— Je veux m'envoyer en l'air.

— Dieu merci.

Kir me souleva contre lui en me tenant par les cuisses, et j'enroulai aussitôt mes jambes autour de sa taille.

Il me porta à grand peine dans le couloir d'entrée et me plaqua contre le mur en faisant glisser sa bouche le long de ma mâchoire et de mon cou.

— Je dois te prendre maintenant. Nous irons doucement plus tard.

— Ça ne me pose aucun problème.

Je lui mordis l'oreille en sortant sa chemise de son pantalon, effleurant de mes ongles la peau chaude de son abdomen.

Il siffla et coinça mes poignets au-dessus de ma tête tout en me maintenant contre le mur avec ses cuisses.

— Les griffes plus tard. Pour l'instant, j'ai besoin de m'enfouir profondément en toi.

— J'espère que tu ne vas pas oublier les préliminaires.

Il relâcha ma main, glissa ses doigts entre mes jambes jusqu'à ma culotte trempée, et caressa mon sexe de haut en bas. Il haussa un sourcil.

— Nous avons eu six semaines de préliminaires. Je crois que tu es fin prête.

Saisissant l'entrejambe de mon string, Kir arracha le tissu en dentelle et le jeta sur le sol.

Mon sexe se contracta et s'inonda ; j'avais besoin qu'il me comble. J'avais passé des années sans lui, et maintenant qu'il était là, six semaines me semblaient une éternité.

Je ne pouvais pas vivre sans cet homme qui m'avait brisé le cœur et qui m'avait perdue pour toute autre personne. J'avais tellement besoin de lui, de ses mains, de ses baisers.

Bon sang, j'avais tellement besoin de ses baisers.

— Kir, gémis-je en prenant son visage entre mes mains, approchant mes lèvres des siennes. Je t'en prie, j'ai besoin que tu m'embrasses.

Il resta immobile.

— J'en ai envie. Tu n'imagines pas à quel point j'en ai envie. Mais tant qu'il subsistera une quelconque retenue entre nous, je ne t'embrasserai pas.

Je fermai les yeux et laissai mes jambes glisser jusqu'au sol, consciente que le charme de la luxure était rompu. Je pris le temps d'apaiser ma respiration, puis je levai les yeux vers Kir.

— Je ne suis pas la seule à me retenir, dis-je en le dépassant pour entrer dans mon salon.

— Ce n'est pas parce que je ne t'ai pas dit que Fox était au courant pour moi que je me retenais. Honnêtement, ça ne m'est pas venu à l'esprit avant aujourd'hui. Tout ce que j'ai toujours voulu, c'est être avec toi, te protéger.

Je fis volte-face.

— Ce sont des conneries. Chaque fois que je me retourne, je tombe sur une autre personne qui était au courant de ton existence. Sais-tu à quel point ça me fout en rogne ?

Il saisit sa nuque.

— Seuls ceux qui étaient présents cette nuit-là et mes contacts à Solon savaient pour moi ; aucun des hommes de Nik, Sam ou Rey ni aucun de ceux de Danika. Je suis doué dans ce que je fais. Si je ne veux pas que quelqu'un me voie, il ne me verra pas.

— Et j'étais l'une de ces personnes.

— Tu sais déjà pourquoi j'ai fait ce que j'ai fait. J'étais dans un sale état, j'étais dangereux à fréquenter. Je préférais que tu croies que j'étais mort plutôt que tu voies le monstre que j'étais devenu.

Je secouai la tête.

— Je n'accepte pas cette excuse. As-tu une idée de ce que j'ai vécu ?

— Non, parce que tu ne veux pas me le dire. Je te l'ai demandé maintes et maintes fois, mais tu ne dis rien.

— C'était vraiment une chose que tu voulais entendre au téléphone ?

— Eh bien, je suis là, maintenant. Raconte-moi.

Je sentais mon corps trembler. Je savais qu'il était temps. Mais je détestais devoir aborder ce sujet. C'était la partie la plus sombre de ma vie, quand j'étais totalement perdue. Un endroit où existait une autre Jayna.

— J'ai besoin d'air.

Je m'avançai vers les portes vitrées du balcon, les ouvris, et je sortis. Il fallait que je reprenne mes esprits. Je levai le visage dans l'air chaud et humide, et contemplai le ciel nocturne au-dessus de l'océan. J'étais arrivée si loin, et j'étais tellement plus forte maintenant.

J'étais capable de faire les choses seule. Plus jamais ma vie ne dépendrait d'une autre personne.

— Allons-nous en parler un jour ? demanda Kir en s'approchant de moi, posant les mains sur mes hanches. Je t'en prie, laisse-moi entrer.

Mes épaules se raidirent, et je réfrénai l'envie de m'éloigner de lui. Je me sentais acculée, sachant que ce serait toujours la seule chose qui me tiendrait éloignée de lui.

Qu'adviendrait-il de moi si je lui disais et qu'il disparaissait à nouveau ?

Tu survivrais comme tu l'as déjà fait.

La panique m'envahit.

— Je croyais pouvoir le faire. Je ne suis pas sûre d'y parvenir.

Je me dégageai de sa prise et me mis à faire les cent pas, pressant le bout de mes doigts sur mes yeux.

— Parle-moi.

Il s'approcha de moi, mais je levai les, mais pour l'arrêter.

— Je ne veux pas y penser. J'ai déployé tant d'efforts pour ne plus y penser ! J'y travaille encore...

— J'ai besoin de savoir.

La colère m'envahit.

— Pourquoi ? Pourquoi est-ce si important que tu le saches ? C'était ma douleur, pas la tienne.

— C'était aussi ma petite fille.

Je m'avançai vers lui et le repoussai.

— Qu'est-ce que tu veux que je te dise ? Que j'étais morte de trouille à l'idée de devoir élever un bébé sans toi ?

Je le poussai.

— Ou bien que j'ai su qu'elle était morte à la seconde où l'agresseur m'a poignardée ?

Je le poussai encore.

— Ou que j'ai dû subir une opération qui a duré cinq heures pour me sauver la vie, seulement pour entendre les médecins me dire que je ne porterais plus jamais d'enfant ?

Et je le poussai encore.

— Ou bien veux-tu que je te raconte que j'ai tenu le minuscule corps sans vie de notre bébé, et que j'ai pleuré jusqu'à ce qu'ils me forcent à la laisser ?

Les larmes ruisselaient sur mon visage alors que je le poussais encore et encore.

— Et si je te parlais de la nuit où j'ai failli avaler un flacon entier d'analgésiques parce que je n'avais plus aucune raison de vivre ? Est-ce que savoir tout ça te rend plus heureux ? Est-ce que ça te donne l'impression de partager l'expérience ?

Toute la douleur de cette époque envahit mon être. Je voulais le haïr pour m'avoir fait vivre ça. Un sanglot s'échappa de mes lèvres, et je martelai son torse de mes poings.

Kir m'entoura de ses bras et me serra contre lui.

— Je suis vraiment désolé. Mon Dieu ! Je suis tellement désolé.

Non, je n'allais pas lui faciliter la tâche. Je me débattis, m'éloignant de lui.

— Tu n'auras pas de passe-droit en disant ça. J'avais besoin de toi. J'avais besoin de toi, *merde* ! Sur l'île, tu as dit que tu avais échoué. Oui, tu m'as abandonnée. Tu m'as laissée tomber en n'étant pas là pour moi quand j'avais besoin de toi !

— J'aimerais pouvoir changer le passé. Je te le jure, me dit-il en se passant une main dans les cheveux. Tu n'as pas idée à quel point je regrette tout ça. J'aurais aimé être un homme plus fort, un homme digne de toi.

— Même si tu étais blessé trop gravement pour être présent physiquement, tout ce dont j'avais besoin, c'était de savoir que tu étais en vie, et ça m'aurait aidé.

— Je t'en prie, Jayna, pardonne-moi. Je te promets de me rattraper pour le restant de mes jours.

Je pris une grande inspiration, et je baissai les yeux sur ma main gauche, où se trouvaient les anneaux que Kir m'avait offerts.

— J'ai survécu sans toi. Je n'avais pas le choix. L'ancienne Jayna avait trop besoin de toi.

— J'ai aussi besoin de toi.

— Je dépendais de toi pour mon bonheur, poursuivis-je, levant les yeux vers lui. Je ne me laisserai pas t'aimer au point de me détruire une seconde fois.

— Jayna, tu es tout pour moi. Je ferai ce qu'il faudra pour

que tu me croies quand je te dis que je ne te laisserai plus jamais tomber.

J'étais trop effrayée pour le croire. Mais comment les choses pourraient-elles fonctionner entre nous sans confiance ?

Au bout de quelques instants, j'essuyai les larmes de mes yeux et lui demandai :

— Où allons-nous maintenant ?

— À toi de me le dire. Je suis à ta merci.

Comme je ne disais rien, il s'approcha lentement de moi, s'arrêtant lorsqu'il fut assez près pour me toucher.

Nous nous fixions, de lourdes émotions pesant entre nous.

— Je veux te dire une chose. Tu es mon bonheur, tu l'as toujours été. Tu étais la lumière dans mes ténèbres. Je vivais selon les règles de la rue, je faisais des trucs qui auraient pu me conduire en prison ou à la mort, et toi, tu as vu quelque chose de valable. As-tu la moindre idée de ce que cela fait à un homme d'être aimé par une femme comme toi ?

Après l'accident, quand je me suis réveillé avec je ne sais combien de choses plantées dans le corps, je ne te trouvais pas, et les gars m'ont appris qu'ils t'avaient dit que j'étais mort... j'ai eu l'impression que mon monde avait disparu. Je dépendais de toi autant que tu dépendais de moi.

C'est peut-être à ce moment-là que je me suis brisé. Je n'en sais rien. Tout ce que je sais, c'est que je n'arrivais pas à m'extirper de ce gouffre.

Un sanglot m'échappa.

— J'avais le droit d'être là pour toi. J'aurais été là pour toi.

Il se rapprocha davantage, baissant les yeux sur moi.

— Je sais que j'ai merdé. Tout ce que j'ai toujours voulu, c'est te protéger, même si c'était de moi.

— Tu crois que je ne sais pas ce que c'est que de vivre avec un monstre ? J'ai été élevée par l'un d'entre eux, *putain*. Il n'y a rien au monde qui soit pire que cette ordure !

— Je ne pouvais pas risquer de te mettre en danger.

— Être la fille d'Ashok Shah me met en danger.

— Ce n'est pas la même chose.

— Peut-être pas, mais rien de tout ça, et je veux dire absolument *rien* ne serait arrivé si nous ne nous étions pas rencontrés. C'est moi qui t'ai mis en danger. C'est de ma faute si tu t'es retrouvé dans le collimateur de mon père. Cela me fait regretter d'avoir assisté au combat ce soir-là, car aucun de nous n'aurait eu à supporter la douleur d'être ensemble.

— Mais tu m'as sauvé ! Je ne regretterai jamais une seconde d'être avec toi. En toi, j'ai trouvé une partie de mon âme.

— Alors pourquoi m'as-tu abandonnée ? Tu as pris toutes les décisions à ma place.

— Aujourd'hui, la décision t'appartient. C'est à toi de voir si nous avons un avenir ou non.

Kir se retourna. Il baissa la tête et passa une main sur son visage.

— Je ne t'obligerai pas à être avec moi, et si tu ne peux pas me pardonner, je devrai l'accepter.

Il s'avança pour retourner à l'intérieur.

Qu'était-il en train de faire ? Ça ne pouvait pas être la fin.

Juste au moment où son pied franchissait le seuil de la porte, je lui demandai, un tremblement dans la voix :

— Tu nous abandonnerais après tout ça ?

— Si c'était ce que tu voulais, répondit-il, sans se retourner, mais en appuyant ses paumes sur le chambranle de la porte.

— Tout ça, et tu ne te battras pas pour nous ?

— *Merde*, Jayna ! s'exclama-t-il, tête baissée. Je me bats pour nous. Mais s'il n'y a pas d'espoir, quelle chance me reste-t-il ?

— Je n'ai jamais dit que nous n'avions aucune chance. Crois-tu que j'aurais accepté tout ça s'il n'y en avait pas ?

— Ça restera toujours entre nous. Si tu ne peux pas me pardonner, quel espoir pour moi ?

— Tu voulais que j'arrête de me retenir. Tu voulais que je te parle de cette époque. As-tu la moindre idée de la brutalité de tout ça ? J'ai peur. Pourquoi ne peux-tu pas le comprendre ?

Il se retourna.

— Tu ne crois pas que j'ai peur, moi aussi ? Je fais semblant d'être un autre homme pour pouvoir revenir vers toi. Même si tu restes avec moi, j'ai peur de devoir passer ma vie à me demander si tu vas partir parce que tu n'arrives pas à me pardonner.

Face à la vulnérabilité et à la résignation qui se lisaient sur son visage, j'avais envie de lui tendre la main, mais je savais qu'il avait raison. Je n'avais rien fait pour lui montrer que j'allais rester.

Je ne pouvais plus me mentir. Je n'aurais pas fait tout ça si je ne nous voyais pas ensemble à la fin. Je m'étais servie de la douleur de l'agression et de la supercherie pour garder Kir à distance. Il n'y aurait pas d'autre homme pour moi.

Je déglutis, sentant les larmes me brûler la gorge.

— Je ne voulais pas te l'avouer, ni même me l'avouer à moi-même, mais je t'ai pardonné avant de quitter l'île. Tu sais mieux que quiconque qu'il n'y a personne sur terre qui pourrait m'obliger à faire quelque chose que je ne veux pas faire.

— Qu'es-tu en train de me dire ?

— Nous nous sommes fait des promesses il y a bien longtemps. Avant même notre mariage. Envers et contre tout, rien ne pouvait nous briser. Tu te souviens de me l'avoir dit ?

Il s'avança vers moi, puis s'arrêta.

— J'ai aussi dit que tu m'appartenais. Es-tu à moi ?

Fermant les yeux un instant, je respirai profondément, et répondis :

— J'ai toujours été à toi. Même quand je résistais, je n'ai jamais cessé d'être à toi. Nous nous sommes toujours appartenu l'un à l'autre.

Nous nous dévisageâmes sans bouger.

Puis, après ce qui me parut des heures, il grogna :

— À moi.

Il s'avança à grands pas vers moi, empoigna mes cheveux, fit basculer ma tête en arrière et couvrit mes lèvres des siennes. Aussitôt, ma peau se couvrit de chair de poule, et tout le désir que je refoulais depuis les six dernières semaines jaillit.

Mon Dieu ! Ça m'avait tellement manqué !

La sensation de sa bouche était incroyable, j'en mourrais d'envie depuis si longtemps. Son goût était si bon, si enivrant... Je m'agrippai à ses épaules, sentant ses muscles fléchir sous mes doigts.

Sa langue glissa contre la mienne, la faisant rouler et la caressant de cette manière diabolique qui me faisait toujours frissonner. Je me collai contre son corps ferme, cherchant désespérément à me rapprocher de lui.

Nos bouches se dévoraient, nous savourions le plaisir et nous nous perdions dans le baiser.

Kir empoigna mes fesses et fit rouler ses hanches pour que la longueur dure de son érection se frotte à mon clitoris sensible. Le désir m'envahit, me fit haleter et rompre le baiser.

— J'ai besoin de plus, murmurai-je, essoufflée.

— C'est définitivement au programme, répondit-il.

Il fit glisser ses doigts le long de ma colonne vertébrale, jusqu'à la fermeture éclair de ma robe, puis il l'abaissa.

— Je te veux nue.

— Oui, nue.

Reculant, je laissai la robe tomber de mes épaules, et je

passai une main dans mon dos pour dégrafer mon soutien-gorge, qui tomba à terre.

Le regard sombre de Kir, presque d'onyx, dévorait mon corps avec avidité. Mes mamelons se dressèrent et j'eus envie de serrer mes cuisses l'une contre l'autre pour soulager le désir qui montait au creux de mon ventre.

Kir m'attira à lui et prit mes seins, posant à nouveau sa bouche sur la mienne.

J'avais tellement besoin de cet homme !

— Maintenant, je te veux nu, chuchotai-je.

— Je t'en prie. N'est-ce pas toi qui aimes me déshabiller ?

Il avait raison. J'adorais le toucher.

Tandis que mes doigts s'affairaient à détacher les boutons de sa chemise, je déposai des baisers le long des cicatrices de sa mâchoire et de son cou. Il frissonna, puis tendis le cou vers mes lèvres.

Il n'avait aucune idée de l'impact qu'il avait sur moi. Son désir intensifiait le mien. C'était un homme puissant, il l'avait toujours été.

Après lui avoir retiré sa chemise, je m'occupai de son pantalon. Mais au lieu de faire glisser le tissu le long de ses jambes, je l'abaissai juste assez pour dégager son magnifique sexe engorgé.

L'empoignant, je le caressai de haut en bas. Le spectacle du désir sur les traits de Kir provoqua un spasme au creux de mon sexe.

Une goutte perla au sommet, me mettant l'eau à la

bouche. Lentement, je m'agenouillai et léchai cette goutte de son excitation.

— Jayna, dit-il d'une voix rauque. Plus tard. Pour l'instant, je veux être en toi.

— Non, maintenant.

Je soutins son regard, souris, puis l'engloutis, le prenant profondément dans ma bouche.

— *Putain*, Jayna.

Il empoigna mes cheveux et rejeta la tête en arrière. J'entamai un rythme lent et régulier, de haut en bas. Je faisais suivre chaque caresse de ma bouche d'une pression de la main dans la même direction.

Un gémissement s'échappa de ses lèvres.

— Oui, comme ça. Ta bouche est dangereuse.

Je ronronnai autour de lui, savourant la sensation de son sexe velouteux glissant contre mes lèvres. Il resserra son emprise sur ma tête, et ses hanches imprimèrent un nouveau rythme.

J'empoignai ses fesses fermes, consciente que c'était lui qui commandait maintenant. Il entrait et sortait d'entre mes lèvres. Sa respiration devint superficielle, et je me préparai à avaler sa jouissance.

Il se retira brusquement de ma bouche, remontant son pantalon. – Ça suffit. Je ne vais pas jouir comme ça.

Il me remit debout, puis passa son pouce sur mes lèvres gonflées avant de les embrasser.

— Je vais te faire l'amour maintenant.

— Je... Je suis d'accord avec ça, approuvai-je en approfondissant notre baiser.

Il me souleva par les cuisses, et j'enroulai mes bras et mes jambes autour de lui, me trémoussant tandis que la pression de son sexe épais, recouvert de tissu, taquinait mes lèvres intimes humides.

Kir nous ramena dans le penthouse.

— Où se trouve ta chambre ?

Je pointai du doigt un couloir derrière moi, et il nous emmena dans cette direction.

Seules les lumières du couloir éclairaient la chambre. Il me déposa sur le lit et se plaça au-dessus de moi, m'emprisonnant avec ses bras. Il s'abaissa vers moi pour m'embrasser, puis il descendit plus bas. Le frottement de sa barbe contre ma peau sensible était une torture érotique qui me donnait envie de m'éloigner et de le rapprocher.

Je sentis le sourire sur ses lèvres : il savait que j'étais chatouilleuse.

Il descendit du lit, retira ses chaussures, ainsi que son pantalon et son boxer. La faible lumière du couloir l'entourait, soulignant les angles et les muscles sculptés de son corps incroyable.

Me soulevant sur un coude, je lui tendis la main. Il la regarda une seconde avant d'entrelacer ses doigts avec les miens. Je l'attirai vers moi, et il s'installa entre mes jambes. Nos bouches se retrouvèrent. Il avait un goût incroyable. Jamais je ne pourrais me lasser de ses baisers.

Lentement, Kir positionna le sommet arrondi de son sexe et l'enfonça dans mon intimité trempée.

— Kir, gémis-je, soulevant les hanches pour répondre à son coup de reins.

Il adopta un rythme presque atrocement lent, avec de longues et profondes caresses visant à réveiller tous mes nerfs sans jamais me faire chavirer. C'était une délicieuse torture qui me rendait folle de désir.

— Plus fort, Kir. Plus fort, je t'en prie, exigeai-je, agrippant ses fesses, plantant mes ongles dans la chair ferme.

Il mordit ma lèvre inférieure, pas assez pour me faire mal, laissant juste une piqûre. En réponse, mon sexe se contracta autour de lui.

— Je t'en prie, arrête de m'allumer et prends-moi pour de bon !

— C'est ça que tu veux ? demanda-t-il, se retirant presque entièrement avant de s'enfoncer à nouveau, me faisant haleter et me cambrer.

— Oui ! m'écriai-je, fermant les yeux. Comme ça ! Ne t'arrête pas !

Kir se souleva sur ses bras, baissant les yeux sur moi.

— Je voulais être doux avec toi. Te donner la tendresse que tu mérites. Mais apparemment, c'est mon côté animal que tu veux.

Je m'agrippai à ses bras, savourant la sensation de ses mouvements en moi.

— J'adore ton côté animal. J'aime tous tes côtés, même ceux qui me rendent dingue.

Il cessa de bouger, et je criai.

— Qu'est-ce que tu fais ?

— Dis-le encore.

— Dire quoi ?

Il baissa la tête jusqu'à ce que nous soyons nez à nez.

— Dis-le encore.

— Oh ! fis-je, prenant son visage entre mes mains pour l'embrasser. Je t'aime.

Il ferma les yeux, absorbant mes paroles.

— J'avais peur que tu ne le dises plus jamais.

— Je n'ai jamais cessé de t'aimer. Même quand je voulais te haïr, je ne pouvais pas. Tu es tout pour moi, Kiran King.

— Je t'aime, Princesa.

Mes yeux se remplirent de larmes, et je réalisai à quel point j'avais moi aussi besoin de ces mots.

— Kir...

— Oui.

— J'ai besoin que tu me fasses l'amour maintenant.

Il tourna son visage vers ma main et embrassa ma paume.

— À vos ordres, madame King.

Kir remua les hanches puis s'enfonça profondément, imprimant un rythme implacable. Mon sexe s'inonda de désir et se contracta.

— Oui. J'y suis presque.

— Je sais.

Kir glissa ses doigts entre nos corps et les posa sur les nerfs sensibles de mon clitoris.

Il suffit d'un frôlement pour que j'explose.

— Oh, mon Dieu ! Kir !

Mon dos se cambra et des étoiles jaillirent derrière mes paupières alors que je me contractais autour de Kir. Mon orgasme se propagea dans toutes mes cellules, et l'extase embruma mon esprit.

— Encore, dit Kir, continuant de décrire des cercles et de caresser le bourgeon sensible au sommet de mon sexe.

— Je ne crois pas pouvoir.

Je n'étais même pas encore redescendue de mon premier orgasme. Je n'allais pas pouvoir jouir à nouveau.

— Je sais que tu le peux.

Je m'agrippai à ses épaules, à peine capable de respirer alors que le désir enflait à nouveau au creux de mon ventre.

— C'est ça, bébé. Laisse-toi aller, me dit Kir, faisant rouler ses hanches, touchant ce point qu'il était le seul à avoir trouvé. Je m'occupe de toi.

Mon dos se cambra à nouveau, et je plantai mes ongles dans ses bras alors qu'une cascade de sensations irrésistibles me submergeait.

Kir continua de pénétrer et de sortir de mon intimité trempée et en proie à des spasmes jusqu'à ce que son rythme s'essouffle et que son sexe gonfle, le forçant à jouir profondément en moi.

21

Kiran

JE ME RÉVEILLAI avec l'odeur du café dans l'air, et la lumière du soleil sur mon visage. Je contemplai le plafond, me sentant à la fois émotionnellement à vif et plus apaisé que je ne l'avais pas été depuis longtemps.

Jayna et moi y arriverions.

Je supporterais le poids de la honte de savoir qu'elle avait pensé à se suicider. Elle était la personne la plus forte que j'avais jamais rencontrée, et à cause de moi, elle s'était brisée.

Elle m'avait pardonné, mais je savais que nous avions encore un long chemin à parcourir pour surmonter la douleur que je lui avais infligée. Et si cela impliquait qu'elle me frappe ou s'emporte contre moi, j'encaisserais. Plus jamais je ne la laisserais tomber.

Frottant mes yeux toujours ensommeillés, je m'assis et regardai l'horloge sur le chevet. Cinq heures quarante-cinq.

Merde. Pourquoi était-elle debout si tôt ? Autant la rejoindre pour le savoir.

Sortant du lit, j'enfilai mon boxer, puis, après un rapide passage dans la salle de bains pour me rafraîchir, je me rendis dans le salon où je trouvai une carafe de café posée sur une plaque chauffante, avec une tasse à côté.

Sur ma droite, Jayna était penchée sur une table dans le coin le plus éloigné de son balcon. Elle travaillait sur son ordinateur portable, vêtue de ce qui ressemblait à un croise-ment entre un peignoir et un kimono.

Elle avait toujours aimé la mode, même quand cela n'avait aucun sens pour les autres.

Je penchai la tête et me rendis compte que ses fesses et son sexe étaient complètement visibles sous cet angle.

M'avançant vers la porte, je l'ouvris et sortis sur la terrasse.

— Tu es nue sous ce truc.

Elle se retourna avec un sourire, s'appuyant sur le bord de la table.

— Oui, c'est vrai. Tu veux en profiter ?

— Ici ? demandai-je, m'avançant vers elle, posant une main de chaque côté d'elle.

Elle tourna les yeux vers moi.

— Oui. Je veux être avec toi au soleil.

Tout à coup, je me souvins des paroles de Nik. *Tout ce que tu as à faire, c'est de sortir prendre le soleil.*

Cette femme était mon rayon de soleil.

— Tu n'as pas peur que quelqu'un nous regarde ?

Elle fit un geste, le menton sur son épaule.

— J'ai quelqu'un qui me surveille. Il s'assied là-bas, dans l'ombre près de l'eau.

Au lieu de regarder vers l'endroit qu'elle indiquait, je continuai à la fixer. – C'était la seule façon pour moi d'être proche de toi.

— Je le sais maintenant, dit-elle d'une voix plus douce, posant les doigts sur ma mâchoire. Pendant longtemps, j'ai cru que tu étais un fantôme qui me hantait, puis à chaque fois que je te voyais, j'ai commencé à te considérer comme mon ange gardien.

Je fermai les yeux, posant mon front contre le sien.

— Je te promets de me rattraper.

Elle prit mon visage entre ses mains.

— Nous devons aller de l'avant, Kir. C'est la seule façon pour que ça fonctionne.

— Est-ce aussi simple que ça ?

— Oui, commença-t-elle avant de marquer un temps d'arrêt. Le mariage, ça n'est jamais simple. Cependant, nous avons traversé suffisamment d'épreuves au fil des ans pour que je ne doute pas que nous puissions surmonter ça.

— Je ne te mérite pas, mais je ne te laisserai jamais partir.

Je glissai mes doigts dans ses cheveux, l'attirant vers moi pour coller ma bouche contre la sienne.

Cette femme avait meilleur goût que le meilleur des vins.

Je la soulevai sur la table, refermai son ordinateur portable et le posai sur une chaise proche. Elle enroula ses bras autour de mon cou et ses jambes autour de ma taille, m'attirant contre son sexe humide.

— Tu es sûre de ne pas vouloir aller à l'intérieur ? N'importe qui avec un télescope ou un appareil photo pourrait nous voir.

Un sourire malicieux se dessina sur ses lèvres.

— Depuis quand je me préoccupe de cela ? Si je me souviens bien, je nous ai mis dans des positions compromettantes un certain nombre de fois.

— Oh, oui ! Je me souviens, j'ai corrompu la princesse Shah.

Jayna passa une main entre nous, détacha son peignoir et tira la longue ceinture de soie.

— Je pourrais jurer que c'était l'inverse. Avant moi, l'homme de main des frères King était rarement, voire jamais, vu en public, et il n'avait jamais été surpris en train de faire quelque chose de scandaleux avec une femme.

Le côté exhibitionniste de Jayna m'avait énormément surpris lorsque nous nous étions mis ensemble. Il n'y avait pas un endroit où elle ne m'aurait pas laissé la prendre. Et plus la possibilité de nous faire surprendre était grande, plus cela l'excitait.

— C'est vrai, mais, d'un autre côté, seul un imbécile

dirait no lorsque la femme de ses rêves veut qu'il lui donne du plaisir dans l'un de ses clubs.

Je posai une main sur sa poitrine, la repoussant sur la table, et je laissai son peignoir s'ouvrir, exposant son corps magnifique.

— Alors, donne-moi du plaisir pour que tous ceux qui ont un télescope ou un appareil photo soient scandalisés, suggéra-t-elle.

Puis, tendant les bras au-dessus de sa tête, elle s'agrippa à la balustrade du balcon.

— De plus, ça jouera en faveur de la couverture Silva, tu ne crois pas ? J'ai entamé une liaison avec lui hier soir.

— Ou bien...

Je m'assis sur une chaise et posai ses jambes sur mes épaules. Je frottai ensuite ma barbe contre l'intérieur de sa cuisse, avant de poursuivre.

— Ce pourrait être le début du retour de Kiran King.

— Quoi ?

Elle se redressa, posant les mains sur mon visage.

J'aurais peut-être dû attendre avant d'en parler.

Je croisai son regard.

— J'ai réglé les choses avec Hector. Il n'est plus un problème. Maintenant, il est temps d'en finir avec ton père et ses associés.

Elle secoua la tête et se mit à califourchon sur mes genoux.

— Non. Je ne les laisserai pas te prendre à nouveau pour cible. Tu m'entends ? Je peux m'occuper d'eux.

Je repoussai les cheveux de son visage.

— Tu voulais une vie avec Kir, pas Antoni. C'est le moyen d'y arriver. Tu devais bien te douter que je devrais tôt ou tard faire mon retour en public.

— Je ne le laisserai pas t'enlever à nouveau à moi.

— Tu ne me perdras pas. Je ne commettrai pas deux fois les mêmes erreurs. De plus, le fait de me présenter en tant que moi-même ajoute une couche de protection pour toi.

— Je te l'ai déjà dit. Je n'ai pas besoin que tu me protèges tout le temps. Je m'occupe de tout.

Elle ne m'entendait pas.

— C'est ce que je suis. C'est ce que je fais. Pour la famille et surtout pour toi, affirmai-je en la regardant droit dans les yeux.

Je me préparai à une dispute, mais au lieu de cela, elle pencha légèrement la tête sur le côté, comme si elle étudiait mon visage, puis elle dit :

— Tu penses sérieusement à revenir. Tu ne te cacheras plus.

— Je ne me cacherai plus.

— Et tu vas juste faire ton retour en tant que Kir, sans explications ? Rien ?

— Je crois que mon visage devrait en dire assez sur l'endroit où j'étais, mais en dehors de ça, non. Je suis un King. Nous établissons nos propres règles.

— Et qu'en est-il du fait que j'ai récupéré tous tes biens après la déclaration de ton décès ?

— Ils sont toujours à toi. Ce n'est pas comme si j'avais mis la main à la pâte avant l'accident.

— Foutus King avec leurs réponses toutes prêtes, marmonna-t-elle en secouant la tête. Vous n'êtes qu'une bande de cons arrogants, tous autant que vous êtes.

— Nous sommes ce que nous sommes. Mais je dois clarifier quelque chose.

— C'est-à-dire ?

— Tu ne coucheras qu'avec ce King, dis-je en attrapant ses hanches. Maintenant, j'ai un choix à t'offrir.

Elle plissa les yeux.

— Un choix ? Dis toujours.

— Rapide et dur ou lent et minutieux ?

Ses pupilles se dilatèrent, transformant ses iris en anneaux d'or, et ses paumes glissèrent sur mes avant-bras.

— Rapide et dur.

Me penchant, je capturai ses lèvres.

— Kir, gémit-elle avant de passer ses bras autour de mon cou.

Mes mains remontèrent le long de sa taille, de ses côtes, et plus haut encore, jusqu'à ce que je saisisse ses seins magnifiques. Je tirai sur les pointes de ses mamelons, les pinçant et les tordant, la faisant crier de plaisir et de douleur, tout en dévorant sa bouche délicieuse.

— Assez de préliminaires. J'ai besoin de toi en moi.

Jayna s'écarta et posa la main sur la ceinture de mon boxer, qu'elle repoussa. Je ne pus m'empêcher de rire.

— Tu es toujours aussi impatiente.

— Kir, ferme-la et prends-moi.

Elle empoigna mon sexe à sa base et le caressa de bas en haut. Je couvris sa main de la mienne et serrai. Sa respiration se fit plus superficielle et un gémissement s'échappa de ses lèvres pulpeuses.

— Maintenant. S'il te plaît, supplia Jayna, me guidant jusqu'à son sexe trempé.

Glissant un bras sous sa robe et autour de sa taille, je la tirai vers moi, m'enfonçant en elle jusqu'à la garde.

— Oh, mon Dieu ! s'écria-t-elle.

Je lui fis l'amour à un rythme effréné, si fort que la table heurta la balustrade du balcon.

— Encore ! exigea-t-elle. Oui, comme ça.

Ses ongles s'enfoncèrent dans mes bras et ses talons appuyaient sur mes fesses tandis que je continuais à la pilonner.

Lorsque son orgasme la traversa, elle cria son plaisir, se cambra et ferma les yeux.

Ses muscles intimes se contractèrent si fort autour de moi que je sentis mes testicules se tendre ; je ne pus que la rejoindre dans l'extase.

Je m'étais à peine retiré du corps de Jayna et je reprenais mon souffle lorsque je vis sur la plage un éclat de lumière qui ressemblait à l'objectif d'un appareil photo reflétant le soleil.

Je plissai les yeux. Étions-nous visés ?

Les ordures.

— On dirait que les appareils photo nous ont trouvés. La rumeur va se répandre que tu as eu un invité la nuit dernière.

— Nous savions que cela se produirait, me dit Jayna, relevant la tête de mon épaule pour regarder dans la même direction que moi. Je me demande quel nom ils vont te donner ? J'espère que mon père verra ces photos et qu'une veine lâchera dans son cerveau.

— Quel est l'intérêt de le narguer ? Tu le mets au défi de s'en prendre à toi. Une seule fois n'est-elle pas suffisante ?

Sa seule réaction extérieure fut un pincement des lèvres. Cela la trahissait à chaque fois. C'était de cette manière que je repérais qu'elle se retenait.

— Il ne s'en est pas pris à moi. Il a envoyé quelqu'un d'autre pour faire son sale boulot, rectifia-t-elle.

Elle se releva de mes genoux, attrapa la ceinture de son peignoir et s'en enveloppa.

— De plus, il mérite tout ce qui lui arrivera.

Elle entra dans le penthouse comme si de rien n'était.

Je la suivis et m'appuyai contre le cadre de la porte.

— N'ai-je pas enfin gagné l'accès à tes secrets ?

Elle s'arrêta brusquement, se tourna, puis souffla.

— Si.

— Alors, dis-moi ce que tu me caches, lui intimai-je, faisant un pas vers elle en souriant. En plus de l'accord concernant ta mère.

Les lèvres de Jayna se retroussèrent légèrement.

— Tu as découvert ça ?

— Entre autres choses. C'est fou ce qu'on peut trouver quand il est question du Petit Lapin.

Jayna se renfrogna.

— Dani n'aurait rien dit.

— Exact. Mais elle a un mari qui se promène librement dans sa galerie. Nik a surpris une conversation entre Dani et Lilly. Ou, devrais-je, dire, c'était plutôt un savon bien énervé.

— C'était il y a près de six semaines. Tu es au courant depuis tout ce temps et tu n'as jamais rien dit ?

— Tu m'as dit que je n'avais pas mérité tes secrets. J'attendais d'être obligé d'en parler.

— Je vois.

Je me rapprochai d'elle.

— Où as-tu caché l'argent de ta mère ?

— Techniquement, il n'est pas caché.

Je lui jetai un regard noir.

— Jayna. Crache le morceau.

— Disons que maman a liquidé tous ses biens physiques dans les différentes sociétés de sa fille et qu'elle a ensuite transféré les bénéfices sur des comptes en Suisse

— Comment as-tu fait pour que personne ne s'en aperçoive ?

— Danika n'est pas la seule personne intelligente de la famille. Même si cela me tue de l'admettre, les deux enfants d'Ashok Shah ont hérité quelque chose de leur père détraqué.

Je méprise cet homme, mais il ne fait aucun doute que c'est un génie doté d'un sens aigu des affaires. C'est la cupidité qui le conduira à sa perte, et non sa capacité à construire un empire.

— Et où se situent Danika et Lilly dans tout ça ?

— Elles m'ont fourni leurs services pour cacher mes activités aux fouineurs jusqu'à ce que tout soit officiellement exécuté.

— Qu'est-ce que tu ne me dis pas ?

— J'ai pris toutes les sociétés que mon père avait mises à mon nom, et je les ai placées dans un fonds fiduciaire dont les frères King seront les bénéficiaires s'il m'arrivait quelque chose.

— As-tu fait ça pour te venger parce qu'il a essayé de te forcer à te marier à cause desdites entreprises ?

— Pas pour cette raison.

— Tu as dit à Danika que tu ne voulais pas te battre avec lui lorsque tu as emménagé ici. Que tu ne voulais plus rien avoir à faire avec lui. Qu'est-ce qui a changé ?

Les yeux de Jayna s'emplirent de douleur.

— Je n'arrêtais pas de voir le fantôme de mon mari décédé, de me rappeler mon enfant assassiné, de voir ma mère souffrir parce qu'elle s'était défendue. Cela m'a donné envie de faire en sorte qu'il soit très difficile pour cette ordure d'atteindre son but. D'autant plus que mon conte de fées a tourné au cauchemar à cause de lui.

— Je peux comprendre que tu veuilles te venger de lui, dis-je, posant une main sur sa hanche. Mais tu as littéralement accroché une cible dans ton dos. Tu voulais qu'il s'en prenne à toi. Pourquoi ?

— Qu'est-ce que j'avais à perdre ? Je protégeais les personnes qui comptaient, puis je laissais les choses se faire.

L'entendre prononcer ces mots me fit l'effet d'un coup de poignard en plein cœur. Elle m'avait dit avoir voulu s'ôter la vie lorsqu'elle s'était retrouvée au plus bas, mais là, c'était autre chose. C'était comme si elle préparait tout pour que, si quelqu'un la tuait, tous les détails soient réglés.

— Quand tu as découvert que j'étais en vie, tu n'as pas cru que nous avions même l'infime possibilité d'avoir un avenir ? Ça ne t'a pas fait changer d'avis ?

— Si.

— Alors, pourquoi poursuivre ?

— Parce que je refusais de laisser mon père gagner cette fois-ci. Lorsque j'ai appris pour toi, j'ai modifié mes plans pour obtenir un résultat différent.

— Lequel ?

— Un effet de levier. Danika a le sien contre mon père pour le maintenir dans le droit chemin. J'avais besoin du mien.

— Je ne te suis pas. En quoi le contrarier te donne-t-il un avantage ?

— Les sociétés à mon nom sont extrêmement rentables, notamment l'une d'entre elles qui possède une propriété au Botswana où un gisement de diamants a été récemment découvert. Ce qui signifie que j'ai perçu une grosse somme d'argent. Mon père a besoin de ma coopération pour financer sa campagne et pour éviter la faillite à Shah International. Je vais la lui proposer. Je paierai même sa dette à Arun Joshi.

— En d'autres termes, tu vas verser une allocation à ton père. Et s'il sort du rang, tu retires le financement.

— Exactement. Ce qui compte le plus pour mon père, c'est son entreprise et son image. Je lui donnerai les moyens de garder les deux en parfait état. Pendant tout ce temps, il saura que j'ai le pouvoir. Que c'est moi qui contrôle son destin.

— Bébé, je ne suis pas sûr qu'il rentre dans le rang aussi facilement. Dès qu'il saura ce que tu as fait, il voudra s'en prendre à toi.

— Il le sait déjà. C'est ce sur quoi je travaillais tout à l'heure quand tu es sorti. Un joli petit email détaillant mon offre, et un délai de quarante-huit heures pour l'accepter ou la refuser.

Je secouai la tête et fermai les yeux. J'avais envie de la secouer et l'enfermer dans un bunker pour que personne ne puisse lui faire du mal. Les personnes comme Ashok Shah ne se laissaient pas faire. Il avait orchestré mon accident, ainsi que l'accident de bus qui avait tué mes parents simplement pour se débarrasser de la mère de Sam. Cet homme ne reculait devant rien pour obtenir ce qu'il voulait.

— Est-ce que tu te préoccupes un tant soit peu de ta sécurité ?

Je me penchai jusqu'à me retrouver au niveau de ses yeux.

— Arrête de t'inquiéter. Mon père a trop besoin de moi, dit Jayna, posant les mains sur mon visage. De plus, tu m'as mise sous surveillance non-stop. Entre les gens de Solon et Fox qui gèrent ma sécurité, je vis dans un Fort Knox virtuel. Tout va bien se passer.

22

Jayna

— Tu n'as pas de trucs à faire en tant qu'Antoni Silva ? demandai-je, jetant un regard à Kir alors qu'il arrivait dans le garage du Hira vers midi.

— Non.

Depuis quelques heures, il avait réduit son vocabulaire à une poignée de mots et de grognements. Je ne comprenais pas pourquoi les gens étaient toujours d'accord pour que Danika fasse toutes ses folies de hackeur et qu'ils agissent ensuite comme si j'étais une bombe à retardement quand je faisais quelque chose de similaire. Bon sang ! Elle m'avait aidé à le faire !

— Je n'ai pas besoin de toi à chaque instant.

— Dommage.

— Tu m'énerves.

— Tant mieux, comme ça, tu sais ce que je ressens.

— Comme je te l'ai déjà dit, j'ai Fox. T'avoir sur les talons en permanence me rend dingue.

— Dommage.

Je serrai les dents.

— Si je ne t'aimais pas, je te balancerais un coup de poing en plein visage.

— C'est déjà ça.

Dès qu'il se gara sur une place, je bondis hors de la voiture et je me précipitai vers l'entrée des employés. Pour entrer, il fallait passer par le lecteur d'empreintes digitales, et il n'avait pas les autorisations. Je posai mon doigt sur l'écran, ouvris la porte, et la refermai au moment où Kir attrapait la poignée.

Je l'entendis frapper et me hurler quelque chose, mais je l'ignorai.

Cela devenait ridicule. Il m'avait accompagnée lors de mes réunions à la Ladai, et maintenant, il était au Hira pour me rendre dingue.

Kir ne s'était même pas calmé quand Dani lui avait assuré que mon père ne ferait jamais rien qui puisse compromettre ses aspirations politiques. Il ne cessait de parler de son instinct et il répétait qu'il n'irait pas à l'encontre de celui-ci.

Il frappa de nouveau à la porte, et cette fois, je m'arrêtai.

Il fallait vraiment que j'arrive à faire comprendre à cette tête de pioche que je pouvais gérer mon père. Lâchant un soupir, je me tournai. Je ne pouvais pas laisser Kir attendre dans la voiture, même si une petite partie de moi avait envie de le faire mijoter.

Au moment où je m'approchais de la grande porte métallique, un grand boum explosa autour de moi, m'obligeant instinctivement à m'accroupir et à me boucher les oreilles.

Oh, mon Dieu !

Ignorant le bourdonnement dans mes oreilles, je me relevai et ouvris la porte. Le garage était rempli de fumée, m'empêchant de voir quoi que ce soit. Mon cœur cessa de battre lorsque je vis une grande masse en feu à l'endroit où la voiture de Kir était censée se trouver. L'explosion avait projeté les autres voitures sur le flanc et contre les murs du garage.

— Kir ! hurlai-je.

Non, ça ne pouvait pas arriver. Nous avions déjà trop souffert. Je ne pouvais pas le perdre à nouveau.

— Kir, s'il te plaît, réponds-moi, *merde* ! criai-je, les yeux remplis de larmes.

M'approchant de la Porsche en feu, je scrutai les environs sans rien voir. Puis je me concentrai sur quelque chose qui ressemblait à un corps dans la cage d'escalier de secours, et je me mis à trembler.

— S'il vous plaît, faites que ce ne soit pas Kir.

Je bougeai pour courir dans cette direction, mais une main se plaqua sur mon visage et une aiguille s'enfonça dans le côté de mon cou, brouillant mon esprit et faisant disparaître le monde.

— RÉVEILLE-TOI, Jayna.

Je gémis lorsqu'une main se posa sur mon visage. J'avais l'impression que ma tête allait exploser d'une seconde à l'autre, et mon estomac se retourna. J'ouvris les paupières et j'essayai de me concentrer. Tout était flou, comme s'il y avait un film sur mes yeux.

— Jayna, tu dois boire ça. Ça t'aidera.

Luke ? Que faisait-il ici ? Où était Kir ?

L'explosion. Oh, mon Dieu ! Kir !

Je me redressai d'un coup, puis je retombai aussitôt lorsque la douleur éclata dans ma tête. Je me roulai en boule.

— Qu'est-ce que tu m'as fait ?

— C'est un effet secondaire du sédatif. Tu commenceras à te sentir mieux après avoir bu ça, dit Luke en me relevant, plaçant un verre contre mes lèvres. Avale.

Il fit couler le liquide dans ma bouche, ce qui me provoqua un haut-le-cœur, puis me fit tousser.

— Arrête !

Je voulus repousser ses mains, mais il continuait à appuyer le verre contre mes lèvres.

— J'ai besoin que tu dégrises. Nous avons des choses à nous dire.

Sachant que je n'avais pas le choix, j'écartai les lèvres et bus le liquide pétillant dégoûtant, tâchant de ne pas vomir.

— D'ici une vingtaine de minutes, ça ira mieux, annonça Luke qui me reposa sur une sorte de canapé et se leva. Repose-toi jusqu'à ce moment-là. Sache que plus tu coopéreras, plus vite tu rentreras chez toi.

Je fermai les yeux sans répondre à Luke. Toutes mes pensées convergeaient vers l'explosion dans le garage.

Kir. *S'il vous plaît, faites qu'il aille bien.*

Une larme roula sur ma joue. Ce n'était pas la fin de mon histoire avec lui. Je refusais de croire que nous nous étions retrouvés pour que cela se termine ainsi.

Après être restée allongée pendant quelques minutes, je me sentis assez forte pour m'asseoir. Je respirai profondément pour évacuer le vertige, et tentai de me concentrer sur la pièce qui m'entourait. Lentement, mon environnement devint visible, et je me rendis compte que j'étais sur un bateau. Non, pas un bateau. C'était un yacht.

Voilà qui expliquait la nausée. Il me fallait toujours environ une heure pour m'habituer à être sur l'eau, quelle que soit la longueur du voyage.

Refoulant mon malaise, je balayai du regard le grand salon où Luke m'avait installée.

Rien de tout cela n'avait de sens. Pourquoi ferait-il une chose pareille ? M'enlever ne lui rapporterait rien. S'était-il joué de moi pendant tout ce temps ?

Les paroles de ma mère me vinrent à l'esprit. *Je ne fais pas confiance à cette famille.*

Je serrai les dents. Oui, je m'étais faite avoir.

J'avais tellement envie d'avoir un ami qui partageait mon ressenti à propos de notre enfance que j'avais ignoré les signes.

Tout à coup, je fus prise d'une nouvelle vague de nausée. Luke aurait-il pu manigancer les problèmes cardiaques et la mort de sa fiancée Seema ? Non, je refusais d'aller jusque-là. J'avais suffisamment de choses à penser.

Et surtout, il fallait que je comprenne ce que Luke pouvait bien me vouloir.

— Bien, tu te sens mieux, dit-il en revenant dans le salon avec trois hommes qui constituaient sa sécurité personnelle. Discutons.

— Pourquoi suis-je ici ?

— Tu sais pourquoi, répondit-il en s'asseyant en face de moi, se penchant en avant. Il est temps d'honorer un accord conclu il y a plus de dix ans. Peu importe ce que tu crois, il n'y a pas d'issue, ni pour Shah ni pour toi.

— Tu as perdu la tête.

— J'ai attendu. Je t'ai laissé exprimer ta rébellion puérile. Je t'ai même laissée coucher avec d'autres hommes. J'en ai fini avec ça.

Me laisser faire ? Cet enfoiré n'avait pas à me *laisser* faire quoi que ce soit !

— Tu délires. Je prends mes propres décisions. Je ne suis pas une marchandise à vendre, quoi qu'on en pense.

— C'est là que tu fais erreur. En tant qu'héritière de Shah International, tu es une marchandise. Ton père s'est servi de toi comme d'une garantie pour étendre son empire. À la mort de ton père, tu hérites de tout puis, à leur tour, nos enfants.

Je n'étais qu'une pauvre idiote qui aurait dû écouter sa mère. J'aurais dû écouter Kir et Danika aussi. Luke avait joué sur le long terme, pensant que je reviendrais à la raison.

Bon sang ! J'avais failli tomber dans le panneau.

— C'était toi. Tu as organisé cette attaque contre moi après notre déjeuner. Je croyais que c'était mon père.

— Il est trop occupé à essayer de sauver sa campagne pour se concentrer sur toi en ce moment. Maintenant, je veux savoir comment Silva s'y est pris pour nettoyer la scène.

— Qu'est-ce qui te fait penser que c'est Silva qui a fait quoi que ce soit ? Je suis une King. J'ai des relations qui pourraient t'étonner.

— Les relations des King ne vont pas jusque-là à Miami. Tu es la traînée de Silva, et il est très attaché à toi. Certains pourraient même dire qu'il est amoureux de toi.

Luke fit un geste de la main, et l'un de ses hommes lui tendit un dossier. Il l'ouvrit, puis déposa des photos une à une sur la table entre nous. Il s'agissait d'images de Kir et moi au club pendant que nous dansions, de notre rendez-vous avec son baiser sur mon front alors que nous quittions le restaurant, et les deux dernières dataient d'hier soir et de ce matin, sur le balcon de mon penthouse.

Le visage de Kir était dans l'ombre. Cependant, toute personne ayant vu les clichés n'aurait aucun doute sur le niveau d'intimité que nous partagions ou sur les sentiments que nous éprouvions l'un pour l'autre. C'était comme si le monde disparaissait lorsque nous étions ensemble.

Je refusais de croire qu'il n'avait pas survécu à l'explosion. Et je refusais de laisser cette ordure me briser.

Je soutins son regard, puis lui demandai :

— Qu'y a-t-il de mal à ce qu'une femme se donne à un homme qui est amoureux d'elle ? Cela a ses avantages.

Luke serra les dents.

— Depuis combien de temps couches-tu avec lui ?

— Des années.

— Au moins, ce criminel ne peut pas semer un gosse dans ton sexe ravagé. La seule façon pour toi de devenir mère, c'est qu'une autre femme prenne ton ovule et fasse le travail à ta place.

Ses paroles me pétrifièrent, et une vague de rage telle que je n'en avais pas connue depuis longtemps me submergea.

— Comment le sais-tu ? Je n'en ai parlé qu'à deux personnes. Ma mère ne le sait même pas.

Ignorant ma question, il me jeta un regard noir avant de faire les cent pas pendant une minute, de marquer une pause, puis de contourner la table pour me toiser.

— Tout ce que tu avais à faire, c'était rentrer dans le rang, comme le reste d'entre nous. Je n'allais pas te laisser mettre au monde l'enfant d'un autre homme.

J'en eus le souffle coupé, et mon corps se mit à trembler.

Je ne fus pas certaine de ce qui me prit alors. Je me jetai

sur Luke, lui assénant un coup de genou dans l'estomac avant de le frapper au visage.

— Tu as tué ma petite fille ! Espèce de putain de monstre !

Luke tomba au sol et je lui sautai dessus, continuant à me déchaîner sur lui jusqu'à ce que quelqu'un m'éloigne de lui.

— Je vais te tuer, tu seras aussi mort que mon bébé ! Tu m'entends ? hurlai-je, me débattant contre l'emprise qui s'exerçait sur moi. Je te hais ! Je te hais !

Luke se releva et me saisit à la gorge, serrant si fort que j'arrivais à peine à respirer. La rage emplit ses yeux alors que du sang s'écoulait de son nez et du coin de sa bouche.

— Tu n'as vu que mon bon côté, Jayna. Me pousser trop loin entraînera des conséquences fâcheuses.

— Sache que si tu me tues, les King auront tout. Je m'en suis assurée.

— Pas si tu m'épouses, rétorqua-t-il, resserrant sa prise sur mon cou.

— Ça... Ça n'arrivera jamais ! haletai-je.

Il me relâcha, et je ne pus me retenir de prendre une grande inspiration, m'affaisser contre le géant qui me tenait. Luke se dirigea vers un bar, attrapa une serviette et essuya le sang sur son visage avant de se servir un verre et de le boire d'un trait.

— Tu m'épouseras. Tu vas respecter l'accord conclu avec ton père. Il est redevable envers ma famille, et toi aussi. Il ne s'en sortira pas en nous proposant de faire un chèque pour effacer sa dette. Ce n'est pas comme ça que ça marche.

Cela signifiait que mon père avait accepté les termes de l'accord que je lui avais envoyé. C'était l'unique moyen pour lui de rembourser la famille de Luke ou tout autre investisseur.

Quel moment idéal pour le découvrir !

— Je ne t'épouserai pas. Mon père a essayé de m'y contraindre quand j'étais adolescente et tu as vu comment les choses ont tourné. Tente le coup maintenant.

— Es-tu certaine à ce point de vouloir risquer la vie de ta mère ? Et qu'en est-il de ta garce de cousine, Danika ? Ne crois pas que je me servirais pas des personnes que tu aimes pour obtenir ce que je veux.

— Crois-tu vraiment qu'elles ne sont pas protégées ?

— Tu veux dire, comme ton petit ami, Silva ? Rien n'est infaillible. Si je suis parvenu à l'atteindre malgré toute sa sécurité, je pourrai aussi approcher ta mère et Danika.

— Touche à un seul cheveu de Dani, et Nik mettra tout son empire à contribution pour te tuer.

— C'est de ta tête à toi que tu devrais t'inquiéter. Tu sais que tu n'as pas le choix, Jayna. Tu dois m'épouser.

— Non.

Luke s'approcha de moi à grands pas, et me tira vers lui.

— D'ici quelques minutes, un officiant arrivera, et tu m'épouseras. Tu as compris ?

— Ça n'arrivera pas, répliquai-je. Trouve quelqu'un d'autre pour réaliser tes objectifs.

— Tu crois vraiment que j'ai envie de me taper la traînée d'un autre type ? Tout ce qu'il me faut, c'est ta signature et tes ovules.

Le bruit de bateaux en approche résonna autour du yacht.

— Et le voilà.

— Même si tu m'obliges à t'épouser, ce ne sera pas légal.

— Pourquoi ?

Avant que je puisse répondre, on entendit le bruit de pistolets que l'on armait derrière moi, et quelqu'un dit :

— Parce qu'elle est déjà mariée.

Le soulagement se mêla à la peur quand j'entendis la voix de Kir. Je voulais me retourner pour voir s'il était blessé, mais je savais que je devais rester calme.

— Tu es mort, dit Luke, la voix tremblante alors que sa prise se resserrait sur mon bras, entraînant une douleur presque atroce. Shah et mon père s'en sont assurés.

— Apparemment, ils ne se sont pas montrés très rigoureux à la tâche. Mais je suis revenu avec quelques souvenirs de cette expérience.

Avant que je ne comprenne ce qui se passait, Luke me ramena vers lui et m'immobilisa contre lui, un pistolet pointé sur ma tête.

Je lui griffai le bras, mais je maîtrisai ma panique en une fraction de seconde et m'accrochai à sa chemise.

— Laisse-la partir, Joshi. Tu ne peux pas gagner.

— Elle va rester ici.

Hors de question. J'avais des renforts, maintenant, j'étais loin d'être impuissante.

De plus, Luke concentrait son attention sur Kir et l'équipe qui l'accompagnait.

Prenant une profonde inspiration, je lâchai le bras de Luke et laissai mes pieds se dérober sous moi, prenant Luke au dépourvu, ce qui l'amena à relâcher son emprise sur mon cou. Aussitôt, je m'accroupis, pivotai et lui balançai un coup de pied à l'arrière des genoux de toutes mes forces, le précipitant vers l'avant.

Avant que je ne puisse faire un autre mouvement, une nuée de personnes s'engouffra dans la pièce. Certains étaient vêtus de vêtements de ville, d'autres portaient des treillis militaires noirs. Ils s'emparèrent de Luke et de ses hommes, et les traînèrent hors du salon.

— Princesa ! s'exclama Kir en se précipitant vers moi pour me serrer dans ses bras.

Essayant de reprendre mon souffle, je tournai mon visage contre son torse.

— Tu as amené Solon pour venir me chercher ?

— Ainsi que d'autres.

— Tu vas bien. J'ai eu si peur ! La voiture.

— J'étais sur le point de monter l'escalier menant à l'entrée principale lorsque la bombe a explosé. Ça m'a assommé pendant quelques secondes, m'expliqua-t-il, déposant un baiser sur le haut de ma tête. C'était des mouvements impressionnants.

— Tous ces entraînements avec Dillon m'ont enfin été utiles.

— Tu veux dire en plus d'avoir mis ton mari à terre ?

— Oui, répondis-je en souriant. En plus de cela.

Une femme agent de Solon, vêtue de noir et portant un masque assorti, vint vers nous et s'adressa à Kir.

— On a besoin de toi dehors. Il est temps d'en finir avec ça. Nous devons être partis d'ici dans quinze minutes.

Nous la suivîmes. Je m'arrêtai brusquement en montant sur le pont lorsque je vis l'homme qui se tenait devant Luke et ses hommes. Il ressemblait tellement à Kir qu'ils auraient pu être frères, de la carrure à leur façon de se tenir. Les seules différences entre les deux hommes étaient leur couleur de peau et celle de leurs yeux.

— Pourquoi Hector Estefan est-il ici ? Je croyais que tu avais fait la paix avec lui.

— C'est le cas. Cela fait partie de notre accord.

— Je crois que nous allons devoir reconsidérer notre principe de « *ne pas discuter de ce qui se passe dans nos affaires respectives* ».

— Je suis tout à fait d'accord

— Maintenant, explique-moi ce qu'il fait ici.

Hector s'approcha de nous.

— Je suis ce que vous pourriez appeler votre ange gardien.

D'accord, cela n'expliquait rien.

Je jetai un regard à Kir.

— Laissez-moi préciser. Votre mari m'a permis de revendiquer mon droit d'aînesse et, en tant que chef de la Silva Familia, je dois veiller à la protection de mes proches. Joshi a menacé la famille. Nous ne pouvons pas accepter cela.

— En d'autres termes, il s'agit d'un échange de faveurs.

Kir répondit à sa place.

— Oui. Il n'y a plus d'Antoni Silva. Il n'y a que Kiran King.

— D'accord. Ça me va.

À ce moment-là, un bruit se fit entendre du côté de l'endroit où les hommes d'Hector retenaient Luke.

— Occupons-nous de nos affaires, dit Kir, me gardant à ses côtés. J'ai quelques questions à poser à M. Joshi.

— Pas de questions, répondit Hector en s'avançant. Nous sommes sur ce que nous avons convenu d'appeler mon territoire. Ce qui signifie que c'est moi qui fixe les règles. Nous allons gérer ça à la manière d'*Abuelo*. Pas de conneries façon King qui prennent trop de temps.

L'instant d'après, Hector dégaina son pistolet de l'arrière de la ceinture de son pantalon, s'approcha de Luke, pointa le canon sur sa tête et appuya sur la détente. Il continua à tirer sur chacun des prisonniers.

— Ce *pendejo* et ses hommes ont enlevé ta femme, tué votre enfant, et essayé de t'assassiner. À mes yeux, j'ai fait preuve de clémence.

Je restai bouche bée. Hector était complètement dingue. Enfin, d'un autre côté, c'était un mafieux. Il se tourna vers Kir.

— Notre accord tiendra tant que tu continueras à respecter tous les points dont nous avons discuté.

— Compris.

— Maintenant, dégage. Il est temps pour ceux d'entre nous qui ont l'estomac pour de faire le ménage.

— Comme je l'ai déjà dit, pourquoi se salir les mains quand une faveur stratégiquement placée peut soulever une armée ?

L'attention d'Hector se reporta sur moi, et il m'examina comme si j'étais une bizarrerie.

— Tout ça pour une femme ?

— La femme idéale en vaut la peine, répondit Kir.

Hector hocha la tête.

— Si tu le dis.

23

Kiran

UN PEU AVANT SIX HEURES, mon chauffeur se gara devant ce qui était l'ancienne galerie d'art de Jayna. Trois jours s'étaient écoulés depuis l'explosion et l'enlèvement de Jayna.

Comme pour le premier, il n'existait aucune preuve de l'incident. Enfin, il n'y avait pas moyen de dissimuler l'explosion à son club. Au lieu de cela, j'avais demandé quelques faveurs, et une enquête avait conclu que l'événement était dû à une fuite de gaz non détectée, causée par des travaux de construction dans la zone.

— Mme King est à l'intérieur, m'informa Fox. Elle vient d'arriver avec l'autre Mme King.

J'inspirai profondément et me préparai à faire une chose que je n'avais pas faite depuis près de trois ans. Sortir en public en tant que Kiran King.

Ce soir, tout le monde saurait que les King avaient des secrets, tout comme eux. Simplement, nous étions plus discrets à leur sujet.

J'ouvris ma portière et sortis dans les rues animées de New York. Regardant autour de moi, j'observai les alentours. Des gens me jetèrent des regards furtifs, puis vaquèrent à leurs occupations, sans se préoccuper de la vie des autres new-yorkais.

Alors que je rajustais ma veste de costume, je sentis se dissiper un poids dont je n'avais pas réalisé qu'il pesait si lourd sur mes épaules. Je n'avais plus à craindre que quelqu'un me voie. Je n'avais plus à me cacher.

Je m'avançai vers l'entrée et franchis les portes vitrées de la galerie.

Cet endroit était incroyable. Les changements opérés par Danika submergeaient les sens.

L'exposition qui occupait le devant de la scène dans la salle d'exposition principale était consacrée aux oiseaux, réels et mystiques. Des peintures aux couleurs éclatantes tapissaient les murs, des sculptures géantes aux teintes vives pendaient du plafond et des chefs-d'œuvre de grande valeur étaient stratégiquement placés le long de chaque voie de circulation afin de capter la meilleure lumière.

Il ne faisait aucun doute que c'était la vocation de Danika.

Lorsque je m'approchai, j'aperçus Jayna en train d'étudier différentes sculptures.

C'était la femme la plus sexy que j'avais jamais connue.

Elle portait une robe bordeaux à manches longues et ses magnifiques cheveux noirs étaient coiffés en un chignon désordonné qui me donnait envie de m'approcher d'elle et de le décoiffer davantage.

Elle se décala sur le côté et je ne pus m'empêcher de froncer les sourcils en voyant son dos. Je voyais la courbe supérieure de ses fesses. La seule raison pour laquelle tout n'était pas visible était la manière dingue dont elle arrangeait ses bijoux pour éviter que son corps n'ait l'air indécent.

Cette maudite femme et sa mode délirante !

Je me rapprochai, m'adossai à un pilier près de l'exposition et j'attendis qu'elle me remarque.

Elle passait ses doigts sur le contour d'un énorme phénix de verre aux ailes bleues, rouges et dorées. La créature se dressait majestueusement sur un piédestal de flammes.

La pièce s'intitulait *Seconde chance ardente.*

— Kir, murmura-t-elle.

— Es-tu en train de dire que je ressemble à un oiseau ?

Elle se retourna et me dévisagea, puis son regard m'engloba de la tête aux pieds, avant de remonter.

Elle se lécha les lèvres, et je me retins de gémir.

— Eh bien, tu portes un smoking, et tu dis-toi même que ce sont des costumes de pingouins.

— C'est vrai, répondis-je en m'approchant d'elle. Es-tu prête à être vue en public avec moi ?

Elle prit mon visage entre ses mains et m'attira à elle.

— Toujours.

Je fermai les yeux lorsqu'elle posa ses lèvres sur les miennes. Je savais que je ne méritais pas cette femme. J'étais simplement reconnaissant que nous ayons eu une seconde chance.

Lorsqu'elle s'éloigna, elle me sourit et dit :

— Allons flanquer la frousse à mon cher papa.

— Oui, m'dame, dis-je, lui offrant mon bras.

Elle glissa le sien dans le creux de mon coude et nous sortîmes de la galerie.

— Est-ce que ça te manque ? demandai-je alors que nous montions dans la voiture et que la portière se refermait.

— Non. La galerie appartenait à Dani depuis le début. Je me suis lancée dans l'art uniquement pour l'aider et pour énerver mon père. Je n'aurais jamais pu créer une exposition comme celle que nous venons de voir. Je ne suis pas aussi raffinée que ma petite cousine.

— Je ne suis pas d'accord. Tu incarnes la classe dans toute sa splendeur, lui dis-je en glissant mes doigts entre les siens.

— Peut-être.

Elle déplaça nos mains, et les plaça entre mes jambes. Aussitôt, mon membre réagit.

— Mais je crois être davantage portée sur la sueur, le cran, la violence et l'aura du sexe.

— Vraiment ? Tu dois avoir de mauvaises fréquentations.

Je fermai les yeux et laissai ma tête basculer en arrière pendant qu'elle me caressait à travers mon pantalon.

— Je pense que c'est moi qui ai une mauvaise influence. Qui fait faire des choses scandaleuses à qui ?

Elle serra l'extrémité de mon érection, et je serrai les dents.

— Jayna, il faut que tu arrêtes, sinon je vais te prendre, et je me moque de qui pourra voir l'intérieur de la voiture.

— Et voilà, dit-elle en riant, reposant sa main sur ses genoux. C'est moi, la mauvaise influence.

— Une fois que nous en aurons terminé avec ton père, je prévois de te prendre sur toutes les surfaces du penthouse. Tu ne pourras plus marcher quand nous devrons retourner à Miami.

— Ça me va.

La voiture s'arrêta devant l'Andhi de New York.

Jayna attrapa sa pochette et me tendit la main.

— Allons marquer votre retour dans la société, monsieur Kiran King.

JAYNA

J'ADMIRAIS l'extérieur magnifique de l'hôtel que j'avais parcouru un nombre incalculable de fois pendant mon enfance et mon adolescence. Associant l'architecture classique d'un château français aux élégants palais de l'Inde, il donnait au visiteur l'impression d'être sur le point de s'évader dans un monde de plaisirs.

Et c'était vrai, les clients de l'établissement bénéficiaient du summum de l'excellence, du personnel de premier ordre et amical au spa de classe mondiale, en passant par des restaurants dont la réputation incitait les plus grands gastronomes à réclamer les recettes.

Les gens qui connaissaient la face cachée de l'endroit étaient formés dès leur plus jeune âge à se taire et à faire ce qu'on leur disait sous peine d'en subir les conséquences.

Je déglutis ; comme toujours, je craignais d'entrer dans cet endroit, et je détestais cela.

— Bébé, tout va bien se passer. Il nous faut juste rester assez longtemps pour faire passer notre message. Ensuite, nous pourrons partir.

Kir posa une main sur ma taille.

— Je vais bien. Ce n'est qu'un foutu bâtiment. Il n'a aucun pouvoir sur moi. Toute la faute en incombe à l'enfoiré qui m'a fait ça, affirmai-je en me dirigeant vers le lobby. Allons-y.

Dès que Kir et moi franchîmes le seuil de l'entrée, je fus accueillie par des membres du personnel qui me reconnurent : beaucoup d'entre eux travaillaient dans cet établissement depuis une dizaine d'années, voire plus.

Je m'approchai d'un tableau qui représentait mon père, ma mère et moi lorsque j'avais environ onze ans. Lui portait son habituel costume trois pièces, ma mère un sari paré de broderies magnifiques, et un assortiment de bracelets qui lui montaient jusqu'à la moitié des avant-bras. Elle les portait ainsi pour cacher les ecchymoses. Et j'étais assise à côté d'elle, serrant sa main dans ma robe de créateur à froufrous. J'avais eu tellement peur de bouger pendant que nous posions pour ce portrait !

Pourquoi le gardait-il accroché ?

Je serrai les dents. Cette ordure voulait faire croire au monde qu'il était un bon père de famille.

— Cet endroit est magnifique, dit Kir, m'obligeant à reporter mon attention sur lui. J'ai toujours été stupéfait de voir à quel point l'intérieur est incroyable.

— C'est vrai. Dommage que le propriétaire ne soit qu'une merde.

— Ashok Shah n'est pas le propriétaire. C'est un squatteur. Les propriétaires de Shah International sont Danika, Sam et toi. C'était dans le testament de ta grand-mère.

— Non. Il stipule que la société appartient au premier petit-enfant. Dani et moi sommes actionnaires, mais la société appartient à Sam.

— Il n'en veut pas.

— Un jour, il changera d'avis

— Bébé, cela n'arrivera pas. Il est aussi têtu que Dani et toi.

Je me tournai vers Kir, posant une main sur son torse.

— Comme tu aimes à le répéter, ton instinct te parle. Eh bien, le mien me dit que Sam va prendre tout ce qui lui est dû, et plus encore.

— Et quand cela se produira, Dani et toi serez à ses côtés, ajouta Kir.

— Exactement. Tout le monde croit que c'est Nik le plus dangereux. Sam, c'est le baril de poudre dont personne ne soupçonnait l'existence.

— Pour notre bien, j'espère que tu te trompes, dit Kir en regardant sa montre. Nous devons y aller. Lilly et Rey nous attendent. S'il y a un baril de poudre qui doit nous inquiéter, c'est eux deux.

— Exact. Lilly est bien loin d'être la gentille fille intello qu'elle prétend être.

Nous pénétrâmes dans la salle de bal, et aussitôt, nous eûmes l'impression que tous les regards étaient braqués sur nous. Kir parut se raidir à côté de moi, et la main qu'il avait posée sur le bas de mon dos appuya sur ma peau, comme s'il avait besoin de quelque chose pour l'ancrer.

— Ça va, me dit-il en me regardant. Pourquoi ne me présenterais-tu pas à mon beau-père ?

Celui-ci se tenait au milieu d'un groupe de personnes qui souriaient et riaient. On ne pouvait nier qu'il était bel homme pour son âge, avec ses cheveux poivre et sel et une barbe blanche bien fournie. Il s'habillait bien, et il prenait soin de son corps. Son image publique était raffinée et charmante, ce qui attirait les gens comme des mouches vers le miel.

À côté de lui se trouvait sa fiancée, Amisha Noor, une autre divorcée de la communauté indo-américaine, de dix ans sa cadette. Elle connaissait le jeu et le jouait bien. Elle ferait pour mon père la parfaite épouse mondaine.

Lilly et Rey prirent place à mes côtés et nous nous rapprochâmes de mon père et de son groupe. Ils formaient un couple saisissant. Enfin, ils auraient pu s'ils ne se disputaient pas en permanence. Toutes deux ressemblaient à des mannequins qui auraient dû défiler sur les podiums de la Fashion Week au lieu de passer leur temps derrière des ordinateurs à faire du travail de reconnaissance.

— Tu as l'air en forme, dit Rey à Kir en lui donnant une tape dans le dos, avant d'ajouter, pour un ancien mort.

— La ferme, abruti. Donne-moi la tablette.

Lilly tendit à Kir un appareil de poche.

— Je l'ai configuré pour qu'il s'ouvre sur les documents nécessaires. Tout ce qu'il a à faire, c'est de signer.

— Merci, Lil. Tu es la meilleure, lui dit-il en lui serrant la main.

— Maintenant que ton boulot est terminé, retourne dans ta grotte avant que ton père ne mette un contrat sur ma tête, dit Rey en offrant son bras à Lilly.

— Kir a raison. Tu es un abruti.

— Probablement. Cela ne change rien au fait que je suis ton protecteur.

Au lieu de rester avec eux pour écouter la suite de leur conversation, j'entraînai Kir avec moi vers mon père.

— Est-ce que nous n'aurions pas pu rester un peu plus longtemps ? Ça devenait intéressant. Je n'ai jamais vu Rey se braquer contre quelqu'un comme il le fait avec Lilly.

J'ouvris la bouche pour répondre à la remarque de Kir, mais je m'arrêtai lorsque je vis le regard de mon père dans notre direction alors que quelqu'un nous pointait du doigt.

La surprise se lut sur son visage, puis il plissa les yeux.

— Prépare-toi.

Kir passa un bras autour de ma taille et me rapprocha de lui.

Alors que mon père s'avançait vers nous, il s'arrêta une brève seconde, regardant Kir, puis poursuivit son chemin.

— Vous n'êtes pas mort.

— Apparemment, non.

— Je vois, dit-il.

Quelque chose brilla dans son regard, puis un sourire calculateur se dessina sur ses lèvres.

— Dis-moi, Jayna, ton mari sait-il que tu t'es prostituée à Antoni Silva ?

Je ne m'attendais à rien de moins que des commentaires acerbes de sa part. Il m'avait traitée de pire.

— Oui, il le sait, répondit Kir, puis il se pencha en avant de sorte que seuls mon père et moi puissions l'entendre. Et son mari est d'accord pour qu'elle se prostitue à lui.

— Pourquoi êtes-vous là ?

— Pour vous rappeler que tout le monde doit un jour assumer le prix de ses péchés.

— Vous croyez me menacer ?

— Ce n'est pas une menace. C'est un fait. Vous devriez demander à votre ami Lukesh Joshi. Il a bien payé ses dettes.

— Où est-il ?

— Quelque part entre ici et Porto Rico. Luke avait une dette envers moi, et les King récupèrent toujours leur dû.

Un tremblement secoua la main de mon père.

— Que lui avez-vous fait ?

— Absolument rien. S'il lui est arrivé quelque chose, ce n'était pas de ma main.

— Je ne vous crois pas.

— Est-ce que j'ai l'air de m'en soucier ? demanda Kir à mon père, laissant transparaître la rage qu'il mourait d'envie de déchaîner sur lui. Nos choix ont des conséquences. Vous avez choisi de vous débarrasser de moi. Je peux m'en remettre. Vous voulez savoir ce dont je ne me remettrai jamais ? Du fait que vous ayez aidé à l'assassinat de mon enfant, et à ce que ma femme frôle la mort.

— Il n'y a aucune preuve que je sois impliqué dans quoi que ce soit.

— Cela ne change rien à la vérité. Tout comme cela ne change rien à votre implication dans mon accident.

— Soit, dit mon père d'un air suffisant. Si cette réunion de famille est terminée, je dois retourner à ma fête.

— Une dernière chose, dis-je avant qu'il se retourne.

Il attendit.

— Tu as maintenant une dette envers les King.

— Comment ça ?

— Je suis une King. J'en suis devenue une le soir où tu es venu dans mon appartement, que tu m'as battue et que tu m'as dit que je n'étais pas ta fille. À moins que tu aies oublié ? lui demandai-je, entrelaçant mes doigts avec ceux de Kir. Tu as besoin de moi pour que ton monde continue de tourner. C'est l'accord que tu as accepté. Il est maintenant temps de l'officialiser.

— Et comment comptes-tu officialiser ça ?

Kir sortit la tablette, l'alluma, et lui tendit le stylet.

— Voici votre contrat, qui reprend tout en détail. Signe à chaque endroit indiqué, et les fonds dont tu as besoin arriveront sur les comptes prévus, dis-je en touchant l'écran. Tu ne devrais pas t'inquiéter. Je ne vais pas t'obliger à épouser quelqu'un pour les affaires, ni quoi que ce soit. Ni envoyer quelqu'un pour te poignarder ou orchestrer le meurtre de quelqu'un que tu aimes. Je vais juste faire en sorte que tu dépendes de moi pour ta jolie nouvelle vie.

Mon père prit le stylet à Kir.

Lorsqu'il eut terminé de signer sur la tablette, il regarda mon mari.

— Vous êtes sur le point de devenir la risée de tous, King. Antoni Silva se l'est tapée dans tout Miami. Les photos feront la une des tabloïds d'un jour à l'autre.

— Je n'ai aucun problème à ce que l'on sache qu'elle s'est envoyé Antoni Silva, répliqua Kir, se penchant près de l'oreille de mon père. Avant qu'Arin King ne nous adopte, mes frères et moi, nous avions tous des noms différents. Le mien était Kiran Antoni Silva.

Son visage exprima sa prise de conscience.

— Vous êtes le petit-fils de Victor Silva ?

Kir recula, et, avec un sourire en coin, répondit :

— Je suis un King.

Au moment où Kir se tournait pour que nous partions, je m'arrêtai.

— J'espère que tu te rends compte qu'il n'y a plus d'héritage Shah. Ta fille est une King, ta nièce aussi. D'ailleurs, même ton fils en est un. Tu as détruit ta propre famille.

— Profite de ta vie, mais reste en dehors de la nôtre. S'il m'arrive encore quelque chose, ou aux miens, je n'aurai pas besoin de l'empire des King pour te détruire. J'ai les moyens de démonter pièce par pièce ce que tu aimes.

Sur ces mots, je quittai la salle de bal avec Kir.

À la seconde où nous sortîmes de l'hôtel pour nous retrouver dans les rues fraîches de New York, je respirai à pleins poumons et mes yeux se remplirent de larmes.

— Il ne peut plus me faire de mal, Kir. Mais je peux le détruire.

— Tu as fait du bon boulot, Princesa, me rassura-t-il, m'enveloppant dans ses bras, me serrant fort. Je ne sais pas si je dois avoir peur de toi ou t'admirer.

— As-tu peur que je te pique ton boulot ?

Il rit dans mes cheveux.

— Carrément.

— Maintenant, qu'est-ce qu'on fait ?

— À toi de me le dire.

— Tu travailles ici avec tes frères.

— Je peux faire mon job n'importe où, c'est pour ça qu'on a inventé l'avion. Et je l'ai déjà fait depuis les coulisses.

— Tu resterais à Miami pour moi ?

— Je vais où tu vas.

— Eh bien, dans ce cas, je veux revenir ici. J'aime être avec ma mère et la famille de Miami, mais ce n'est pas chez moi. Ma vie ici me manque.

— Alors c'est réglé, ce sera ici, confirma-t-il alors que notre voiture s'arrêtait devant nous. Prête à rentrer à la maison ?

Une pensée me traversa l'esprit, et je souris.

— Hum, es-tu partant pour recevoir une mauvaise influence ?

— Toujours, répondit-il, le sourire aux lèvres. Qu'est-ce que tu as en tête ?

Je saisis les revers de son smoking et je me hissai sur la pointe des pieds pour pouvoir le regarder dans les yeux.

— Il y a un club clandestin où j'ai rencontré ce type. Je crois qu'il en était le propriétaire. Nous avons eu des relations sexuelles cochonnes et torrides un soir de combat dans l'un des vestiaires, et tout le monde l'a su. J'ai envie de revivre ça.

— Je connais un club clandestin ouvert ce soir, me dit Kir, glissant les doigts dans mes cheveux, détachant mon chignon. Mais il y a un problème.

— Quoi ?

— Ce type n'est plus propriétaire du club. Il appartient à sa femme. Il faudrait obtenir sa permission.

— Je pense que nous pouvons arranger cela.

Précommandez dès maintenant le prochain livre de la série –
Le Chevalier Déloyal
Ou...
Commencez une nouvelle série en attendant – *Le Maître du Péché*

FIN

<<<<>>>>

LE CHEVALIER DÉLOYAL

Précommandez dès maintenant le prochain livre de la série
Rois De La Rue – <u>*Le Chevalier Déloyal*</u>

<u>*Le Chevalier Déloyal*</u>

Je suis un menteur, un fourbe, un diable dans l'obscurité.

Je vous chasserai, je volerai vos secrets et je les utiliserai

contre vous.

Vous ne me verrez jamais arriver.

Ensuite, j'ai rencontré ma moitié.

Elle m'a arraché le cœur, m'a laissé en sang, sans un regard

en arrière.

Mais elle a commis une erreur… elle est revenue dans mon

monde en essayant de fuir son passé.

Elle est à moi, et elle apprendra bientôt qu'il n'y a pas

d'échappatoire quand le destin dit qu'elle m'appartient.

LE MAÎTRE DU PÉCHÉ

Lisez le premier livre de la série *Les Dieux de Vegas* :

Le Maître du Péché

Ça a toujours été lui...

Celui que je ne devrais pas vouloir, pas désirer, celui qui pourrait détruire cette vie que j'ai soigneusement construite.

Hagen Lykaios était l'essence même du péché, du plaisir, et du danger. Tout ce que savais devoir éviter.

Il a suffi d'un contact inattendu pour que je me consume et supplie, en manque, et avide de plus encore.

Il m'a prévenu que si j'entrais dans son monde, il me corromprait, me posséderait et changerait tout ce que j'avais toujours connu...

Et, vous savez quoi ? ***J'y suis allée quand même.***

LIVRES DE SIENNA SNOW

<u>Les Dieux de Vegas</u>

Le Maitre du Péché

Le Maitre des Jeux

Le Maitre de la Vengeance

Le Maitre des Secrets

Le Maitre du Controle

Le Maitre du Destin

<u>Rois De La Rue</u>

<u>*Le Roi Dangereux*</u>

<u>*Le Prince Immoral*</u>

<u>*Le Chevalier Déloyal*</u>

<u>*L'Héritier Impitoyable*</u>

À PROPOS DE SIENNA SNOW

Puisant l'inspiration dans ses années passées à travailler dans le monde de l'entreprise aux États-Unis, Sienna aime raconter des histoires de femmes accomplies et sûres d'elles, qui savent ce qu'elles veulent et comment l'obtenir... Que ce soit dans la chambre à coucher, ou en dehors.

Ses héroïnes pleines de vie et bien éduquées trouvent souvent l'amour et la romance dans des conditions atypiques. Sienna offre à ses lectrices et lecteurs des tranches alléchantes de romance torride, empreintes de liberté et de plaisirs gourmands.

La vie de Sienna est pleine de voyages et d'aventures. Elle prévoit de visiter même les coins les plus reculés du monde et se réjouit de découvrir la diversité des cultures en route. Quand elle n'écrit pas ou ne voyage pas, Sienna s'occupe de son conte de fées personnel aux côtés de son mari et de ses enfants.

Inscrivez-vous à sa newsletter pour être informé des sorties, promotions, des événements et de bien d'autres choses encore.

www.SiennaSnow.com

facebook.com/authorsiennasnow

tiktok.com/@authorsiennasnow

instagram.com/bysiennasnow

x.com/sienna_snow

www.ingramcontent.com/pod-product-compliance
Lightning Source LLC
Chambersburg PA
CBHW070615300726
48975CB00006B/1816